LE JEU DE L'OGRE

Maureen Martineau

Le jeu de l'Ogre

www.quebecloisirs.com
UNE ÉDITION DU CLUB QUÉBEC LOISIRS INC.
Avec l'autorisation des Éditions de la courte échelle inc.

Dépôt Légal --- Bibliothèque et Archives nationales du Québec, 2013
ISBN Q.L. 978-2-89666-237-1
Publié précédemment sous ISBN 978-2-89695-177-2

Imprimé au Canada

Dédicace exclusive pour nos membres

Québec Loisirs

Si vous avez choisi ce polar,

c'est que vous êtes un lecteur aventureux, prêt à suivre la jeune sergente-détective, Judith Allison, dans sa périlleuse chasse à l'Ogre,

c'est que vous avez le sang-froid qu'il faut pour éviter les pièges qui se refermeront, un à un, sur les victimes,

c'est que vous êtes demeuré un enfant qui adore les histoires de peur, même si elles vous volent des heures de sommeil.

Merci cher abonné de Québec-Loisirs de me lire et d'embarquer à bord de ce récit, le premier d'une série d'enquêtes criminelles, au Centre-du-Québec rural.

Amicalement

Maureen Martineau

Ne me casse pas.
Je suis tout ce que j'ai.

Réjean Ducharme

Mercredi 9 septembre 2009, 18 h

Les journées avaient commencé à raccourcir. L'été 2009 s'achevait comme il avait débuté, en pluie. Les champs jaunis par le manque d'ensoleillement s'avançaient dans le paysage aquatique. Une brume légère glissait à la surface du fleuve. Mais ce n'était pas une petite fraîche qui allait empêcher Denis Coudrier de mettre sa barque à l'eau. Il avait encore deux belles heures devant lui. Pour ne pas avoir les bâtiments gris et enfumés de la Kruger dans son champ de vision, il dirigea son embarcation vers l'ouest en sillonnant les berges du Saint-Laurent. Contrairement à son 25 forces, l'anguille préférait les abords marécageux, peu profonds, qui longeaient la rive sud jusqu'à Nicolet. Considérant l'heure tardive, il ancra sa chaloupe à cinq kilomètres du quai de Sainte-Angèle qu'il venait de quitter. De cet endroit, il entendait encore le bruit de la circulation sur le pont Laviolette, mais le clapotis de l'eau lui procura la tranquillité d'esprit dont il avait grand besoin.

Après dix minutes d'un lancer à la mouche où il excellait, sa ligne se noua dans les herbages. Il tenta de se déprendre. En vain. Il jura. Il avait oublié de se racheter des avançons. Il devait absolument récupérer son agrafe et son plomb. Il souleva son moteur pour éviter que les pales ne s'emmêlent dans les roseaux, rembobina son moulinet et s'approcha à la rame de l'endroit où son hameçon s'était coincé.

Agenouillé dans sa chaloupe, il se pencha au-dessus de l'eau et laissa le fil tendu guider sa main vers le fond. Ses doigts palpèrent une forme visqueuse. Il avait beau tirer, l'hameçon lui résistait toujours. Il continua d'essayer de le dégager en agitant sa canne de gauche à droite, par petits mouvements secs et rapides. Au bout de quelques essais, il sentit la tension se relâcher. Il ramena en hâte sa ligne vers lui, soucieux de s'assurer que son fil ne s'était pas rompu. C'est alors qu'il vit, accroché à son appât, une forme d'œuf qui pendouillait. Son esprit mit quelques secondes à décoder qu'il s'agissait d'un œil humain.

Plus tard, quand il eut à expliquer sa découverte aux policiers, Denis Coudrier leur raconta que son premier réflexe avait été de rediriger son regard vers la surface de l'eau. De minuscules bulles s'échappaient de l'endroit où sa main avait remué le fond. La boue s'était dégagée et laissait entrevoir une forme humaine qui, libérée de ses attaches, remontait tranquillement à la surface. Il avait eu un geste de recul si brusque que sa chaloupe avait chaviré, l'entraînant dans l'eau froide. Pendant que le fleuve avalait tout son gréement, il s'était sauvé vers la rive, clapotant dans la vase, l'eau à la ceinture, incapable d'émettre un seul cri.

Première partie

Dix-neuf jours plus tôt

1

Samedi 22 août, 14 h

Le vent s'était levé et transportait avec lui l'humidité du fleuve. L'orage annoncé pour la fin de la journée semblait plus pressé d'éclater que ce qu'avaient prédit les infos météo. Une bourrasque souleva un tourbillon de poussière et fit virevolter les feuilles que Nickie Provost avait déposées à ses côtés. Elle eut un geste assez rapide pour les rattraper. Elle profita de cette diversion pour changer de position. La grosse roche plate sur laquelle elle s'était allongée avait imprimé sa marque sur son maigre bras. On aurait dit un fossile ancien sous son tatouage d'oiseau. D'une main impatiente, elle enleva les grains de sable et se replongea avec désagrément dans sa lecture.

Marie-Paule Provost était une belle femme pour ses quarante ans. Dans une semaine, le 4 août 2008, cela ferait douze ans que Réjean Dubé avait été évincé de son lit. Disqualifié comme père et comme mari. Pendant leurs sept années de vie commune, il ne s'était jamais senti à la hauteur de cette fille venue de la ville avec ses livres et ses angoisses existentielles. Mais les solides épaules et le large dos de nageuse de la seule compagne qu'il avait aimée n'avaient pas encore quitté ses nuits. Ce soir, il aurait tout donné pour se retrouver dans sa cuisine à partager un des plats étrangers qu'elle adorait préparer. « C'est une façon de voyager à bas prix », disait-elle. Le goût de son saumon au vin vert lui revint en bouche. Il héla la serveuse et se commanda un hamburger.

Nickie s'interrompit pour rallumer son joint. Elle n'avait jamais aimé la lecture, encore moins l'écriture. Quel plaisir sa sœur Alexandra pouvait-elle bien éprouver à mettre en mots une réalité déjà si lourde à vivre ? Le livre en chantier qu'elle tenait sur ses maigres genoux repliés ne réussirait jamais à témoigner de ce que leur mère avait traversé. Comment pouvait-on imaginer emprisonner le drame de toute une vie dans de petits caractères ?

À la sixième bière que son ami Chuck lui paya, Réjean raconta les séances de bains de nuit avec Marie-Paule, sous les étoiles dans le ruisseau Des Rosiers, et leurs folles randonnées, nus, à moto, dans le rang 6 lorsque la canicule les empêchait de fermer l'œil. Sa blonde n'aimait pas les vêtements. Elle avait même réussi à l'entraîner dans un camp de nudistes à L'Avenir, près de Drummondville. Il avait détesté sa fin de semaine. Faire cuire ses œufs sur un feu de bois, le sexe à l'air libre, le ramenait à un état d'humiliation auquel il essayait d'échapper depuis qu'il avait coulé son troisième secondaire. Les couples aux peaux flasques qui jouaient au badminton avec leurs organes qui rebondissaient dans tous les sens lui avaient coupé toute envie. Pour attiser le désir, la nudité devait être cachée.

Pour le reste, il avait gardé une relation « correcte » avec son ex-blonde, devenue sa voisine. Il lui rendait encore quelques petits services qui compensaient la pension qu'il n'avait pas les moyens de lui payer. Le mois dernier, il avait réparé sa toiture et entrepris des travaux de plomberie dans sa salle de bain. Cela n'avait pas empêché Marie-Paule de l'engueuler parce qu'il n'avait pas eu le temps de changer, comme il le lui avait promis, les pneus d'été de sa vieille Ford Escort. C'est vrai qu'ils étaient « fesses » mais bon...

Même s'ils n'étaient plus ensemble, il s'ennuyait d'elle et des filles lorsqu'elles s'absentaient trop longtemps. Marie-Paule était partie au Maine depuis deux semaines déjà avec Justine et Alexandra. Elles seraient de retour cette nuit ou demain.

Nickie allongea le bras et écrasa son mégot dans le sable de la grève. Leurs dernières vacances à Wells. L'été dernier. Un an déjà. Tout paraissait si loin. Sa mère n'avait jamais été si heureuse. Elle avait décidé de reprendre ses études en psychologie, de repartir le compteur là où elle l'avait laissé vingt ans plus tôt. Pour cela, elle avait besoin de faire la paix avec elle-même. Elle s'était ouverte à ses filles de son projet de roman autobiographique, les avait prévenues des faits troublants qu'elle y révélerait. Une promesse avait été scellée, au bord de la mer, très tard, la veille de leur départ. Les filles lui avaient juré leur soutien indéfectible. Nickie et Alexandra étaient prêtes à tout pour le bonheur de Marie-Paule.

Recroquevillée sur sa roche, Nickie s'obligea à terminer son chapitre.

Déjà très éméché, Réjean Dubé accepta une autre tournée. Sa maison était à peine à cent mètres du bar, de l'autre côté de la rue. Pour pisser, il préférait retourner chez lui. Quand il se leva pour aller se soulager, il fut pris d'un étourdissement qui l'obligea à se rasseoir. Il se remit debout avec effort et tituba jusqu'à la sortie. L'air frais de la nuit lui fit du bien. Il tira la dernière cigarette de son paquet et la protégea de la pluie avec sa veste.

Au moment où il réussit à l'allumer, dans le virage du Chemin des Sept-Lots, la vieille Ford de Marie-Paule prenait le champ après avoir frappé un chevreuil. À la deuxième bouffée qu'il inhala, le véhicule fit quatre tonneaux puis s'immobilisa sur le dos comme une bête tortue. Deux heures plus tard, son chum Chuck passa droit devant la scène de l'accident, trop soûl pour remarquer la présence des blessées dans le ravin.

Nickie reporta ses yeux sur l'eau verte. Pourquoi le destin lui avait-il ravi sa mère, la personne qui comptait le plus dans sa vie ? Dépitée, elle lança une roche au large. Les vagues l'avalèrent. Elle sentit monter en elle l'envie de se jeter à son tour dans cette eau trop calme. Un goût acide lui remplit la bouche. Combien de temps encore allait-elle tenir ?

Elle ferma les yeux pour tenter de faire le point. L'air du fleuve lui sécha les joues et s'amusa à emmêler ses longs cheveux noirs. Nickie s'avoua que tout n'allait pas si mal. Le bateau dans lequel elle s'était embarquée avec sa sœur avait peut-être pris l'eau, mais il tenait toujours le cap. Remettre la vie en ordre prenait du temps. Depuis le printemps dernier, elles avaient joué les bonnes cartes. Un pari contre l'injustice. Comme promis, le livre témoignage de leur mère serait bientôt terminé. Les faits consignés dans son journal intime avaient été soigneusement repris par Alexandra, le nom de l'homme, trafiqué. Les révélations étaient choquantes, présentées avec le souci d'éviter les poursuites, mais assez explicites pour que ses proches puissent établir des liens.

Mais ce livre empoisonné n'était qu'un avant-goût du plan échafaudé pour châtier « l'Ogre », comme Marie-Paule le surnommait. La soif de vengeance de ses filles leur avait inspiré un projet beaucoup plus lucratif.

Le monstre devait payer. Elles allaient le faire chanter. Avec les preuves amassées, jamais il n'oserait les poursuivre en justice. Une fois sa réputation détruite, il serait condamné par son entourage, son milieu professionnel. Il méritait de souffrir. Tout était en place, les premières attaques lancées, son calvaire commencé, et ce n'était rien à côté de ce qui l'attendait.

Le vent se fit plus insistant. Nickie frissonna. La roche sur laquelle elle était affalée depuis une bonne demiheure lui piquait les fesses. Elle rangea le manuscrit dans son sac à dos et bougea pour se dégourdir un peu. Elle scruta le ciel. Au loin, que des nuages trop chargés.

Une trentaine de mètres la séparaient du chalet familial. Elle escalada le sentier boueux en pestant contre l'herbe longue qui lui mouillait les jambes. La petite construction de bois bleu et jaune or lui apparut derrière les arbres. Des couleurs criardes mal apparentées avec les bosquets au vert éteint qui brunissaient déjà. Il y avait eu trop d'eau cet été, mais cela n'avait pas empêché les vivaces de braver le mauvais temps. C'était la deuxième saison que les fleurs du jardin réussissaient à survivre sans leurs soins. « Pour qui persistent-elles à être belles ? » s'interrogea Nickie.

Elle reprit son ascension vers la petite habitation du début du siècle qui jurait avec les grosses cabanes que les agriculteurs du coin s'étaient construites ces dernières années. Deschaillons-sur-Saint-Laurent n'était plus ce qu'il avait déjà été. Même acculée à la faillite, Marie-Paule n'avait jamais voulu vendre. Son *shack*, comme elle se plaisait à le nommer, était son refuge, son havre de paix pour écrire. Trois romans et un bref succès. Voilà tout ce qui restait de cette merveilleuse femme.

Un sentiment de honte s'empara de la jeune fille alors qu'elle s'approchait du chalet. Elle avait converti la cuisine d'été en serre pour le cannabis dont elle dirigeait le trafic dans la région. De leurs fenêtres du deuxième étage, les voisins de gauche avaient une excellente vue sur la cour arrière. Avaient-ils pu remarquer ses installations ?

Nickie prit peur en apercevant les gros plants qui collaient effrontément leurs feuilles contre les petits carreaux des fenêtres de la verrière. Il restait au moins deux semaines avant que la récolte soit prête. Le manque d'ensoleillement avait tout retardé. Elle ne voulait pas rater son coup. Ce commerce lui permettait de doubler ses revenus. Avec les dettes qu'elle leur avait laissées, sa mère saurait lui pardonner. Payer les comptes. Garder la maison, le chalet. Subvenir aux besoins de sa sœur. Ce n'était pas avec son salaire de serveuse qu'elle y arriverait. Et puis elle aimait fumer, se laisser sombrer dans des limbes d'insouciance qui remplaçaient un bonheur qu'elle ne savait plus trouver.

Nickie entra dans le chalet en quête d'un coin plus discret pour y cacher les plants. L'odeur de renfermé la prit à la gorge. Elle se rendit directement à la chambre du fond. Il y régnait un désordre total. Tous les meubles en rotin de la véranda y avaient été remisés. En les sortant à l'extérieur, on libérerait suffisamment d'espace.

Jusqu'à l'an dernier, l'endroit avait servi de salle de travail à Marie-Paule. Ses vêtements jetés pêle-mêle sur le lit firent frissonner Nickie. Elle ne savait pas quoi en faire. Une autre décision trop difficile pour ses dix-neuf ans. Il était hors de question de les voir aboutir sur les épaules de sa sœur qui serait bien capable de les porter ostensiblement comme des reliques. L'odeur d'humidité avait heureusement remplacé celle de Marie-Paule. Sans son parfum, les habits apparaissaient davantage comme des spectres sans vie. Des vêtements morts, sans elle dedans.

Nickie se faufila jusqu'au fond de la pièce en enjambant quelques chaises. Épinglés au mur, des clichés de leurs dernières vacances d'hiver au Vermont. Nickie en décrocha un. Un touriste avait accepté de les photographier au pied de la pente de ski, à Stowe. Les trois femmes souriaient au jeune Chinois qui ne comprenait pas un traître mot aux allusions obscènes qu'elles s'amusaient à lui lancer en français. Elle s'ennuyait de l'humour de sa mère.

Nickie glissa la photographie choisie dans la poche de son pantalon, puis caressa tristement le bureau de bois franc. C'est en fouillant dans ce même petit meuble qu'elle avait trouvé les documents qu'elle cherchait. Le choc qu'elle avait eu en feuilletant le journal personnel de sa mère et ses notes. Elle avait pris grand soin de tout numériser et de bien cacher les originaux en lieu sûr. Mais hier, Alexandra avait insisté pour qu'elle lui rapporte le carnet original de Marie-Paule. Elle avait besoin de revoir le tracé de la plume de sa mère, les ratures. Ce caprice était imprudent. Cette pièce devait leur servir de preuve le moment venu pour égorger l'Ogre. Mais Nickie ne pouvait rien refuser à Alexandra.

Dans l'immédiat, il fallait vider la pièce et y transporter, loin des regards curieux, une partie des plants de pot qui étouffaient, trop à l'étroit dans la serre.

***

Une heure plus tard, Nickie se rendit à l'évidence qu'elle n'y arriverait pas. L'après-midi tirait à sa fin. Elle s'empressa de quitter les lieux. Après avoir rangé le journal personnel dans son sac et tout bien cadenassé, elle s'enfonça dans sa vieille Suzuki blanche et sale. Elle s'apprêtait à démarrer quand son cellulaire sonna. Julien.

Elle hésita à répondre. Il ne se laisserait pas dissuader si facilement. Valait mieux s'en débarrasser tout de suite.

— Oui... répondit-elle en camouflant son exaspération.

— On se voit ce soir ? espéra la voix incertaine.

— Je travaille.

Elle avait d'autres projets et il n'en faisait pas partie.

— Après ? hasarda-t-il.

— Je suis fatiguée.

— On est samedi, revendiqua-t-il timidement.

— Je suis fatiguée pareil.

— Bon.

Julien s'inclinait avec un ton piteux que Nickie était incapable de supporter.

— Rappelle-moi dimanche, s'obligea-t-elle à ajouter.

— Tu avais dit que tu finirais plus de bonne heure. Qu'on se rejoindrait à Tingwick vers minuit, après ton *shift*, pour faire un tour au Rodéo Mécanic.

Il continuait de se plaindre et cela l'irrita.

— Oui, je l'avais dit, mais là je n'y vais plus.

— O.K., fâche-toi pas !

— Salut !

Nickie raccrocha. Elle réalisait son erreur, la seule de son plan. Elle n'aurait pas dû mêler Julien à tout ça. Il s'était amouraché d'elle après leur première partie de fesses. Il était devenu un poids et elle ne pouvait pas se permettre de s'encombrer d'un tel boulet.

Elle le chassa immédiatement de son esprit et consulta sa montre. Il lui restait une heure trente avant de se présenter au travail. Elle avait faim. Ou elle s'arrêtait manger une bouchée en chemin ou elle se payait une visite éclair dans le Septième Rang.

En sortant de l'entrée, sa voiture faillit s'enliser dans la terre boueuse. L'élan qu'elle dut se donner pour se déprendre ne lui permit pas de faire son stop avant de s'engager à toute vitesse sur la route 132. Sa manœuvre périlleuse l'empêcha de prêter attention au chauffeur de la Dodge Grand Caravan bourgogne stationnée dans l'entrée voisine qui l'espionnait déjà depuis un bon moment.

2

Samedi 22 août, 17 h

Le matin de l'accident, l'aube hésita à se lever. De lourds nuages brouillaient la lumière. À travers les mille éclats du pare-brise, Justine reçut un premier rayon de soleil en plein visage. Elle sentit une brûlure sur sa joue éraflée. Des élancements insupportables à la tête lui arrachèrent un long gémissement. La douleur s'intensifia lorsqu'elle tourna son cou du côté du chauffeur. Le volant enfoncé dans les côtes, la main toujours agrippée au bras de vitesse, Marie-Paule, sa mère, gisait sans vie à ses côtés. Elle ne pouvait pas être morte ! Cela était impossible. Aussi impossible que la fin de la terre. Son esprit se mit à vaciller. Les pleurs de sa sœur, coincée à l'arrière, lui redonnèrent un peu d'aplomb. D'abord essayer de remuer le bras.

Au bout de pénibles efforts, Justine réussit à s'éjecter de la voiture par la mince ouverture qu'offrait la fenêtre du passager. Debout dans le fossé, en fragile équilibre, elle contempla le cimetière de tôle auquel était réduite la voiture. Elle sentit l'engourdissement la gagner, une sensation qui n'allait plus la quitter. Son corps bougeait, mais ce n'était plus elle qui était aux commandes de ses gestes. Quelque chose de nouveau occupait l'espace. Une incurable blessure. Sa famille n'existait plus.

Jamais elle n'avait imaginé que souffrir puisse faire aussi mal. « L'âme est un corps », eut-elle le temps de penser avant de s'effondrer, inconsciente, dans l'herbe mouillée.

Alexandra enregistra automatiquement ce qu'elle venait d'écrire. Elle se relut rapidement et résista à l'envie de tout effacer. Elle n'avait décidément pas le talent de sa mère. En ajoutant ses propres textes à l'œuvre inachevée de Marie-Paule, elle avait l'impression de la trahir. Avait-elle le droit de raconter sa triste fin avec un style si pauvre ? Les romans biographiques qu'elle avait lus ne prétendaient pas à une grande qualité littéraire. C'est l'histoire qui comptait. La leur était solide. Elle la portait depuis trop longtemps déjà et devait en accoucher dans les prochaines semaines. « Pour s'en débarrasser », pensa-t-elle. À partir des fragments du journal retrouvé et des brouillons, elle avait terminé la première partie qui couvrait les évènements vécus par sa mère de 1986 à 2008, mais n'arrivait pas à écrire cette scène de l'accident qu'elle avait déjà recommencée cent fois et qui se refusait toujours à elle. Il lui restait aussi à rédiger le dernier chapitre, le leur, celui des filles de la victime. Elle était en retard. Sa main ne suivait plus sa tête. La question des noms la tracassait. Comme elle l'avait fait pour l'Ogre, elle devait trafiquer les identités de Marie-Paule, de Réjean et la sienne. Nickie avait déjà été rebaptisée « Justine ». C'était sous ce nom que l'Ogre la reconnaîtrait. Il ne survivrait pas au poison de leurs mots. Mais il fallait l'attaquer en se préservant de sa riposte. Leur éditrice saurait les guider.

L'heure de sa toilette approchait. Alexandra avait sommeil. Tout ranger lui prendrait une éternité. Monique, son intervenante, viendrait bientôt la chercher. Alexandra lui était reconnaissante de l'avoir aidée à s'équiper pour écrire à sa guise, mais elle refusait de se plier à sa curiosité insistante. Il n'était pas question de la laisser lire, ne fût-ce que de courts extraits de « son projet structurant », comme l'appelait la thérapeute dans les rapports notant ses progrès de réhabilitation en dextérité fine.

3

Samedi 22 août, 18 h 30

Un coup de vent frais entre ses cuisses largement déployées rappela subitement le vieil homme à la vie. « Sa vie », qui n'avait jamais réussi à être aussi palpitante qu'en cet instant béni. Palpitante n'était pas le mot juste. Il en chercha désespérément un autre, convaincu que, en baptisant l'état de béatitude dans lequel il était plongé, il aurait le pouvoir de le rendre éternel. Il s'efforça de fouiller dans ses rares souvenirs de lecture. « Transporté. » Voilà, il était transporté par la tendresse de Nickie et l'air tiède de ce début de soirée. Malgré la menace d'orage, il avait choisi de laisser la fenêtre de sa chambre grande ouverte. Que les voisins aient entendu ses gémissements lui importait peu, au contraire il en ressentait une légère excitation.

Il observa Nickie étendue à ses côtés, les yeux clos, le souffle court. La bouche de la jeune fille était magique. Chaude et douce. Réconfortante. Elle le rendait fou. Perdre la raison le ramenait à cet inconnu en lui qui, après avoir parcouru le pays dans tous les sens pendant plus de trente ans, découvrait le chemin de son propre corps.

Chaque fois, les lèvres agrippées à sa verge et les longs doigts fouilleurs le projetaient par vagues de plaisir dans un abîme de sensations extrêmes. Tous leurs trop brefs rendez-vous sexuels se déroulaient de la même façon. Le caractère rituel de leurs jeux lui permettait d'anticiper son plaisir. Au moment où il était sur le point d'éjaculer dans sa bouche, Nickie stoppait son manège. Elle s'éloignait de lui. Il pouvait la contempler toute nue et faire le plein d'images pour les longues nuits à venir. Elle le laissait la regarder à son aise, ses deux petits seins sursautant au rythme de sa respiration haletante, ses lèvres rougies par l'effort, épousant encore la forme de son sexe dur. Il avait du mal à résister à l'envie de la faire basculer et de la prendre avec force comme il avait toujours su si bien le faire avec les femmes qui étaient passées dans sa vie. Mais il y avait leur entente et il la respectait. Pas de pénétration.

Ce soir, Nickie avait dérogé à leur routine. Elle l'avait sucé de façon particulièrement excitante. L'ayant obligé à s'asseoir sur le bord du lit, elle s'était agenouillée à ses pieds. Sa main libre s'était habilement glissée sous ses fesses. La caresse de la noire chevelure sur ses couilles pendant que la tête de son amante oscillait en longs coups de langue sur son gland lui avait fait perdre la tête. Il l'avait aspergée au visage. Il s'était empressé de l'essuyer avec le bord de sa camisole. Cela l'avait fait rire. Debout devant lui, à la hauteur de ses lèvres, elle lui avait offert sa vulve qu'elle avait joué à entrouvrir légèrement avant de l'autoriser à la toucher. Avec son nez et sa langue, ivre des odeurs de ses tendres muqueuses, il l'avait fait jouir à son tour.

Il tenait toujours dans sa main le maigre poignet de Nickie comme s'il ne voulait pas laisser s'échapper le mince filet de rêve dont l'odeur emplissait encore la chambre. Quand elle se dégagea, un sentiment de vide l'envahit.

— Faut que j'y aille, je suis déjà en retard, dit-elle d'un ton qui laissait clairement entendre que le party était terminé.

— Je vais aller te reconduire.

— C'est mieux pas.

Nickie bondit hors du lit, attrapa son sac et en sortit ses habits de serveuse. Quand elle eut enfilé sa jupe et ramassé ses affaires, elle jeta un dernier regard à son amant. Elle perçut sa tristesse. Lorsqu'il vint pour se redresser, elle se précipita sur lui et, de tout son maigre poids, l'obligea à s'allonger. Tous les garçons qu'elle fréquentait s'épilaient la poitrine. La toison abondante du vieil homme la fascinait. Elle se plaça à cheval sur lui et s'amusa à lui maintenir les bras au-dessus de la tête. Pour le consoler de la peine qu'elle ne supportait pas de lui causer, elle ajouta: «Je veux voir ta face de loup. Une dernière fois.»

Elle aimait l'animal qui prenait forme sur son torse: le poil des aisselles lui faisait des oreilles velues, les mamelons des yeux, le nombril sa petite gueule. Elle fit courir sa main sur le duvet gris-blanc de la bête. L'émotion qui la gagna se jeta dans son bas-ventre. Elle oublia l'heure. D'un geste rapide, elle releva sa jupe et se mit à frotter son sexe sur la cuisse de son amant. En guidant ses mains, elle lui murmura à l'oreille: «J'aime ça me faire fouiller tout habillée.»

Surpris par cet épilogue imprévu, l'homme ne se laissa pas prier pour glisser ses mains rudes dans le soutien-gorge de dentelle. Il frotta avec frénésie les petits seins ronds et chauds. Il sentit les mamelons durcir sous ses doigts. Quand il les pinça, Nickie poussa un cri en crispant les jambes sur sa cuisse. Il écarta sa petite culotte pour lui empoigner le derrière et se mit à lui tripoter les fesses. Ce petit corps de femme s'agrippait au sien avec force, secoué par des mouvements de va-et-vient qui l'entraînaient à son tour. Malgré ses soixante-trois ans, il avait encore de bonnes jambes musclées. Il se mit à les bouger par petits coups brusques comme s'il voulait fendre le sexe écartelé qui s'ouvrait à lui. La chaleur du jus qui se répandit sur sa peau le refit bander. Transgressant sa propre règle, Nickie guida le sexe dressé entre ses cuisses mouillées et l'enfourcha. Elle jouit sans retenue. Les spasmes qui accompagnaient chacun des cris de son amante eurent raison du corps épuisé de l'homme. Le plaisir monta d'un lieu très profond en lui. Le bruit de la pluie, dehors, le fit pleurer. Jamais il n'avait été aussi heureux.

4

Samedi 22 août, 19 h

L'orage qui venait d'éclater à Saint-Rosaire se dirigeait vers Victoriaville. Judith Allison arriva à la maison juste avant que l'averse lui tombe dessus. Elle avait dévalé à toute allure le chemin du Mont-Arthabaska sans ressentir d'essoufflement. Son entraînement journalier portait fruit. Elle rêvait du jour où elle aurait à courir et sauter les clôtures en ne prenant appui que sur une seule main. C'est ce qui l'attirait dans le métier de policière. Le dépassement physique. Judith leva les yeux au ciel et aperçut un gros nuage noir qui semblait lui être personnellement destiné. Quelques coups de vent en rafales, précédés d'un grondement bien roulé, confirmèrent l'arrivée irrémédiable de la tempête. Certaines choses étaient inévitables, quel que soit l'effort qu'on puisse y mettre. Comme toute cette pluie qui tombait sur le Québec telle une punition. Depuis le début de l'été, c'était le même scénario : beau temps le matin, orage en fin de journée. Juillet et août 2009, deux mois sans soleil et sans chaleur dont on allait se souvenir longtemps, pesta Judith. Les vacances se terminaient et les gens fulminaient comme si on les avait volés. Si la chose était possible, il y aurait sûrement un recours collectif pour promesse de bonheur non tenue.

La policière perdit de précieuses minutes à chercher ses clés, mais entra à temps pour fermer les dix fenêtres que le vent faisait déjà claquer. L'entêtement de son père la dépassait. Pourquoi faire aérer les trois chambres du deuxième qui ne servaient plus depuis de nombreuses années ? Celle qu'elle occupait au sous-sol n'était ni la plus spacieuse ni la plus éclairée, mais elle avait toujours été la sienne. Elle en avait hérité à l'âge de seize ans lorsque sa sœur aînée était allée étudier en traduction à Ottawa. L'Outaouais, la région natale de sa mère. Elle n'y était pas retournée depuis cinq ans. Pourtant, elle adorait ce coin où elle avait passé ses étés, en famille, au chalet de sa grand-mère, sur le bord de la rivière Gatineau. Elle comprenait sa sœur Sarah de s'être installée à Wakefield.

En ouvrant le frigo, Judith se rappela qu'elle avait oublié d'acheter du lait. Elle composa le numéro du cellulaire de son père pour lui dire d'en prendre sur son chemin de retour. La sonnerie lui parvint du vestibule. Il avait encore une fois laissé son téléphone portable à la maison, cadeau qu'elle lui avait offert pour son soixante-cinquième anniversaire et qu'elle continuait de payer soixante-dix dollars par mois sans qu'il s'en serve vraiment.

Contrariée, Judith jeta ses survêtements dans la laveuse et se laissa tomber du haut de son mètre quatre-vingts sur son lit. Sa fenêtre pouvait rester ouverte, le soupirail la protégeait des infiltrations d'eau.

Il faisait bon ici. Elle se sentait en sécurité dans son antre. Elle préférait le sous-sol à cause de la porte qui donnait directement sur l'extérieur. Son père ne descendait à la cave que pour les lavages et, comme c'était elle en général qui s'occupait de la lessive, on pouvait dire qu'il n'y venait jamais. Judith ne regrettait pas son choix d'être revenue s'installer au 74, rue Laurier.

À trente et un ans, elle n'avait quitté le domicile familial qu'à deux reprises : pour son cours de techniques policières à Nicolet en 2000 et l'an dernier pour son certificat en enquête policière à l'Université du Québec à Trois-Rivières. Sa note parfaite lui avait valu d'excellentes lettres de recommandation de la part de ses professeurs. Au dernier moment, elle avait décliné plusieurs offres dont un emploi très intéressant à l'Escouade des crimes contre la personne à Montréal. Elle préférait demeurer à Victoriaville où elle avait obtenu sans peine le tout nouveau poste d'enquêteur qui s'était ouvert. Depuis 2005, les Bois-Francs avaient quitté la direction de la Sûreté du Québec et mis sur pied une nouvelle organisation policière qui regroupait les MRC d'Arthabaska, de Bécancour et de Nicolet-Yamaska. Tout comme le corps de police municipal de la ville de Gatineau, le Service régional d'Arthabaska s'était doté d'une Division des enquêtes criminelles et d'un soutien opérationnel très bien équipé pour traiter les crimes majeurs. Son bureau était sur le boulevard Labbé, à vingt minutes à pied de chez elle. Judith y connaissait déjà tout le monde.

Un gros coup de vent fit tournoyer les rideaux qui vinrent lui chatouiller les joues. Elle enleva sa petite culotte et se plaça de façon à ce que le vent puisse lui assécher l'entrejambe. Elle avait eu chaud. Sa douche pouvait attendre. Un dernier goût de vacances avant le retour au travail.

Le silence la réveilla. Elle s'était assoupie. Son père n'était toujours pas rentré et cela commença à l'inquiéter.

Si l'heure de la retraite était arrivée pour maître Allison, ce n'était sûrement pas le cas pour ses ennemis. Tant qu'elle était là, elle saurait le protéger.

Le vrombissement de la Saturn dissipa son macabre pressentiment. Sans prendre le temps de remettre un autre string, Judith enfila un jeans et un t-shirt. Elle fut sur le pas de la porte en moins de deux. Un homme qu'elle ne connaissait pas accompagnait son père. Elle détestait les surprises.

5

Samedi 22 août, 23 h 30

Comme chaque dernière fin de semaine du mois d'août, depuis bientôt vingt ans, tout le petit village de Tingwick s'était transformé en une foire débridée. Une trentaine de Harley-Davidson, dont plusieurs de collection, trônaient dans le stationnement de la Caisse populaire, cordées en rangées parfaites et encore plus rutilantes sous les gouttes de pluie qui achevaient de s'évaporer. Depuis dix minutes déjà, Nickie Provost luttait de toutes ses forces contre l'irrésistible envie de les faire tomber. Le coup était si simple. Il suffisait de tendre la main et de pousser la première moto. L'effet domino serait immédiat. L'évaluation financière du dégât — sûrement plus de cinq cent mille dollars — et l'inimaginable colère des propriétaires barbus et soûls, l'excitaient. Tout ce qui était interdit l'attirait comme un gouffre. Depuis l'accident, son esprit malin avait pris le relais. Il l'incitait à transgresser ses frontières. Elle était si près des motos qu'elle pouvait se mirer dans le métal chromé. Elle s'apprêtait à tendre le bras lorsque Réjean déposa dans ses mains les deux hot-dogs qu'elle lui avait réclamés. Du même élan, il prit sa grande fille par les épaules et l'entraîna près du bar pour qu'elle ne rate pas le show de boucane de son cousin. Un bruit d'enfer marquait le début du spectacle. Le crissement des pneus défonçant l'asphalte et l'odeur de caoutchouc brûlé la replongèrent dans l'ambiance survoltée de la soirée. Nickie était heureuse. Elle avait bien fait d'écourter son *shift* au bar Le Relais de Saint-Albert. La nuit du Rodéo serait plus payante.

Enveloppée dans un nuage de smog blanc et puant, Nickie ne distinguait plus rien. Emportée par la foule et l'effet euphorique des quatre shooters qu'elle venait de caler depuis son arrivée, elle joignit son cri au chœur des hurlements. Ce signal donna le courage nécessaire à Jean Desharnais, dit Bigfoot, pour continuer de défier les deux policiers qui se tenaient, l'air stoïque, devant sa Harley. Il fit gronder son moteur en appuyant de tout son poids sur ses freins. Comme un cheval fou, sa moto se cambra et effectua un demi-tour sur place en menaçant la première rangée de spectateurs.

Parmi les cris et les rires, Nickie crut entendre pleurer un enfant. Un des patrouilleurs ordonna sans succès au motard de quitter la voie publique. Intimidé par la huée de la foule, le policier dut rebrousser chemin pendant qu'un autre malvenu le narguait en lui fumant son pétard en pleine face.

Les fêtards se dispersèrent dans le désordre. Le père de Nickie avait disparu dans la cohue. Elle repéra un copain, Rémi. Elle aimait bien le jeune rouquin. Personne n'arrivait à la faire rire autant. En bonus des deux joints qu'elle lui glissa dans la poche de son jeans, elle lui offrit à boire. Lorsqu'elle revint de la cantine avec les deux verres de bière, il était en pleine dispute. Elle figea sur place.

— Tu la laisses tranquille, c'est clair ? vociféra Julien de sa voix de fausset.

— T'es qui, toi ? Je te connais même pas ! se défendit Rémi.

— Ça paraît, parce que tu saurais que je niaise pas.

Nickie posa ses verres sur la table à pique-nique à côté d'elle. D'une seule enjambée, elle réussit à s'interposer entre les deux garçons et à repousser du même élan son père Réjean, qui venait de rappliquer.

— Qu'est-ce que tu fais ici ? souffla-t-elle à l'oreille de Julien.

— Et toi ? T'es pas censée être trop fatiguée ?

— J'ai le droit de faire ce que je veux.

— T'envoyer en l'air avec n'importe qui, tu veux dire. Tu couches avec lui aussi ? fit-il en pointant Rémi. Je pensais que tu aimais mieux sucer les petits vieux.

— De quoi tu parles ?

— Le grand-père qui passe ses soirées au bar Le Relais à te zieuter !

— Tu m'espionnes !

— Je te surveille pour savoir dans quel lit sale tu poignes tes bibittes.

— Hey ! Fais attention à ce que tu dis, jeune homme, l'interrompit Réjean en risquant quelques pas vers le trio.

Nickie jeta un regard exaspéré à son père. Cette affaire ne le concernait pas.

— Calme-toi, Julien, reprit-elle d'une voix plus douce. Tu es gelé, tu ne sais plus ce que tu dis.

— Viens ! On crisse notre camp. Ça pue ici, ordonna Julien.

Il s'avança vers elle et lui serra l'avant-bras.

— Mon tabarnac ! Touche pas à ma fille, gueula Réjean.

Nickie le rabroua de nouveau.

— Papa ! Mêle-toi pas de ça. Je suis assez grande pour me débrouiller toute seule.

— Je vois ça.

— On s'en va, je t'ai dit ! s'impatienta Julien.

— « Tu » t'en vas. Moi, je reste avec mes amis, fit Nickie en se dégageant.

— Je t'avertis…

— Tu ne m'avertis de rien du tout.

— Si tu penses que je vais me laisser faire devant tout le monde. Tu ne perds rien pour attendre. Tu vas me le payer, ma maudite. Cher, à part ça !

Julien partit en leur faisant un doigt d'honneur. Rémi s'empressa d'y répondre en riant. Réjean tira Nickie à l'écart et l'obligea à lui faire face.

— C'est qui, lui ?

— Personne. Tu ne le connais pas. Laisse-moi boire ma bière tranquille avec Rémi !

— T'en as assez pris.

— C'est toi qui me dis ça !

— Tu devrais rentrer.

— J'ai pas envie. J'ai des amis qui s'en viennent.

— Si c'est pour faire ton petit commerce, oublie ça. Y a des bœufs en civil partout. Compte pas sur moi pour te sortir du trouble.

— Ça fait longtemps que je ne compte plus sur toi. Et puis, du trouble, c'est plutôt toi qui as l'habitude de m'en donner.

— Je rentre. Je trouve plus ça drôle.

— C'est ça, bonne nuit.

Nickie le regarda s'éloigner. Son chum Chuck le rattrapa au passage avant de l'entraîner vers la terrasse du bar. Ce que ce duo arrivait à ingurgiter l'impressionnait. L'orchestre local attaqua une chanson des Eagles. Elle retourna à la table où elle avait posé les bières. Elle n'y retrouva que la sienne. Où était passé Rémi ? Elle voulait s'amuser, chasser de son esprit le visage enragé de Julien. Un frisson la traversa à l'idée qu'il ait pu l'espionner pendait qu'elle travaillait au bar Le Relais. Du stationnement de l'église de Saint-Albert, il était facile d'observer les clients de la terrasse. Mais comment avait-il réussi à trouver l'adresse de son amant ? L'avait-il suivie chez lui dans le Septième Rang ? Les avait-il regardés baiser par la fenêtre ? Nickie n'avait pas mesuré à quel point Julien était devenu possessif. Quand elle l'avait aperçu au printemps dernier, en train de fumer près de son collège, il lui était apparu si touchant et dépourvu, seul. Elle avait voulu fuir, l'épargner, mais ses jambes l'avaient conduite vers lui. Elle en avait besoin pour traquer l'Ogre. Si la partie devait lui échapper, Julien était une carte importante dans son jeu. Sa porte de sortie, son joker.

L'aborder avait été facile. Le prétexte était parfait. Julien avait accepté le marché comme s'il l'attendait depuis longtemps. Il était déjà dans la drogue jusqu'au cou, criblé de dettes. Elle lui avait offert d'être son revendeur. Il n'avait pas hésité. Il possédait déjà son circuit. Au bout de quelques semaines, Nickie était devenue le centre de son univers. À présent, Julien lui pesait. Mais elle ne pouvait pas l'écarter de sa route. Pas tout de suite. Elle passerait le voir demain. Pour l'instant, elle avait d'autres chats à fouetter.

Nickie tripota son sac pour s'assurer que ses enveloppes y étaient toujours et scruta la foule, à la recherche de ses clients.

6

Dimanche 23 août, 9 h 30

En sortant de la douche, Denise Cormier prit sa serviette et essuya la buée de son long miroir mural. Le son strident la fit sursauter. Tout était si calme dans son petit appartement. La radio et la télé n'avaient pas été allumées. Aucun coup de téléphone. Elle-même n'avait pas ouvert la bouche depuis qu'elle était debout. Elle vivait dans le silence, et ce silence lui pesait. Elle s'examina sous toutes les coutures. La femme que lui renvoya son reflet n'était pas celle qu'elle imaginait être. Elle se percevait plus grande et plus ferme que ce que lui confirmait sans pitié son image. Elle se promit d'intensifier son entraînement au gym. Elle avait besoin de toute sa confiance pour séduire Judith Allison. Un fossé de vingt-cinq ans les séparait, mais elle devait au moins tenter sa chance. Et cette chance, c'est aujourd'hui qu'elle se jouait.

Elle s'habilla rapidement en enfilant un pantalon noir qui lui amincissait la taille, se dessina une ligne de rouge à lèvres discrète et s'effleura le cou d'une touche de son eau de parfum Ange ou Démon. Puis elle plaça le flacon sous son nez et en huma profondément les effluves. L'odeur la conforta. Un dernier regard dans le miroir du salon lui rappela combien elle était encore belle avec ses cheveux auburn qui tombaient librement au-dessus des épaules.

***

Malgré la brume, Denise Cormier roulait à plus de 120 km/h sur la route 955 Sud au volant de sa nouvelle Yaris rouge. Depuis qu'elle avait quitté Trois-Rivières, son audace s'était ramollie. Téléphoner à Judith n'était peut-être pas un bon plan. Leur dernière séance d'entraînement remontait à mai dernier. Elles s'étaient pourtant promis de rester en contact. Denise n'avait pas osé faire les premiers pas.

Son penchant pour les femmes était un secret bien gardé. Se montrer trop intéressée risquait d'effaroucher sa belle. Tout ce que la jeune Allison connaissait de sa vie privée était son divorce d'un mari qui l'avait laissée pour une plus jeune. Denise s'était peu ouverte sur son passé professionnel dans la police. Une blessure mal cicatrisée qui nourrissait encore sa hargne vis-à-vis du pouvoir des hommes.

Un cortège de motos la doubla. Leurs tuyaux d'échappement trafiqués émirent un vacarme assourdissant. Denise ralentit pour les laisser passer et replongea dans sa rêverie. Elle désirait une relation stable. C'était la seule issue potable à une solitude sexuelle à laquelle elle n'était pas encore prête à se résigner. Mais, à son âge, était-elle capable de séduire ? Sa dernière soirée au Club Bella, à Trois-Rivières, lui avait permis de vérifier sa valeur sur le marché des cinquante ans et plus : elle plaisait encore. On lui avait glissé de tendres compliments sur ses jambes galbées et quelques frôlements consentis sur sa poitrine ferme. Malgré sa retraite obligée des forces de l'ordre, elle continuait de s'entraîner deux fois par semaine au gym de l'UQTR. Comme chargée de cours, elle y avait accès, de même qu'à la piscine où elle aimait bien s'attarder pour discuter avec ses jeunes étudiantes. La session d'automne débutait la semaine prochaine et elle appréhendait déjà le vide que l'absence de Judith allait créer. Durant les cinq années où elle avait enseigné le difficile métier d'enquêteur, elle n'avait jamais rencontré un esprit aussi vif. Judith Allison était vraiment douée. Elle avait tout de suite saisi que la certitude absolue n'existait pas. Que, dans la conduite des interrogatoires, c'était la vérité qu'il fallait d'abord traquer et non la culpabilité. Un coup de nostalgie l'assaillit. Toutes leurs soirées inoubliables passées ensemble à philosopher sur les notions multiples de cette vérité : le possible, le plausible, le crédible... Des questionnements qui ennuyaient la plupart des nouvelles recrues, mais qui les passionnaient toutes deux.

La voiture que Denise suivait s'arrêta brusquement et l'obligea à freiner. Elle jura. Un barrage routier à l'entrée de Warwick ! Les agents prenaient systématiquement en photo tous les motards. Elle avait oublié que c'était la fin de semaine du Rodéo Mécanic.

Coincée dans un bouchon, à moins d'un kilomètre de la résidence La Rose blanche, elle allait rater le dîner avec sa mère. Cette idée, aussi, de faire descendre les bénéficiaires à la salle à manger si tôt.

7

Dimanche 23 août, 11 h 30

Quand Justine ouvrit de nouveau les yeux, les nuages avaient effacé les dernières traces de soleil. Une pluie dense tambourinait sur la carcasse de la Ford Escort et l'empêchait d'entendre la voix d'Alexandra. Morte, elle aussi ? Elle se demanda si elle voulait vivre. Ne plus bouger et dormir ici, recroquevillée dans ce ravin, oubliée. Son corps remua malgré elle. Le petit doigt d'abord. Elle déploya lentement ses genoux repliés sous son ventre. Aussitôt debout, elle tenta de décoincer la portière arrière. Malgré tout le désespoir qu'elle y mit, elle n'y parvint pas.

Impuissante, elle se laissa tomber à genoux. Le bruit de ses propres lamentations l'apeura. Un son grave et rauque comme le râle d'une bête. Elle s'effondra par terre, les fesses dans l'herbe trempée, pendant qu'une urine chaude dégoulinait le long de sa cuisse. Il fallait que quelqu'un, très vite, n'importe qui, la rattrape avant qu'elle meure.

Une sonnerie musicale la sortit de sa torpeur. Cela venait de la poche du chemisier ensanglanté de sa mère. Son cellulaire. Elle n'avait pas eu la présence d'esprit de téléphoner. Elle s'emporta contre elle-même d'une colère drue, bondit sur ses pieds et plongea son bras à travers la vitre brisée avant que l'appareil ait fini de chanter. Lorsqu'elle entendit la voix inquiète de son père Réjean, elle ne ressentait déjà plus rien. Ni la blessure dans son ventre, ni celles qu'elle venait de s'infliger au bras droit avec les débris de verre du pare-brise.

Alexandra leva la tête pour repérer la carafe d'eau. Elle fit pivoter son fauteuil roulant vers la tablette de son lit et se versa à boire. Elle n'était pas satisfaite de ce paragraphe sur lequel elle bûchait depuis quelques heures. Comment rendre compte des sentiments véritables de sa sœur au petit matin de l'accident ? Elle n'en avait aucun souvenir. Les ambulanciers avaient dû intervenir pour séparer Nickie et Réjean. Réjean qui avait été le premier arrivé sur les lieux. Il était tellement amoché et taché de sang que les secouristes avaient cru qu'il était une des victimes du dérapage. Dans sa panique, Nickie l'avait mordu gravement. Un policier avait suggéré au blessé d'aller à l'hôpital pour faire nettoyer ses plaies. Dans un accès de démence, il leur avait crié que Nickie était SA fille et que SA fille ne pouvait pas l'infecter.

Alexandra sursauta au bruit agressant des coups frappés à sa porte.

— Votre dîner, ma petite madame, lui lança Solange en roulant le chariot de repas chauds vers la desserte qui lui servait de bureau. Ce soir, ce serait bien si vous veniez prendre votre souper à la salle à manger. Pour le dessert, on a organisé un bingo avec de beaux prix. Vous êtes certaine de ne pas vouloir descendre ?

Son intonation trahissait son souhait de se faire répondre « non ». Alexandra lui pointa son portable et son travail inachevé. Elle n'apprécia pas le sourire en coin de la préposée. C'était une nouvelle, envoyée par l'agence en remplacement pour les vacances estivales.

— Vous sonnerez quand vous aurez fini, s'empressa de conclure Solange avant de quitter la chambre, en oubliant — Alexandra l'aurait parié — de refermer la porte.

Alexandra tenait à prendre ses repas seule. Malgré tous les exercices de déglutition que la physiothérapeute lui avait patiemment fait travailler ces derniers mois, elle ne pouvait retenir la salive qui s'échappait du côté paralysé de sa bouche. Pour en prendre conscience, elle devait manger devant un miroir, mais la vue de cette infirme baveuse lui coupait l'appétit. Elle se contentait donc de s'essuyer avec un mouchoir, systématiquement, après chaque bouchée.

Les cubes de ragoût étaient trop gros et baignaient dans une sauce liquide. Pendant qu'elle élaborait une stratégie pour attaquer son plat, un souvenir lui traversa l'esprit. Le chevreuil. Réjean était retourné sur les lieux ramasser la carcasse de l'animal ! Elle réalisa avec horreur que, à Noël dernier, à son insu, il lui avait servi, avec carottes et petites patates brunes, la bête qui avait causé la mort de sa mère. De sa bonne main, la droite, elle repoussa si fortement son assiette que tout le jus se répandit par terre. Quand elle eut fini de pleurer et réussi à se moucher adéquatement, elle sonna Solange. En fixant la rigole de bouillon qui continuait de tomber en gouttelettes de la table au plancher, elle éprouva un certain plaisir à imaginer la grosse femme, obligée de se mettre à ses pieds pour nettoyer son dégât.

8

Dimanche 23 août, 12 h

Quand elle stationna sa voiture dans la cour arrière de la résidence La Rose blanche, Denise Cormier fut prise d'un coup de fatigue. Depuis quelques mois, ses baisses d'énergie étaient de plus en plus fréquentes. Devait-elle y lire les signes d'un autre épisode de dépression ? Elle en repoussa aussitôt l'idée. Cette saleté était loin derrière elle.

Elle sortit de l'auto et pressa le pas. Elle n'avait qu'une envie, terminer au plus vite sa visite hebdomadaire. Elle sonna à l'entrée du centre. La culpabilité l'envahit. Elle éprouvait si peu de sentiments pour sa mère. Gabrièle Cormier n'avait pas été une femme très aimante. Se la faire imposer comme professeur au primaire n'avait pas arrangé les choses.

La réceptionniste déclencha l'ouverture de la porte. On la connaissait. Denise se dirigea vers l'escalier qui menait au deuxième étage. La salle à manger la déprimait, elle préférait attendre le retour de Gabrièle dans son petit appartement. Elle avait la clé.

La chaleur était accablante. Denise se précipita au salon pour ouvrir la grande fenêtre. Le logement comportait trois pièces, dont une chambre juste assez grande pour y installer un lit double. Des reproductions de Renoir et de Toulouse-Lautrec surchargeaient les murs. Ces cadres défraîchis avaient occupé la salle de séjour de la maison familiale pendant une cinquantaine d'années. L'ordinateur portatif traînait, ouvert, sur la petite table de la cuisine. Gabrièle avait souhaité qu'on lui fasse ce cadeau afin de pouvoir communiquer à distance avec ses enfants. C'est Denise qui avait hérité de la tâche de l'initier à Internet et au fonctionnement de son appareil.

Elle s'approcha. La page ouverte affichait un long texte. Le bruit de la porte la fit sursauter. Denise se dirigea rapidement vers l'entrée comme si elle avait été prise en faute. En entrant, la marchette accrocha au passage une lampe sur pied.

— Tu devrais la mettre ailleurs, dit Denise en la rattrapant de justesse.

— Ils t'avaient comptée pour le dîner, rouspéta Gabrièle.

— Je vais passer payer tantôt.

Denise ferma la porte. Sa mère traversa le salon et referma la grande fenêtre.

— La cuisinière n'était pas contente. Elle n'aime pas gaspiller.

— Euh… Bonjour, maman.

— As-tu apporté ma crème ? J'ai vraiment mal aux jambes, fit-elle en ignorant le baiser que sa fille venait de lui déposer sur la tête.

— La pluie qui n'arrête pas. Ce n'est rien pour aider, ajouta Denise pour faire diversion.

Elle prit son sac sur le divan et en sortit les médicaments. Elle n'osa pas tendre la facture à sa mère. Se faire rembourser pour les petites commissions provoquait à tout coup une histoire. Parler d'argent était aussi tabou qu'aborder ses états d'âme. Il était plus facile de payer l'addition et d'acheter la paix.

En déposant le tube d'onguent sur la table, Denise jeta de nouveau un œil vers le portable.

— Tu corriges encore des travaux d'élèves ?

— Ce sont mes affaires, maugréa Gabriële en se dirigeant vers son ordinateur pour le fermer.

— Tu te fais payer au moins ?

— Je m'arrange avec ça.

La conversation tomba à plat. Denise chercha un prétexte pour s'en aller.

— Il y a beaucoup de trafic dans le village à cause du rodéo. Je vais remonter avant que ça se gâte.

— Je les ai entendus rouler toute la nuit.

Denise ouvrit la bouche pour lui conseiller de se reposer. Leurs regards se croisèrent. Elle se tut. Son professeur de troisième année la fixait.

— C'est pour ça que je garde mes fenêtres fermées ! la réprimanda Gabriële.

Maman ? Est-ce que tu me vois ? Est-ce que tu m'aimes ? Est-ce que je suis importante pour toi ? Aussi importante que tes deux gars que tu as tant gâtés ?

Denise se détourna et ramassa ses affaires.

— Ça se peut que je repasse dans le coin, cette semaine. As-tu besoin que je t'apporte autre chose ?

— J'ai tout ce qu'il me faut.

Comme si sa fille avait déjà quitté la pièce, Gabriële se dirigea vers la salle de bain. Denise se tint encore un moment dans l'embrasure de la porte. Sa mère n'était plus qu'une vieille femme voûtée dont elle continuait de s'occuper par sens du devoir, la seule qualité qui avait conduit sa vie jusqu'à aujourd'hui. Elle fouilla dans ses poches pour tâter ses clés et le papier sur lequel était noté le numéro de téléphone de Judith Allison.

9

Dimanche 23 août, 13 h

Août prenait enfin des allures d'été. Les deux femmes avaient choisi une table à l'ombre. Avec une petite veste, on y était très bien. Le Café Chad offrait une terrasse sur le côté de l'édifice, protégée du bruit. La rue Notre-Dame de Victoriaville ressemblait aux rues principales de toutes les petites villes du Québec. Les voitures sport défilaient, pare-chocs contre pare-chocs, leurs conducteurs lorgnant les groupes de jeunes filles qui scrutaient les vitrines des quelques boutiques qui survivaient plutôt mal que bien au développement fulgurant des deux grands centres commerciaux.

Judith écoutait Denise d'une oreille distraite. Elle s'emmerdait. Elle s'en voulait d'avoir accepté de passer sa dernière journée de vacances en ville. Si elle n'avait pas cédé à l'invitation imprévue de son ex-prof, elle serait présentement à Trottier Mills en train de dévaler la piste de sept kilomètres que le comité de résidants venait d'aménager. Denise la sortit de ses pensées.

— Veux-tu manger un morceau ?

— J'ai déjeuné tard.

— Moi aussi, mentit Denise.

— On pourrait aller faire un tour à la croix.

Cette escapade sur le mont Arthabaska lui permettrait au moins de bouger un peu.

— Je ne suis pas tellement habillée pour faire de la randonnée.

— Tu chausses du quoi ?

— Du 8.

— Comme moi !

Denise ressentit une chaleur entre ses cuisses. Elle fouilla dans ses poches pour trouver de la monnaie. « Comme moi ! » Sa jeune protégée avait dit cela candidement.

— On peut arrêter chez nous, poursuivit Judith. Je te passerai des snicks et un pantalon.

Judith se dirigea vers la caisse pour régler leurs cafés. Denise reluqua le corps svelte de la jeune femme. À la fois si doux et alerte. Bien sûr, elle avait souvent eu l'occasion de l'observer à la piscine, mais ici, détendue dans ses joggings à mi-jambe et son t-shirt trop grand, elle lui trouvait des ressemblances avec ces longs mannequins désinvoltes dont le seul mandat est d'être belle. La réserve qu'elle affichait, ses sourires retenus, lui donnaient un air énigmatique. Il fallait y aller doucement. Ce tête-à-tête ne lui en avait pas appris davantage sur l'orientation sexuelle de Judith. À l'université, on ne lui avait jamais vu ni copain ni copine. Et même si elle avait un penchant pour les femmes, accepterait-elle de sortir avec une compagne plus âgée ? Malgré tous les doutes qui l'assaillaient, Denise était bien décidée à ne pas lâcher le morceau. De toute façon, il était déjà trop tard. Elle était amoureuse. L'idée d'avoir accès à la maison de sa bien-aimée, de voir son lit et d'enfiler ses vêtements, lui fit accepter la proposition avec un empressement qui faillit la trahir.

— Vous n'avez rien trouvé de suspect qui nous relierait à Boutures ? s'enquit-elle.

— Cinq gros plants de cannabis dans des pots. Dans son salon en plus ! Un peu beaucoup pour de la simple consommation personnelle.

L'irritation de Carl n'échappa pas à Judith. Boutures était SON dossier, une vaste opération policière pour démanteler un important réseau de trafic de stupéfiants dans la région. Il avait été affecté aux recherches menées conjointement par la Sûreté du Québec et la GRC.

— Surprenant que le voleur ne soit pas parti avec. Ça vaut quand même une couple de mille, constata-t-elle.

— C'est ce qui me fait pencher pour un vol simulé, insista Carl.

— Peut-être, fit Judith avec peu de conviction.

C'était son enquête, sa première. Elle souhaitait se laisser guider par ses propres intuitions.

Elle entra dans la maison. Alain Dessureaux prenait des photos du désordre. Après l'avoir salué, Judith examina l'emplacement qu'avaient occupé la télévision HD ainsi que le système audio. Le routeur n'avait pas été déplacé et les haut-parleurs étaient restés bien accrochés au plafond. « Même les malfaiteurs peuvent être paresseux », songea-t-elle. D'autres biens avaient probablement été dérobés, mais il faudrait attendre le retour du propriétaire pour en dresser l'inventaire.

— Qu'est-ce qu'on fait, boss ? la talonna Carl. On saisit les plants ? On dépose une plainte contre lui pour possession en vue d'en faire le trafic ?

Judith fut prise au dépourvu.

— Je finis de faire le tour.

— On l'a déjà fait, le tour. Mais c'est comme tu veux, ronchonna Carl.

Judith l'ignora et poursuivit sa visite des lieux.

La lumière réussissait à peine à pénétrer dans cette habitation que d'horribles tapis rendaient encore plus étouffante. Le propriétaire était quelqu'un d'habile sur le plan manuel. Il avait détruit la cloison qui séparait le salon de la cuisine et l'avait remplacée par un demi-mur. En examinant cette division de plus près, Judith vit que la moquette orange était de teinte plus vive au pied du muret. Une découpe dans la peinture crème laissait paraître la trace de ce qui avait pu être un coffre surmonté d'un objet de taille moyenne et arrondie. Elle demanda à Alain de prendre quelques photos et de les lui envoyer par courriel.

Dans la chambre à coucher, Judith trouva le lit défait. Une forte odeur d'épiderme laissait supposer que la dernière baise remontait à moins de vingt-quatre heures. Sur les draps, Judith dépista quelques poils gris. Selon la position des oreillers, elle conclut que la partenaire de l'homme ne dormait pas avec lui. Quand elle palpa un long cheveu noir entre ses doigts, elle sut que l'amante était très jeune. Par terre, derrière la tête du lit, un petit objet brillait. Une montre. Judith la ramassa et la déposa sur la table de chevet. Puis elle traversa dans la cuisine. Elle n'y trouva rien de suspect. Par automatisme, elle ouvrit le réfrigérateur. Carl, qui n'avait cessé de l'observer, sauta sur l'occasion pour la prendre en défaut.

— On n'a pas d'affaire à fouiller. Je te rappelle qu'on n'a pas de mandat de perquisition. Je suggère d'attendre que le propriétaire revienne.

— Viens voir ça ! fit-elle en réprimant un haut-le-cœur.

Carl s'approcha. Il resta estomaqué à la vue du sang qui dégoulinait des tablettes. Le réfrigérateur était rempli à pleine capacité. Une trentaine de morceaux de viande emballés dans du papier de boucherie avaient commencé à dégeler. Alain mitrailla la scène avec son appareil photo. Judith réfléchissait. Toute cette nourriture était vouée à se perdre si elle n'était pas cuisinée dans les prochains jours. Y avait-il une quelconque fête en vue ? Une image traversa son esprit. Elle était si saugrenue qu'elle n'osa la partager avec ses collègues. Elle les abandonna devant le réfrigérateur et se précipita vers la remise.

Judith ne s'accorda même pas quelques secondes pour se préparer mentalement à ce qu'elle allait découvrir. Elle souleva la porte du congélateur. Il était couché là, dans une buée de frimas, recroquevillé sur lui-même comme un fœtus. Une fine glace se formait déjà sur sa veste. « Il est habillé pour ne pas prendre froid », se dit la policière en remarquant les bas de laine du cadavre. Sa position ne permettait pas de voir son visage. Judith resta figée durant les dix secondes que Carl mit à la rejoindre.

— Shit ! C'est pas vrai. Shit de shit de shit !

Carl se précipita sur l'homme et tâta son pouls. Un filet de sang sur son front confirmait qu'il avait reçu un coup. Judith reprit ses esprits.

— On ne touche plus à rien. Appelle une ambulance.

— Il est mort. On ferait mieux de faire venir Roberge pour constater le décès.

— Avise aussi le coroner. Je vais avertir Alain d'établir un périmètre de sécurité. Je veux voir tout le monde dehors. On a déjà assez contaminé la scène.

Judith s'écoutait donner ses ordres à la volée comme s'il s'agissait d'une autre. Son cœur battait à tout rompre. L'image de l'homme de glace ne la quittait plus. Elle fut subitement prise d'une nausée. Elle se précipita dehors. Une fois sur la petite galerie arrière, elle s'appuya sur la rampe et respira profondément. Elle devait se ressaisir. Que fallait-il faire, maintenant ?

Un mandat. Il lui fallait demander un mandat de perquisition au juge de paix. Tout allait trop vite. Qui était de service aujourd'hui ? Le juge Leclerc ? Elle devait déclarer le meurtre au procureur. Qui joindre pour confirmer l'identité de la victime ? Il fallait faire appel aux experts pour diagnostiquer la blessure qu'ils avaient aperçue sur le crâne de l'homme. Était-il déjà mort avant que son agresseur l'enferme dans le congélateur ? Elle s'éloigna dans la cour pour appeler son patron. Métivier l'avait dépêchée sur les lieux à l'improviste, il lui devait un coup de main.

***

Quand Judith eut terminé sa conversation, Alain Dessureaux s'approcha d'elle.

— Tu es vite. Un bon réflexe d'avoir pensé au congélateur.

Ce compliment déstabilisa Judith.

— Comme il y a apparence d'homicide, je ne suis pas certaine qu'ils vont me laisser l'enquête. L'affaire va probablement être confiée à Léo Bolduc.

Alain afficha un air surpris.

— Il ne devait pas partir pour Québec, celui-là ?

— Dans une semaine, l'informa Judith.

— Je retourne au bureau. Je vais voir si notre monsieur Morin est fiché. On ne sait jamais. Un règlement de comptes, une affaire de dope qui a mal tourné. Il y a quand même cinq plants qui prennent le soleil dans son salon.

— Il faut d'abord s'assurer qu'il s'agit bien de Fernand Morin.

— Carl ne te l'a pas dit? Le mort avait ses cartes d'identité sur lui.

— On va avoir besoin d'une identification formelle. On se reparle tantôt.

Judith retourna en vitesse dans la chambre à coucher. La meilleure façon de conserver le dossier serait de prendre de l'avance. Elle devait recueillir le plus d'informations possible avant lundi matin. La petite montre de femme était toujours sur la table. Elle la glissa dans un sac, l'enfouit dans sa poche et se mit au défi d'en trouver la propriétaire.

Après avoir averti Carl de rester sur les lieux jusqu'à l'arrivée des techniciens en scène de crime, elle lui demanda où elle pouvait joindre la voisine, madame Charland. Elle désirait l'interroger. Enfin son vrai travail commençait.

11

Dimanche 23 août, 16 h

Il avait été convenu que la sergente Allison et l'agent Gadbois feraient équipe pour mener les premières entrevues d'information. La dépouille de Fernand Morin transitait par la morgue de l'Hôtel-Dieu d'Arthabaska en attendant d'être identifiée. Pendant ce temps, la police technique finissait de ratisser la scène de crime en quête d'indices.

Ils approchaient de Tingwick. Judith avait laissé Carl conduire. Durant le court voyage, son compagnon avait été avare de commentaires. Aucune allusion à l'embarrassante situation qu'ils avaient vécue la veille au Rodéo Mécanic. Judith avait réussi là où il avait échoué. Les deux motards qui s'étaient installés sur le capot de son auto-patrouille avec leurs bières avaient été rudement délogés. « Son orgueil a été plus égratigné que sa voiture », songea Judith.

Lorsqu'ils traversèrent le village, elle fut rassurée par le calme qui y régnait. Les jeunes achevaient de ramasser les canettes vides. Elle suggéra à Carl de tourner à droite. L'adresse qu'elle avait en main leur indiquait le centre du village. Ils empruntèrent la rue Sainte-Marie, qui devenait le chemin Craig quelques kilomètres plus loin.

Judith connaissait ce rang ancestral pour y avoir fait de nombreuses randonnées à bicyclette. Elle l'avait parcouru jusqu'à la frontière américaine, mais se promettait de faire le circuit en entier de Québec à Boston. Cette route avait été tracée au moment de l'exode des loyalistes pour faciliter la colonisation des townships. Un autre des plans du régime anglais qui avait échoué, les déserteurs américains ayant plutôt choisi de s'installer le long de la frontière.

« On y est ! » dit-elle, en pointant une maisonnette au revêtement en déclin de cèdre bleu français. En gravissant les trois marches qui les menaient à la porte avant du 54, rue Sainte-Marie, Judith nota qu'elles étaient hors norme, beaucoup trop espacées les unes des autres et sans rampe pour s'appuyer. L'habitation avait des dehors modestes, mais ses fenêtres d'origine devaient dater de plus de cent ans. Le père de Judith aurait apprécié cette demeure patrimoniale qui, autrefois, avait dû loger la forge ou la boulangerie.

Carl actionna le petit pique-bois qui servait de sonnette à l'entrée. Le témoin à interroger vivait seul et avait dix-neuf ans.

— Tu es certaine que c'est ici ? demanda Carl. Les jeunes sont plus du genre « appartement délabré », d'habitude.

— Je vais me charger de l'entrevue pendant que tu jetteras un œil autour, dit Judith.

Son ton autoritaire la surprit. Elle avait dicté ses instructions à son coéquipier comme si elle avait toujours été son supérieur. Carl passa sa mauvaise humeur sur l'oiseau de bois qu'il fit picorer une seconde fois contre la porte. À travers la fenêtre sans rideau, ils virent une forme émerger de l'ombre et s'approcher.

Une jeune fille au teint blafard leur ouvrit. La lumière du jour qui s'infiltrait dans le portique lui fit tourner la tête. Elle se précipita aux toilettes en s'excusant auprès des policiers.

— Bel accueil ! commenta Carl.

Judith en profita pour entrer et jeter un coup d'œil à l'intérieur. Le carré de maison n'était pas plus grand qu'une garçonnière. Le rez-de-chaussée offrait un espace à aire ouverte où communiquaient une salle à manger, une cuisinette et un minuscule salon. La seule pièce fermée était la salle de bain, là où la jeune fille s'était enfermée. À leur droite, un adolescent gisait, inerte, sur le divan de cuir brun. Le jeune rouquin dormait la bouche ouverte en respirant fortement. Sur la table en pin qui leur faisait face, quelques bières vides, du papier à rouler et des restes de joints traînaient à côté d'un sac de marijuana. À part ce léger désordre, tout semblait à sa place. Les grosses poutres donnaient un air chaleureux à l'habitation dont les plafonds bas laissaient deviner la petite taille des gens qui y avaient vécu à l'époque. Le comptoir de cuisine, un vieux bloc de boucher, devait valoir un bon prix, estima Judith.

La jeune fille revint vers eux, encore plus blanche que lorsqu'elle les avait accueillis. Encadré par sa chevelure noire, son visage au teint livide lui conférait une allure gothique. Judith remarqua qu'elle ne portait pas de soutien-gorge sous son t-shirt blanc.

— Vous êtes bien Nickie Provost ?

— Oui.

— Ça va ? Vous vous sentez mieux ? s'enquit Judith en se permettant d'avancer de quelques pas.

— Oui, oui. J'ai juste un peu trop fêté hier.

— Vous n'êtes pas la seule, on dirait, renchérit l'enquêtrice en pointant l'ado toujours endormi sur le sofa du salon. Est-ce que ça brasse toujours autant au Rodéo ?

Leçon numéro un : créer le contact. Sans relation véritable, toute entrevue était vouée à l'échec. L'air bête de Carl toujours stationné dans l'embrasure n'allait pas lui faciliter la tâche. En allant refermer la porte d'entrée, Judith lui rappela des yeux la voiture de la jeune fille. Son collègue parut plutôt soulagé d'être affecté à l'inspection des abords de la maison.

Judith se tourna vers Nickie et la surprit en train de ramasser son attirail de dope qui traînait sur la table. Elle l'interrompit.

— On n'est pas ici pour ça. J'ai oublié de me présenter. Je suis la sergente-détective Judith Allison du Service des enquêtes de la police régionale d'Arthabaska.

Elle fit une courte pause, surprise de s'entendre étrenner son nouveau titre. Cela la gênait comme une chaussure trop neuve.

— Qu'est-ce qui se passe ? Qu'est-ce que vous voulez ? C'est mon père encore ?

— Non, non. Il ne s'agit pas de votre père. On mène actuellement une enquête sur quelqu'un que vous connaissez. Je veux juste vous poser quelques questions. Je peux m'asseoir ?

— Une enquête ? Sur qui ? s'inquiéta Nickie en lui tendant une chaise.

Elle se retrancha dans la cuisinette.

— Je fais du café. Vous en voulez ?

Judith refusa gentiment. Le lien était noué. Ne pas le perdre. Poser des questions ouvertes. Ne pas accuser. S'informer.

— Fernand Morin, ça vous dit quelque chose ?

— Fernand ? Tout le monde connaît Fern. C'est un bon client du bar où je travaille, répondit Nickie.

— C'est ce que votre patron nous a dit.

Judith mesura l'effet de sa remarque au tremblement léger de la main qui remplissait le filtre de café. D'un geste brusque, Nickie vissa la cafetière qu'elle déposa un peu trop lourdement sur la cuisinière.

— Vous avez parlé à Denis, mon boss ? Quand ça ?

— On arrive de Saint-Albert. On s'est arrêtés pour lui poser quelques questions.

La colère se lisait sur le visage de Nickie.

— Vous êtes allés déranger mon boss ! Un dimanche ! Pourquoi ?

— On avait besoin de votre adresse.

Nickie se précipita vers Judith et se planta debout devant elle.

— Il va penser que je suis dans le trouble. Vous allez me faire perdre ma job !

— Quelle sorte de trouble ?

— Pourquoi vous enquêtez sur Fernand ? Y a rien fait, j'en suis sûre ! C'est un bon gars.

— Vous le connaissez bien ?

Judith eut de la difficulté à conjuguer son verbe au présent. L'image du cadavre congelé lui noua l'estomac.

— Comme ça, lui rétorqua Nickie avec aplomb. Il vient régulièrement prendre sa bière au Relais. Quand il finit de travailler, il vient toujours. Il arrive tard. Des fois, on reste ouvert juste pour lui. Quand on le sait. Il nous appelle. C'est un bon client.

— Plus qu'un client ?

Judith hésitait. Était-ce le bon moment de la confronter avec la montre qu'elle avait trouvée près du lit ?

— Pourquoi vous me posez toutes ces questions-là ? Qu'est-ce qu'il a fait ? Je ne suis mêlée à rien, moi. Je fais ma job, c'est tout, s'impatienta Nickie.

— Il paraît que vous faites des ménages chez lui de temps en temps.

— C'est pas un crime ! C'est lui qui vous a raconté ça ?

— Une voisine.

— Quelle voisine ? Vous êtes allés chez lui ? Il est où, Fernand ?

Judith se leva lentement de sa chaise. Debout, face à elle, Nickie lui apparut plus frêle qu'elle ne l'avait imaginé. Comment allait-elle réagir à la nouvelle ?

— On a retrouvé un homme mort à son domicile, ce midi. Il correspond à la description de Fernand Morin.

— Quoi ? Vous me niaisez ! Fernand ! Ça ne se peut pas ! Mort ? Comment ça ? Ça ne se peut pas, je l'ai vu hier ! hurla Nickie.

La policière eut un geste pour apaiser la jeune fille. Nickie se déroba et courut vomir de nouveau. Judith regretta d'avoir été aussi brusque. À sa droite, sur le divan du salon, l'adolescent se mit à bouger. Il ouvrit les yeux avec difficulté.

— Qu'est-ce qui se passe ?

— Bonjour, je suis la sergente-détective Allison.

— Elle est où, Nickie ?

Pour toute réponse, Rémi aperçut son amie qui revenait des toilettes. Elle avait pris le temps de se recomposer un visage. « Comme un maquillage sans couleur », remarqua Judith. Sa voix était devenue aussi dure que ses yeux.

— Rémi, tu devrais aller voir comment ça se passe avec ton père. Il doit t'attendre chez Réjean. Il a dit qu'il ne voulait pas retourner trop tard à Saint-Louis.

— Oui, oui. C'est vrai, il travaille demain. Moi aussi.

Le cellulaire de Judith sonna. C'était Alain, elle devait le prendre.

— Excusez-moi, je reviens tout de suite, fit-elle en s'éclipsant sur la galerie avant.

Nickie profita de ce répit pour reprendre contenance. Elle aida Rémi à ramasser ses affaires et bafouilla un au revoir maladroit. Le front appuyé contre la fenêtre de la porte arrière, elle le vit déguerpir par la cour. Le danger rôdait comme un charognard. Elle regretta de ne pas être au sommet de sa forme. Trop de bière, de monde, d'évènements depuis hier. Elle se doutait qu'aussitôt averti par Rémi, son père rebondirait chez elle pour faire un esclandre. Il réagissait au quart de tour pour un rien. Un problème supplémentaire dont elle n'avait pas besoin.

Personne ne connaissait les liens qui la liaient à Fernand, hormis cette madame Charland, la voisine écornifleuse qui avait perdu son contrat de ménagère le jour où Fernand l'avait dépannée en lui offrant ce travail. Si elle avait osé insinuer quoi que ce soit, elle allait le payer cher. Dans cette vie, il fallait que chaque attaque se paie comptant. On n'allait plus la blesser impunément. Dans sa tête embrumée, les questions se bousculaient. Pourquoi cette policière était-elle chez elle ? Qu'était-il arrivé à Fernand ?

Lorsque Judith revint dans la maison, elle trouva Nickie, de dos, la tête appuyée contre la porte.

— Quand avez-vous vu monsieur Morin pour la dernière fois ? lança-t-elle d'une voix forte.

Nickie sursauta. L'air perdu, elle se tourna vers l'enquêtrice.

— Quand ? Qui ça ?

Judith prit le temps de s'installer à la table de la cuisine avant de répéter sa question.

— Quand avez-vous vu Fernand Morin pour la dernière fois ?

— Hier soir, vers 18 h. Je suis passée chez lui me faire payer pour les deux dernières semaines.

— Pour le ménage ?

— Qu'est-ce que vous pensez ? Je voulais aller veiller. J'avais besoin de ma paye.

Nickie était sur la défensive. Avait-elle quelque chose à se reprocher ? Judith la vit se précipiter vers la cuisinière électrique.

— Fuck de marde ! jura-t-elle.

Elle avait oublié d'allumer le rond sous la cafetière. Elle le mit au maximum.

— À quelle heure êtes-vous partie de chez lui ? poursuivit Judith.

— Vers 18 h 15. Je travaillais au bar de Saint-Albert.

— Votre patron nous a dit que vous étiez arrivée en retard.

Nickie fit volte-face et s'appuya avec autorité sur le comptoir de boucher qui la séparait de Judith.

— C'est sur lui ou sur moi que vous enquêtez ? Vous n'avez pas le droit de me poser des questions. Il faut que j'aie un avocat.

— Écoutez. Je pourrais vous demander de me suivre au poste, mais je pense que c'est mieux de…

— Pourquoi ? la coupa Nickie. Je n'ai rien fait ! Qu'est-ce qui est arrivé à Fernand ? Vous ne me dites pas tout !

Le contact était rompu. Judith décida de changer de stratégie.

— On pense qu'il a été assassiné.

Un silence précéda la réaction de Nickie.

— Hein ! Voyons donc. Ça ne se peut pas !

— Savez-vous si des gens lui en voulaient ?

— Tout le monde l'aimait. Ça peut juste être des jeunes. Des voleurs qui tuent des vieux et qui partent avec le petit change.

Judith jubila. Nickie venait de se compromettre avec un détail de trop. À aucun moment elle n'avait fait allusion à un vol devant le témoin. Nickie aurait pu vouloir obtenir davantage que son maigre salaire de femme de ménage. Elle devait connaître les cachettes du vieil homme. Peut-être n'avait-elle pas agi seule ? Comme si elle lisait dans ses pensées, Nickie s'impatienta.

— Hey ! Si vous pensez que c'est moi, vous vous trompez. J'ai fini au bar à 23 h. Vingt minutes plus tard, j'étais à Tingwick. Si vous ne me croyez pas, parlez-en à mon père. J'ai passé toute la soirée avec lui.

— Son nom ?

— Réjean Dubé.

— Où est-ce que je peux le joindre ?

Des éclats de voix leur parvinrent de la cour arrière. Carl était en train de faire connaissance avec l'alibi de Nickie. La jeune fille retourna à la fenêtre observer la scène.

— C'est mon père. Il est fou. Il déteste tout le monde, particulièrement les polices et les prêtres.

Judith se leva et vint rejoindre Nickie. Son ton s'adoucit.

— Est-ce que vous savez si Fernand avait de la famille, des enfants ?

— Un gars. Il m'a déjà dit que la seule famille qu'il avait, c'était son gars. Jérôme. La dernière fois, il était en Australie. Ça fait des années qu'ils ne se parlent plus.

— Bon, rien pour nous aider.

— Aider à quoi ?

— À identifier le corps.

— Il est où ?

— À la morgue de l'hôpital d'Arthabaska. Mais il faut faire vite avant qu'on l'envoie à Montréal pour l'autopsie.

— À la morgue ?

— Oui.

— Je veux y aller, fit Nickie d'un ton déterminé.

La demande surprit Judith.

— Vous êtes certaine ? Vous sentez-vous capable de…

Judith n'eut pas le temps de terminer sa phrase. Elle vit le fragile masque de dureté craqueler sur le visage de Nickie. La jeune fille se liquéfia sous ses yeux. Sans réfléchir, Judith ouvrit ses bras pour l'accueillir. Accrochée à son cou, Nickie lui pleura toute sa détresse à l'oreille, à voix basse, comme si le fait de la chuchoter allait atténuer sa douleur.

— Je veux le revoir une dernière fois. Je l'aime. C'est mon amour.

La cafetière se mit à siffler comme l'appel d'un navire en péril.

12

Dimanche 23 août, 18 h

Tout bougeait au ralenti dans le cerveau de Nickie. Comme dans un mauvais rêve. Était-ce bien elle, assise sur la banquette arrière d'une voiture de police ? Elle venait de quitter la morgue où elle avait identifié son amant. Fernand Morin, le seul qui savait l'écouter des heures sans lui poser de questions. Qui l'accueillait dans ses draps en silence. Fernand, qui la gâtait comme un père sa fille, qui réparait sa voiture, qui lui prêtait des sous et oubliait de se faire rembourser. Il voulait l'aider. C'était sa manière à lui. Au début de l'été, il avait perçu son désarroi. Elle n'était plus la même, au bar. Il voyait en elle. À travers elle. Elle lui avait raconté pour l'autre. Comment il l'avait laissée tomber au moment où elle était le plus fragile. Elle avait voulu mourir. Il l'avait recueillie comme un petit oiseau tombé du nid. Il lui avait sauvé la vie et voilà que c'était la sienne qu'elle avait détruite. Si elle était restée avec lui hier soir, rien de tout cela ne se serait produit. C'était la première fois qu'ils avaient vraiment fait l'amour. La seule fois où il avait insisté pour qu'elle passe la nuit à ses côtés. Elle avait refusé. Elle était partie. Elle avait eu peur. Elle avait tout fait rater. Comme avec sa mère quand elle s'était engagée à lui servir de copilote. Elle s'était endormie. Elle était une mauvaise fille. Ceux qu'elle aimait mouraient, par sa faute. La vie était devenue son ennemie. Dès que l'auto-patrouille s'engagea dans le Septième Rang de Saint-Albert, Nickie regretta d'avoir accepté d'accompagner la sergente Allison. Mais sa curiosité d'en savoir davantage sur les traces qu'aurait pu laisser le meurtrier lui redonna courage.

Ils approchaient de Saint-Albert. Judith jeta un œil sur son rétroviseur. Nickie avait réagi froidement devant la dépouille de Fernand Morin. Qu'allait-elle leur apprendre de plus en visitant sa résidence cambriolée? Il n'était pas usuel d'autoriser un témoin sur une scène de crime. Carl s'était fait un plaisir de lui reprocher son audace, mais elle en assumait l'entière responsabilité.

Elle stationna la voiture sur l'accotement. L'unité mobile de l'équipe technique était déjà repartie vers le laboratoire de Montréal. Nickie sortit en vitesse et enjamba les bandes de plastique qui balisaient les lieux. Judith lança un regard perplexe à Carl.

Ils rejoignirent Nickie à l'intérieur. En silence, sous leurs yeux, elle fit le tour du salon et de la cuisine, mais resta interdite devant la porte de la chambre. Son analyse du vol fut rapide, claire et précise: l'intrus avait emporté la télé, la chaîne stéréo, la collection de DVD, une vieille commode, ce qu'il y avait dedans, sans doute, et ce qui était dessus.

— Et les plants de mari? Es-tu au courant si c'était à lui? lança Carl sur un ton insidieux.

— Il avait des problèmes de rhumatisme.

— C'est des gros remèdes, ça! Ça devait être des méchants problèmes.

Judith demanda à Nickie de détailler les objets manquants. Quand la jeune fille voulut décrire le meuble antique, quelque chose l'en empêcha. Elle se leva du fauteuil où elle s'était assise et se positionna devant la porte de la chambre à coucher. À deux reprises, elle refit à toute vitesse le trajet du couloir au salon.

— Ma montre. J'ai oublié ma montre dans la chambre.

Judith l'informa qu'elle l'avait récupérée. Cela n'apaisa pas Nickie.

— Quand je suis sortie de la chambre, j'étais en retard. J'ai voulu consulter l'heure à ma montre, mais je l'avais laissée sous mon oreiller. Je n'avais pas le temps d'y retourner. J'ai cherché l'horloge du salon. Elle n'était plus là. En sortant par la porte arrière, j'ai regardé le cadran de la cuisinière électrique. 19 h 15.

— Tu veux dire que l'horloge avait déjà disparu, « avant » le vol ? dit Judith, interloquée.

— L'horloge et probablement la vieille commode sur laquelle elle était placée. Ça me revient, maintenant. Je me rappelle avoir trouvé ça vide, dans le salon, mais je n'y ai pas prêté attention.

— Une horloge comment ?

Nickie prit des mains de Judith son calepin et sa plume. Avec une habileté remarquable, elle dessina les deux objets. Quand Judith vit l'esquisse, elle resta sans voix. Elle rangea ses notes dans sa poche sans donner aucune explication à Carl qui l'interrogeait du regard.

***

Assise à l'arrière de l'auto-patrouille qui la ramenait à Tingwick, Nickie mesura l'ampleur du pétrin dans lequel elle s'était enfoncée. Ils allaient enquêter sur Fernand et se rendre compte qu'il revendait le long de ses circuits routiers dans le Bas-Saint-Laurent, en Gaspésie et jusqu'en Nouvelle-Écosse. Elle regrettait de l'avoir embarqué dans ses combines. Ils remonteraient jusqu'à elle, facilement. Ce n'était pas un secret très bien gardé qu'elle était son fournisseur. Qui avait tué Fernand ? Les Bad Ones ? Ils avaient pu simuler un vol en laissant délibérément les plants de pot dans le salon pour attirer l'attention des flics. Mais pourquoi s'en être pris à Fernand ? Pour la punir elle ? Seraient-ils passés par lui pour lui envoyer un message ? Pour l'avertir qu'elle jouait dans les plates-bandes des grands, qu'elle enfreignait les règles ? Et si c'était Julien, par accès de jalousie ? Non, Julien aboyait mais ne mordait pas. Et elle ? Si on vérifiait son compte à la caisse, on lui poserait sûrement des questions. Elle ne pouvait pas mettre en péril son plan, pas maintenant. Elle devait continuer. Pour Alexandra. Elle n'aimait pas la façon dont le collègue de Judith l'avait observée. L'agent Carl Gadbois ne croyait pas à ses histoires, c'était clair. Elle devait agir vite.

Quand le policier la laissa devant sa porte avec un au revoir poli, elle se sentit complètement abandonnée. Elle aurait souhaité que sa mère soit là à l'attendre avec un souper marocain et quelques remontrances pour la forme. Marie-Paule ne l'avait jamais punie. Ni elle ni sa sœur. Quelques sermons tout au plus, mais jamais de colère. Elle avait besoin d'aide. La serre devait être vidée ce soir. Sa Suzuki était trop petite. Elle courut en panique jusque chez son père qui habitait tout près, rue Saint-Patrice. Il pourrait au moins lui prêter son pick-up et l'accompagner à Deschaillons avant la tombée de la nuit.

13

Dimanche 23 août, 19 h

En arrivant chez elle, Judith trouva John Allison en train de tondre la pelouse. La cour arrière était son domaine. Il avait la main pour l'aménagement paysager et était particulièrement fier de ses framboisiers et de ses mûriers qu'il avait réussi à sauver du mauvais climat des derniers mois. Dans le coin gauche du terrain trônait une remise qu'il avait bâtie avec son voisin et ami, Benoit. C'était son premier projet de retraite. Il avait besoin d'espace de rangement depuis qu'il avait converti son garage en petit atelier de restauration d'antiquités : meubles anciens, jouets, vieux outils qu'il ramassait tout au long de l'année dans des encans et des brocantes de toutes sortes. C'était devenu une occupation à temps plein depuis qu'il avait abandonné la pratique du droit. Il adorait faire ses tournées et fréquenter ses chums *pickers* dont certains ramassaient pour lui. Il était réputé dans le milieu pour être un fin connaisseur, et un bon payeur.

Lorsqu'il aperçut Judith dans l'encadrement de la porte-fenêtre, John éteignit le moteur de la tondeuse.

— Je pensais faire des saucisses italiennes, lui lança-t-il en guise de bonjour.

Les cris de son estomac eurent vite fait de convaincre Judith que son interrogatoire sur les antiquités disparues pouvait attendre.

— C'est bon. Je pars le barbecue et je fais une salade. Vas-tu vouloir du riz?

— Non, je n'ai pas tellement faim. Mes brûlures d'estomac ne me lâchent pas depuis ce matin.

Judith se mordit les lèvres pour ne pas lui répondre. Elle devait se corriger de sa manie de tout commenter. Elle se servit une bière et se mit à préparer la vinaigrette. Hier soir, elle n'avait pas été très affable avec l'invité de son père. Elle ne souhaitait pas particulièrement faire un plat avec leur tapage nocturne. Ce Clément Désilet semblait être un bon buveur que John n'avait pas de difficulté à suivre. Il n'avait cessé de la draguer toute la soirée.

Le quinquagénaire n'était pas du tout son type d'homme. Quel était son genre? Plus jeune, elle avait fait une fixation sur les joueurs de hockey. Sa meilleure amie avait un frère dans l'équipe des Tigres de Victoriaville. Elle avait fini par se faire un petit copain qui pratiquait la lutte extrême. Elle adorait le voir surgir dans l'arène, en robe de chambre, auréolé par les projecteurs et les effets de fumée. Elle aimait les hommes, en sueur, haletants, au bout de leurs ressources, vulnérables, au bord de la brisure. C'était dans leur limite physique qu'elle trouvait l'unique espace pour les rejoindre, une fois leurs défenses baissées.

Comment ce Clément, avec son crâne chauve, son souffle court et sa bedaine naissante pouvait-il imaginer lui plaire? Il ne lui inspirait que répulsion. Elle préférait les hommes bien bâtis comme son collègue Carl Gadbois. Dommage qu'il soit marié. Cela avait restreint leur relation à deux seuls écarts de conduite dont ils n'avaient jamais reparlé. Quand ils étaient côte à côte dans la même voiture, elle pouvait encore sentir l'attirance entre eux. Mais c'était purement physique. Sur le plan affectif, il était trop réservé, parfois dur et, surtout, sans humour. Elle se demanda dans quelle direction leur relation évoluerait.

***

Les saucisses étaient trop cuites, mais la salade rehaussée par la vinaigrette au fromage bleu avait sauvé de justesse ce tardif repas. Judith refusa la tarte aux framboises que son père lui tendait et attaqua.

— Où as-tu trouvé la vieille horloge que tu as ramenée hier ?

— Tu l'aimes ? C'est vrai que c'est une pièce rare, dit-il en lui servant une autre bière.

— Tu l'as achetée où ?

— Je l'ai eue à un super bon prix hier matin à l'encan de Bromptonville. Je suis sûr de me faire le double en la revendant sur eBay.

L'information confirmait leur découverte. Certains objets avaient disparu « avant » le vol. Judith résuma la situation à son père en lui montrant le dessin de Nickie. John reconnut aussitôt le coffre.

— La commode arbalète. C'est Michel Vallières qui l'a achetée. Ils étaient deux à miser dessus. Le *bid* est monté à 5 000 $.

— 5 000 $!

John se pressa d'avaler la bouchée de tarte qu'il venait d'enfourner.

— C'est rien du tout. Ça vaut facilement 15 000 $. C'est un meuble très rare, en pin, à clous de forge. On n'en trouve presque plus.

— Michel Vallières, tu dis ? L'homme d'affaires, le propriétaire de Ciments Bois-Francs ?

— Il est millionnaire. C'est certain que c'est lui qui allait l'avoir. Je ne sais pas pourquoi l'autre *twit* a continué de faire monter la mise.

— C'était peut-être arrangé, avança Judith.

— Je ne pense pas. Le gars, on ne le connaît pas. Mais je peux t'avoir son nom par les frères Brousseau. Il a bien fallu qu'il se nomme pour s'inscrire.

— Mais ils ne vous demandent pas de carte, pas de permis de conduire ?

— Non, vu que tu payes comptant.

— Belle place pour blanchir de l'argent, insinua Judith.

— Tu vois du crime partout. Ces gars-là, c'est des passionnés. Tu viendras une bonne fois.

John avait échappé du coulis de fruit sur son polo. Judith lui tendit une serviette.

— Penses-tu qu'ils accepteraient de me dire qui a vendu ce lot-là ?

— Je peux te le dire, moi. C'était le lot de Clément, fit-il en s'essuyant. Il l'a ramassé la semaine passée. Du vieux. Des beaux morceaux.

— Probablement le stock qui se trouvait dans le coffre.

Judith griffonna une note dans son carnet.

— Du beau stock ! Clément portait plus à terre. Il ne pensait jamais que ça allait monter autant, renchérit son père.

— La commode, il l'avait payée cher ? s'enquit Judith.

— Le vieux Morin la lui a laissée pour 800 $! C'est clair qu'il ne connaissait pas ça.

— Bon, je vais aller interroger ton chum très tôt demain. Plus j'ai d'info avant notre réunion, le mieux c'est pour moi.

— Tu vas le pogner au lit, ma belle, mais je ne pense pas que ça va le déranger.

L'idée incommoda Judith. Clément allait croire qu'elle se servait de l'enquête pour le revoir.

— Si tu aimes mieux lui parler ce soir, je peux l'appeler, la taquina son père en desservant.

— Je suis trop crevée, et c'est quand même ma dernière journée de congé.

— Laisse faire pour la vaisselle, je vais tout ranger. Je vais même te faire chauffer de l'eau pour une tisane. J'ai fait sécher la menthe du jardin. Ça va te détendre.

Judith adorait son père. Son humour mêlé d'espièglerie et de tendresse. Elle se dit que c'était peut-être lui, l'homme de sa vie. Qu'il n'y en aurait pas d'autre. La baise avec des amants de passage et l'affection dans le chaud giron de son papa. Un arrangement qu'aurait condamné n'importe quel psy, mais dont elle s'accommodait très bien. Pourquoi le bonheur avait-il besoin de suivre des modèles déjà définis ?

14

Dimanche 23 août, 20 h

Dans son petit loft de la rue Notre-Dame à Trois-Rivières, un verre de porto à la main, Denise Cormier regardait le soleil se noyer dans le fleuve. Tant de beauté, et personne avec qui la partager. Ce bonheur orphelin lui fit mal. Elle n'avait réussi qu'à apeurer sa belle. Comment allait-elle s'y prendre pour regagner sa confiance ?

Elle s'ébroua pour chasser sa frustration et concentra son attention sur l'enveloppe qu'elle venait de ramasser dans son pigeonnier. Un autre paiement, en tout point semblable aux deux premiers : 1 000 $ pour conclure ses recherches. Le terme approchait. Elle devait livrer la commande mardi matin au plus tard. Ce n'était pas la première fois qu'elle acceptait des contrats comme détective privée. Ce travail l'aidait à bonifier ses maigres revenus de chargée de cours. Mais cette mission était particulière. Le client avait insisté pour garder l'anonymat. Denise avait d'abord refusé, comme elle le faisait toujours en pareil cas. Mais elle avait rapidement changé d'avis lorsqu'on lui avait révélé le nom de l'individu dont elle devrait fouiller le passé. Elle le connaissait. La seule mention du nom de l'homme l'avait fait frémir.

Pourquoi lui ? Et surtout, pourquoi s'adresser à elle pour cette investigation ? Le client connaissait-il son propre passé ? Cette demande la ramenait vingt ans en arrière, aux premières années de sa pratique comme enquêtrice. Pourquoi en voulait-on à ce suspect que la justice n'avait jamais réussi à coffrer ? Avait-il récidivé ? Voulait-on simplement entacher sa réputation ? Cette campagne de salissage qu'on lui demandait d'orchestrer pouvait très bien avoir été initiée par un collègue de travail jaloux de son succès.

Denise cala son porto et jeta un dernier regard sur le fleuve. Le *Jacques-Cartier* glissait élégamment sous le pont Laviolette. Il revenait de sa courte croisière dominicale autour des îles de Sorel. Elle rêva d'y emmener Judith, un jour.

15

Dimanche 23 août, 20 h 30

Nickie entra sans frapper. Elle lança son sac à dos dans un coin de la chambre et s'affala de tout son long sur le lit d'Alexandra. Les yeux au plafond et les bras en croix, elle lui cria son désarroi.

— Je l'haïs ! Il est vraiment con ! Réjean ne veut pas me passer son *truck* ! Je lui ai demandé de venir avec moi. « J'ai trop mal à la tête. Demain. » Ça ne peut pas attendre à demain ! Les bœufs sont après moi. Il est vraiment con !

Alexandra roula son fauteuil jusqu'à sa sœur et lui prit la main. Nickie se redressa et l'enserra en pleurant.

— Papa m'avait juré qu'il viendrait m'aider. Il ne tient jamais ses promesses. Je ne lui demande jamais rien. Pour une fois que j'ai vraiment besoin de lui, il est « malade ». Il me fait chier ! Il trouve que je ne vais jamais le voir, mais là, il ne me verra plus pour un bout de temps, compte sur moi !

Alexandra parut dépourvue. Les mots se bousculèrent dans sa bouche.

— è ta pa...

Nickie se ressaisit. Il n'était pas question d'inquiéter Alexandra avec ses histoires.

— Ah ! oublie ça ! Je vais m'arranger. On a plus important à faire.

Nickie fouilla dans son sac et en sortit le journal intime de Marie-Paule.

— Je l'ai encore feuilleté. Elle ne le nomme jamais. Elle l'appelle « l'Ogre ». Quand ce sera le moment, on dira que c'est lui. Je le range où ?

Alexandra lui indiqua sa table.

— Laisse-le pas traîner. C'est une preuve.

Puis, avec nervosité, Nickie sortit son iPhone de sa poche.

— J'ai les enregistrements de mes quatre dernières rencontres avec le bonhomme. Celles de mai et de juin. J'ai réussi à laisser mon cell ouvert tout le temps. Mais je ne peux plus me promener avec ça dans les poches. Si les bœufs me pognent pour la dope, ils risquent de confisquer mon téléphone.

Elle brancha son iPhone dans le portable d'Alexandra et y téléchargea les fichiers audio.

— Personne ne viendra les chercher ici. Bientôt, on pourra s'en servir pour le faire suer un peu. On va devenir riches, lui faire payer ce qu'il nous doit.

— Jamais assez, marmonna avec effort Alexandra.

Nickie se tourna vers sa sœur. Vingt et un ans et paralysée pour le reste de sa vie. Qui allait assurer son avenir ? Sûrement pas Réjean. Elle était sa seule ressource. Nickie s'approcha et serra Alexandra dans ses bras.

— Je le sais que ce ne sera jamais assez. Mais compte sur moi qu'il va vite trouver que c'est trop, le jour où il va se débattre comme un rat dans le filet que je lui ai tendu.

Nickie effaça les fichiers de son iPhone.

— Voilà, c'est fait. Mais tu es mieux de ne pas écouter ça avant de te coucher, tu ne dormiras pas. C'est pas mal *hot.* L'Ogre était en forme. Il y a plein de détails croustillants que tu pourras retranscrire. N'oublie pas de changer les noms. Tu en es où avec notre chapitre final ? As-tu commencé à l'écrire ?

Alexandra lui fit un signe de la tête, un peu hésitante. Nickie s'impatienta.

— Il va falloir aller plus vite. L'éditrice nous a fait une avance, elle veut une première ébauche.

Alexandra réagit en protestant avec de grands signes de sa main droite. Elle s'approcha de son clavier et tapa quelques mots : « besoin de plus de temps... »

— Ce n'est pas une œuvre qu'on fait, Alexandra. Ça n'a pas besoin d'être le livre du siècle. Tu écris ce qu'il y a à savoir et c'est tout. On s'en fout du style !

Nickie vit qu'elle venait de blesser sa sœur. Ce projet d'écriture avait pris une importance démesurée pour elle.

— O.K., deux semaines. Mais pas plus. Faut que j'y aille.

Avant de partir, Nickie emprunta la salle de bain. À cause du siège d'appoint de la toilette, elle se sentit débalancée. Pendant qu'elle pissait, elle se força à fixer les aménagements du bain : une barre de soutien, une chaise de douche, une porte en demi-mur. Ces appareils vinrent lui rappeler pourquoi elle avait élaboré son projet. Ses propres problèmes reprirent leur juste place et leur plan de vengeance occupa de nouveau toute son attention. Quand elle actionna la chasse, elle prit une grande inspiration. Elle se regarda dans le miroir et se sourit pour s'encourager. Elle se sentait déjà mieux. Elle venait de trouver comment se sortir du pétrin. Pourquoi n'y avait-elle pas pensé plus tôt ? Lui seul pouvait l'aider et s'il refusait, elle savait déjà comment l'y contraindre. Nickie attrapa son sac et prit congé de sa sœur en l'embrassant distraitement.

Aussitôt que Nickie fut partie, Alexandra se remit au travail. Elle fit rouler son fauteuil jusqu'à la petite table qui lui servait de bureau. Elle se prépara à rester éveillée toute la nuit. Même si elle connaissait par cœur les extraits du journal que Nickie lui avait numérisés il y a quelques mois, elle avait besoin de tenir entre ses mains le carnet original de sa mère et de se retrouver avec elle par la magie de ses mots. Elle voulait toucher les pages, l'encre, l'écriture de Marie-Paule. Elle devait se rebrancher sur son douloureux passé pour trouver l'énergie de continuer. Sa sœur ne comprenait rien à la force de la littérature. Il ne s'agissait pas uniquement de dire les choses. Comment les raconter avait toute son importance. Il fallait toucher le lecteur, lui faire peur, l'anéantir.

***

Non loin de la chambre d'Alexandra, Gabrièle Cormier appuyait avec application sur les touches de son ordinateur. Il était tard mais elle tenait à terminer les corrections demandées par sa voisine en fin d'après-midi. Elle était fière de réviser ses textes. Mais le désordre dans lequel elle recevait les chapitres l'empêchait de suivre l'intrigue de cet étrange roman. Cette fois-ci, qu'une seule page. Le sommeil la tenaillait. Sa fille Denise avait peut-être raison. Elle était trop vieille pour ce type de travail. Une dernière relecture et elle se mettrait au lit.

Justine n'avait jamais prêté attention à la porte du fond du bureau du thérapeute. Elle avait imaginé qu'il s'agissait probablement d'un couloir menant à sa résidence qu'elle savait connexe. Aussi, elle fut surprise de le voir ouvrir la porte en pleine séance et encore plus déstabilisée par l'invitation qu'il lui fit. Son attitude était si naturelle qu'elle ne comprit pas du premier coup à quoi il faisait référence.

— Les serviettes de bain sont sur la tablette, juste derrière le paravent. Sens-toi à l'aise de garder tes sous-vêtements. Je retourne un appel et je te rejoins.

Il lui avait donné ces indications sur le même ton qu'il employait pour régler la facturation ou coordonner le prochain rendez-vous. À la dernière rencontre, l'Ogre avait abordé avec elle l'idée de combiner la consultation avec une session de massage. Elle s'était laissé convaincre par ses savantes explications : « La blessure des évènements se loge de façon pernicieuse dans le corps. En se laissant guider par les mots, les doigts peuvent creuser la douleur incrustée dans les muscles et la délivrer. Le toucher est pensée. » Elle s'était dite prête à essayer.

Elle s'avança avec curiosité dans l'autre pièce. Elle fut d'abord surprise d'y trouver un bain là où elle s'attendait à voir une table de massage. Le plan d'eau ressemblait davantage à un jacuzzi qu'à un appareil thérapeutique. L'eau bleue bouillonnait. Un escalier de trois marches permettait d'y accéder facilement.

Ses premières pensées furent d'ordre très pratique. Comment allait-il s'y prendre pour la masser sans se mouiller lui-même ? S'immergerait-il dans l'eau avec elle ? Allait-il garder ses sous-vêtements ? Et les siens ? S'ils étaient trempés, qu'allait-elle remettre pour retourner chez elle ?

Un bruit sourd retentit derrière sa porte. Gabrièle sursauta. Craintive, elle alla ouvrir. Le fauteuil d'Alexandra franchit le seuil en accrochant au passage la lampe du salon. La jeune fille souffrait d'une vision limitée sur sa gauche. La révulsion de ses yeux précéda de quelques secondes un cri d'une telle animalité que Gabrièle s'entendit y répondre par un son guttural aussi terrifiant. Elle paniqua à la vue de la morve qui coulait du nez de sa voisine. Puis son vieux réflexe de professeure reprit le dessus. Elle se précipita sur la sonnette d'urgence de sa salle de bain et l'agita jusqu'à ce que deux préposées débarquent en catastrophe dans son appartement. Alexandra avait glissé de sa chaise et elle était en convulsion sur le plancher.

***

Alexandra dormait. Gabrièle avait obtenu la permission de la veiller en attendant qu'on joigne le père de la jeune femme. On lui avait administré des calmants. Son médecin, qui était le même que le sien, avait sûrement été prévenu. Puis Gabrièle se rappela qu'il était en vacances au Mexique jusqu'à la fin d'août avec sa famille. Il devait bien y avoir un médecin de garde ? Elle en doutait. Cette résidence commençait à lui paraître moins bien organisée que ce qu'elle avait cru, au début. Comme partout ailleurs, on coupait sur le personnel de nuit, l'entrée n'était pas bien surveillée.

Personne n'avait vu qu'Alexandra était en crise. Ce n'était pas la première fois pourtant. Une montée d'anxiété, sans doute. Son projet de roman qui devait la tracasser. Heureusement qu'elle lui avait offert son aide. Seule, elle n'y serait jamais arrivée. Elle songea au prix qu'elle chargerait. Des droits de suite, du moins. Mais peu importe combien elle serait rémunérée, elle adorait ce travail.

En s'approchant pour remonter les couvertures d'Alexandra, Gabrièle jeta un œil sur la table de travail. Le portable était allumé. Les petits écouteurs pendouillaient. Ils émettaient un léger grésillement. Sa curiosité la poussait à prendre l'oreillette et à écouter l'extrait du fichier audio qui jouait toujours, mais sa peur d'être surprise la retint.

16

Dimanche 23 août, 21 h

Nickie avait trop fumé. Tous les évènements se bousculaient dans sa tête. L'interrogatoire des policiers, l'annonce de la mort de Fernand, sa visite à la morgue, puis la crise chez son père. Sa colère grimpa d'un cran. Elle appuya sur l'accélérateur. Une colère connue. Une rage de toujours. D'aussi loin qu'elle pouvait s'en souvenir, elle n'avait éprouvé qu'un seul et même sentiment pour Réjean. La déception. Sa première désillusion lui revint en mémoire, brutalement, comme un oiseau qui aurait frappé son pare-brise. La Suzuki dérapa sur quelques centaines de mètres dans l'accotement. Elle jura en ramenant le volant.

Elle avait six ans. Sa mère était partie pour la semaine et avait confié les enfants à leur père. C'était l'anniversaire de son amie Jessica. Elles étaient voisines. Elle voulait lui offrir un cadeau. La veille, Réjean et elle avaient échafaudé un plan. Il irait au centre commercial après sa visite au chômage et rapporterait la cassette vidéo promise. Il était 17 h 30 et il n'était pas encore revenu. Elle l'avait attendu devant la Caisse populaire. Quelques minutes plus tard, elle avait vu son camion monter la côte. Il avait escamoté son stop et bifurqué vers la maison. Il ne l'avait pas vue. Elle avait couru pour arriver en même temps que lui. En sortant de son pick-up, il avait hélé Jessica qui jouait de l'autre côté de la rue. Nickie avait ralenti sa course. Il agitait le sac au bout de son bras, en riant. Jessica avait laissé tomber sa bicyclette neuve et traversé la rue sans regarder. Tremblante, Nickie était restée figée sur place. Son père remettait le cadeau à son amie. Sans elle. Il l'avait trahie. Elle s'était enfuie au parc à toutes jambes pour pleurer sa peine et ne pas voir leurs embrassades. Le soir, lorsqu'il l'avait retrouvée, elle s'était déjà emmurée dans un espace auquel elle ne lui avait plus jamais donné accès.

Entre Sainte-Eulalie et Saint-Wenceslas, Nickie accéléra à 125 kilomètres à l'heure. Elle eut tout juste le temps d'apercevoir le radar de police. Elle décompressa en douceur jusqu'à la vitesse permise. Cette distraction la ramena sur terre. Sa colère était surtout dirigée vers elle-même. Malgré toutes les promesses jamais tenues, elle avait continué d'espérer l'attention de son père, son amour, sa préférence. Elle n'avait jamais renoncé. Elle s'en voulait de lui demeurer loyale. D'imaginer qu'une bonne fois il serait là pour elle. Tous les efforts pour capter son attention ! Après la séparation de ses parents, elle en avait passé des dimanches après-midi à poireauter chez lui. Attendre qu'il se réveille pour la *ride* de skidoo ou pour aller au bois. Quand il se levait, il était trop tard. Il était toujours trop fatigué ou trop malade de ses beuveries de la veille.

Encore ce soir, il avait osé lui servir : « Je suis ton père, tu vas m'écouter pour une fois ! » Elle avait répliqué : « Tu es mon père en quoi ? Je te demande de m'aider et tu m'engueules parce que la police t'a interrogé !

Arrête de tout ramener dans ta cour. C'est sur moi qu'ils enquêtent, pas sur toi ! »

« Personne ne s'inquiète de moi », constata-t-elle.

Il y avait encore des travaux sur le pont Laviolette. Elle dut ralentir. Cela l'irrita. Tout à coup, l'image de Fernand mort s'imposa à elle avec cruauté. Son long corps musclé, froid, étendu à la morgue. Elle éclata en sanglots. Pleurer lui brûla les yeux et la gorge. Elle avait besoin de boire de l'eau. Elle trouva une vieille bouteille de plastique qui traînait sur le plancher, devant le siège du passager. Elle s'étira pour la prendre. L'eau était chaude mais lui fit du bien.

Elle approchait, elle devait se ressaisir. Avant chaque rencontre, elle était toujours bien préparée. Cette fois-ci, son plan était plutôt improvisé. Elle eut peur, mais elle n'avait pas le choix. Elle avait besoin d'un deuxième véhicule et d'une paire de bras pour sortir son butin du chalet de Deschaillons. Il lui fallait aussi du liquide pour se faire oublier un petit moment. Et de l'argent, elle était capable de lui en soutirer encore plus qu'il ne pouvait imaginer.

Une vingtaine de minutes plus tard, elle stationna sa voiture à Trois-Rivières, près de Choisy et Berthelet. La sonnerie résonna comme si l'appel qu'elle passait était lointain. Pourtant, elle n'était qu'à un coin de rue de chez lui. Elle pouvait apercevoir la façade avant de l'imposante demeure en briques jaunes à travers les nombreux arbres qui ombrageaient l'entrée. « Une entrée principale par laquelle personne n'entre », songea-t-elle. La clinique donnait sur l'arrière de la maison. Son bureau avait sa propre entrée indépendante. Il répondit à la cinquième sonnerie, juste avant que la messagerie s'active.

— Bonjour.

Elle pensa raccrocher. Il ne réussirait pas à l'identifier. Il avait l'afficheur, mais elle avait utilisé un nouveau cellulaire qu'il ne connaissait pas. Le tarif de ses appels y était moins élevé qu'avec son iPhone.

— ....

— Bonjour. Qui est à l'appareil? répéta-t-il sans s'énerver.

Sa voix. Posée et toujours aussi chaude. Il allait comprendre. Il la connaissait si bien.

— C'est Justine. Il faut que je te voie.

Elle l'entendit retenir un soupir d'exaspération. Il se reprit.

— Tu ne respectes pas notre entente. On s'était dit qu'on ne reprendrait pas contact avant la mi-septembre.

— Je le sais, mais ça ne va pas bien. Ça ne peut pas attendre. J'ai vraiment besoin de te voir.

— Ce soir, ça va être difficile.

— Ça ne peut pas attendre, je t'ai dit!

Elle avait crié. Il s'était durci.

— As-tu pris quelque chose?

— Quoi?

— Qu'est-ce que tu as pris?

Sa remarque lui fit l'effet d'une gifle. Quelle opinion avait-il d'elle?

— Je n'ai rien pris, mentit-elle. Et je n'ai rien fait de mal! Sauf que la police est après moi et j'ai besoin d'aide! Ils sont en train d'enquêter. S'ils trouvent ma serre, je suis faite.

— Tes histoires de dope, ce sont tes histoires.

— Et si je m'ouvre la trappe?... Tu ne parles plus? Tu trouves ça moins drôle? Réponds... Dis quelque chose...

Elle ne pouvait pas supporter son silence. Il ne pouvait pas l'abandonner, lui aussi.

— Excuse-moi, je ne voulais pas être bête. Je suis énervée. J'ai un chum qui est mort… J'ai besoin de toi…

Il raccrocha.

Nickie continua d'écouter le signal sonore. Elle se remit à pleurer. En silence, cette fois, comme une prière. Comme aucun Dieu ne semblait vouloir l'entendre, elle se redressa sur son siège et agrippa son volant. Ses gestes étaient lents, mesurés. Elle se mira dans le rétroviseur. Il ne restait qu'elle. Elle seule. Elle défia sa propre image. Jusqu'à quelle profondeur était-elle prête à plonger ? Elle vida sa bouteille d'eau et la lança par la fenêtre. Il avait refusé de l'aider. Lui aussi. Il n'avait pas le droit de la laisser tomber. S'il pensait avoir la paix, il se trompait. Pas question qu'elle coule seule. Elle prit la photo de famille qui était restée dans sa poche de jeans et en déchira un coin pour retirer le visage de sa sœur. Le temps était venu de lui rafraîchir la mémoire. Il la connaissait mal. Les portes qu'on lui fermait au nez, elle avait appris à les défoncer.

Elle se moucha, prit son cell et texta un mot à Julien. Sa dernière carte. Il allait enfin pouvoir lui être utile.

17

Dimanche 23 août, 21 h 30

Luc Gariépy tassa les papiers devant lui. Il n'avait plus la tête à travailler. Les dernières corrections de sa thèse devraient attendre. Il se mit à arpenter son bureau, complètement décontenancé. Elle l'avait appelé chez lui ! Comment avait-elle osé lui désobéir ? Il était si certain, trop peut-être, de son ascendant sur elle. Il aurait dû mieux la deviner. C'était une nature impulsive, imprévisible, une personnalité borderline, les pires. Si elle avait été capable de déroger à leur entente sur ce point, elle pourrait très bien le faire pour leurs autres secrets. Allait-elle parler à sa femme comme elle l'en avait déjà menacé ? Que voulait-elle de plus ?

Il se dirigea vers la fenêtre qui donnait sur la cour et jeta un œil à l'extérieur. Tout semblait calme. Les meubles de jardin trônaient au milieu du gazon qui n'avait pas été coupé depuis des semaines. Luc ferma le store et éteignit la lumière. Pour la première fois, cette fille le conduisait sur le désagréable sentier de la peur. Il devait rebrousser chemin. Comment ? D'abord se calmer. Il se cala dans le fauteuil de cuir des visiteurs, bascula sa tête sur l'appui et ferma les yeux. Il savait se contrôler.

Cela ne lui prendrait que quelques minutes. Il inspira profondément et fit le vide. Des images de leur première rencontre refirent surface.

Cela allait faire six mois. Déjà. Comme conférencier invité au Salon des médecines nouvelles au cégep de Trois-Rivières, il avait fait fureur. Ses cartes professionnelles s'étaient envolées à la même vitesse que son dernier livre. Il était particulièrement fier de sa photo sur la jaquette. À l'approche de la soixantaine, il projetait l'image d'un bel homme, au style à la fois classique et décontracté. Il avait proposé de ne pas porter la cravate et de garder son veston ouvert. Le langage corporel, celui d'une invitation. Malheureusement, la clientèle féminine du Salon était dans la cinquantaine et un peu coincée. Des femmes qui ne savaient se rendre intéressantes que par la confidence de leurs malheurs. Il les décelait du premier coup d'œil simplement en examinant l'épaisseur de leurs lèvres : deux minces lignes crispées dont le trait se terminait par un rictus grimaçant qui rejoignait les premiers plis de leur menton.

C'est à travers ce lot de pies hystériques, attroupées autour de lui pour faire dédicacer leur livre, qu'il l'avait vue pour la première fois. Elle se tenait légèrement à l'écart, le visage enserré dans un bonnet de laine multicolore. Son regard bleu l'avait transpercé. Ses yeux semblaient lui poser une question lourde de sens, vitale. Il avait reconnu en elle ce qui lui manquait si terriblement depuis la maladie de sa femme, l'intensité. Cette rencontre allait enfin lui redonner vie.

Il sourit en se rappelant combien elle avait été habile et lui si vulnérable. Il avait tout de suite acquiescé à sa requête. Sa mère venait de mourir, elle vivait de l'anxiété. C'est lui qu'elle voulait comme psychologue et personne d'autre. Elle était venue l'entendre et avait la certitude que lui seul pouvait l'aider. Il en avait été si flatté qu'il avait accepté de la prendre, même s'il venait tout juste de décider de réduire sa clientèle.

Luc se leva et fit quelques étirements pour se dégourdir. Il était fatigué. Ses vingt-cinq ans de pratique lui pesaient. Sa retraite l'attendait. Il pourrait enfin cesser d'écouter les gens se plaindre. Il avait fait sa part pour soulager l'humanité blessée. Il voulait vivre légèrement, voyager, partir au moins six mois par année. La chaire dont il serait bientôt titulaire à l'UQTR lui en donnerait les moyens. Il prendrait des congés sans solde durant les sessions d'hiver, ou encore se ferait inviter dans des colloques internationaux. Il terminerait enfin la recherche de son deuxième doctorat, une thèse qui choquerait bien des gens, mais qu'aurait-il à perdre ?

D'ici là, le moindre faux pas pouvait lui coûter la belle fin de carrière qu'il s'était aménagée. Il fallait réfléchir calmement à une stratégie pour régler son problème. Car Justine était devenue un problème. L'étude de son cas l'avait bien servi. Il y consacrait d'ailleurs le chapitre final de sa recherche, sans la nommer bien sûr. Mais il n'avait plus besoin d'elle à présent. Et voilà qu'elle s'accrochait.

La dépendance affective de Justine était étroitement liée à l'absence de père. Un diagnostic facile à établir pour lui, élémentaire. Et pourtant, elle l'avait eu sur toute la ligne. Elle l'avait berné, lui, Luc Gariépy. Pendant près de six mois. Il l'avait écoutée lui raconter sa vie sans jamais se douter du filet qu'elle tendait. « Un monstre, pensa-t-il. Cette fille est un scorpion qui m'a traqué comme un vulgaire insecte. »

La première fois qu'elle s'était mise à l'appeler « papa », il avait d'abord cru à un transfert classique, une façon toute naturelle pour elle de compenser, en lui attribuant ce rôle. Il n'avait pas prêté attention à ses allusions. Justine refusait de préciser la date de sa naissance et l'identité de sa mère. Même le jour où elle était arrivée dans son bureau en le défiant avec un test de paternité, il ne l'avait pas prise au sérieux. Il avait joué le jeu et déposé un peu de sa salive sur le coton-tige qu'elle brandissait comme une arme. Il voulait l'accompagner dans son délire, aller au bout de son obsession pour mieux la confronter. Il avait accepté de porter lui-même les échantillons à la clinique qu'elle lui avait indiquée.

Puis il avait perdu pied. Le 22 mai 2009, à 10 h 30 exactement, quand il avait décacheté l'enveloppe envoyée par la clinique. Il était bel et bien le père de Justine De Serres. Il en était resté estomaqué. Des nuits à ne plus dormir. Il avait eu beau fouiller dans son passé, aucune femme de ce nom. En usant du privilège de sa profession, il avait réussi à déjouer une réceptionniste de la clinique pour lui soutirer des renseignements confidentiels. Celle qui ne se faisait appeler que par son prénom, taisait son adresse, se nommait en fait Justine De Serres, habitait Warwick et avait dix-sept ans. Il n'aurait jamais pu vérifier son âge puisqu'elle refusait de lui fournir sa carte d'assurance-maladie et insistait pour payer en argent. Il l'avait toujours crue plus vieille de quelques années. Là aussi, il avait été piégé. Elle était mineure et le lui avait bien caché.

Il avait fait et refait tous les calculs possibles. L'été où l'enfant avait été conçu, il était en stage en France. Il devait nécessairement y avoir une erreur. Et de plus, il ne sentait pas « sa paternité ».

À la suite de cette nouvelle, ils avaient eu un entretien terrible. Il était hors de question qu'il accède à ses demandes. Continuer de la voir en thérapie chez lui était devenu trop dangereux et la présenter à sa belle-famille, insensé.

Il était parti avec sa femme en croisière sur le Saint-Laurent jusqu'à Natashquan. L'éloignement allait lui donner un peu de recul. Durant ces deux mois de vacances, il avait retourné le problème dans tous les sens. Se confier à Jocelyne était impensable. Son épouse commençait à peine à émerger de sa dépression. Demander un nouveau test de paternité était également hors de question. Il ne voulait pas être son père. Il ne pouvait pas être son père.

Il lui fallait d'abord régler cette question avec lui-même. Son unique souhait était de reculer l'horloge, de revenir six mois en arrière. Tout effacer.

La sonnerie du téléphone le fit sursauter. Il n'osa regarder l'afficheur, mais sa nervosité monta d'un cran. Au moment où la pièce se retrouva de nouveau plongée dans le silence, il sentit naître en lui l'idée qu'il repoussait depuis quelques mois. La seule option qui s'offrait à lui.

Il s'installa à son bureau comme il avait pris l'habitude de le faire lorsqu'il étudiait un nouveau dossier. Bien accoudé, les mains jointes devant sa bouche, il se mit à réfléchir.

Il repassa au peigne fin les évènements des derniers mois. Il réalisa qu'il s'était déjà préparé au scénario qui prenait forme dans son esprit. « Un acte manqué », pensa-t-il. Il avait gardé le plus grand secret autour de cette cliente. Aucune note, aucune inscription à l'agenda. Pas de déclaration à l'impôt. Pour la pension alimentaire qu'il lui versait depuis trois mois, il avait usé de prudence. Les sommes avaient été acquittées en argent dans une enveloppe déposée dans un endroit convenu. Il en savait peu sur elle. Mais elle lui avait répété plusieurs fois que sa mère était décédée. Elle n'avait aucune famille proche, que de furtifs amis de baise ou de dope.

Il reprit place dans son fauteuil et se cala pour piquer un somme.

« Une vie peut s'effacer aussi facilement qu'une faute de frappe. »

18

Dimanche 23 août, 22 h

Cela faisait une demi-heure que Judith s'était terrée dans sa chambre. Elle n'avait pas allumé, pour laisser croire qu'elle s'était mise au lit tôt, comme elle l'avait clamé en descendant au sous-sol. Sa première enquête était en cours. Elle était mal préparée. Cette affaire s'était jetée sur elle alors qu'elle en était encore à savourer sa dernière journée de vacances. Elle avait dû plonger, se fier à son instinct, elle qui était si rationnelle. Elle avait besoin de revoir sa journée, de relire ses notes. Plein de détails lui échappaient. Il n'était pas question qu'elle ait l'air d'une débutante demain devant son équipe. Par où commencer?

Elle alluma son portable, se mit en réseau avec la centrale et ouvrit un dossier qu'elle nomma « L'affaire Morin ». En transcrivant le rapport d'entrevue avec Nickie, elle s'attarda au nom de Tingwick. Elle aimait l'appellation de ce petit village d'origine irlandaise, comme la famille de son père. Son oncle Gilles y tenait encore un garage. Elle y avait acheté à bon prix sa Honda Accord. Il pourrait peut-être la renseigner davantage sur la jeune Provost et son père.

Elle s'avisa qu'elle n'avait pas encore pris connaissance du rapport de Carl. La présence de Nickie dans l'autopatrouille l'avait empêchée d'aborder les résultats de l'altercation que son collègue avait eue avec Réjean. Elle ne devait rien négliger. Elle composa son numéro de cellulaire. Une voix un peu éméchée lui répondit.

— C'est moi. Je ne te dérangerai pas longtemps. Tu as appris quelque chose de Réjean Dubé ?

— J'ai passé la moitié du temps à essayer de le calmer. Ce gars-là a des problèmes de paranoïa, c'est certain. Il a juré qu'il a eu sa fille sous les yeux durant toute la soirée, samedi.

— Est-ce qu'on peut se fier ?

— D'après moi, il dit la vérité, répondit Carl, mais il reste la possibilité que la petite se soit rendue à Saint-Albert plus tard dans la nuit.

— Ce serait surprenant. Avec ce qu'elle avait dû consommer, ça aurait été difficile de déjouer les barrages policiers. Elle a un dossier ?

— Rien de gros. Alain m'a signalé deux arrestations pour possession simple. Le mobile penche tout de même de son côté.

Judith nota l'information dans son calepin.

— Je ne pense pas que ce soit elle qui ait fait ça. Ce vieux-là, elle l'aimait, c'est clair.

— Les crimes passionnels, c'est toujours des histoires d'amour, ironisa Carl.

Judith fit basculer sa chaise.

— Et sur Fernand Morin ?

— Alain n'a rien trouvé. Casier vierge.

— Rien d'autre ?

— Il y a quelque chose qui détonne. Encore l'impression que le bordel est organisé. Même le meurtre est propre. Il n'y a rien qui dépasse.

Est-ce que Carl continuait de s'entêter dans cette hypothèse pour le simple plaisir de la contredire ? L'idée exaspéra Judith.

— Peut-être, fit-elle froidement. On en reparlera demain en montant à Saint-Paul-de-Chester.

— Qu'est-ce que tu veux aller faire là ?

— Quelqu'un à interroger. Un antiquaire. Un certain Clément Désilet. Il aurait ramassé des meubles de grande valeur chez Fernand Morin.

— Tu penses à un lien avec la drogue ?

— Pour le moment, je ne pense rien. J'aimerais ça que tu m'accompagnes. Passe me chercher chez moi à 8 h.

— 8 h ? Tu es zélée !

— Je veux prendre de l'avance.

— D'accord, à demain.

Judith raccrocha, soulagée. Il était normal que Carl réagisse avec une pointe de jalousie à sa nomination comme chef détective. Le mieux était de se rapprocher de lui par le travail. Il verrait que leur relation pouvait se poursuivre comme avant. C'était un policier aguerri. Lorsqu'ils patrouillaient ensemble, ils formaient une équipe gagnante. Dans leur nouvelle affectation aux enquêtes, ils se compléteraient : lui avec ses intuitions, elle avec ses déductions. Le pif et l'analyse, un excellent duo.

Elle avait besoin de lui pour faire ses premiers pas dans cette enquête criminelle. Heureusement, la refonte organisationnelle du travail leur laissait plus de latitude. Comme service régional de police, en plus de leurs propres ressources, ils avaient accès à toutes les unités de service spécialisées de la Sûreté du Québec : identité judiciaire, balistique, etc. Il suffisait d'en faire la requête. Mais leur nouveau capitaine, Claude Métivier, était très près de ses sous. Il insistait pour tout autoriser lui-même. Elle devrait développer de solides arguments et, surtout, être efficace dans les processus d'investigation. Il était strict. Toute affaire qui s'éterniserait serait refilée à l'Escouade des crimes contre la personne de la Sûreté du Québec. Métivier ne voulait conserver que les affaires performantes et peu coûteuses.

Judith se rassura. Elle pourrait toujours prendre conseil auprès de Léo Bolduc, le meilleur enquêteur de leur division. Il venait de quitter ses fonctions parce qu'il s'était mis en ménage avec une femme de Sainte-Foy. C'est du moins ce qu'il leur servait comme raison. Judith était convaincue que l'arrivée en poste de Métivier avait joué dans sa décision. Les deux hommes n'avaient pas la même vision de la profession. À quatre années de la retraite, Bolduc n'avait certainement pas le goût de se faire emmerder par un jeune administrateur qui ne connaissait rien au travail de terrain. Elle regretterait ses airs sérieux derrière lesquels se cachait un humour noir. En assistant Bolduc, elle avait beaucoup appris. Ces années à travailler à ses côtés l'avaient motivée à retourner sur les bancs d'école pour se perfectionner en enquête policière. Elle voulait comprendre ce qui poussait les êtres à tuer. Un certificat d'un an s'offrait à l'UQTR. Denise Cormier, qui avait été une de ses professeures à Nicolet, y était chargée de cours.

Judith songea qu'elle devrait peut-être appeler son mentor. Lui donner des nouvelles. Après tout, Denise ne cherchait qu'à l'aider. Elle se promit de le faire le lendemain matin, après l'entrevue avec Clément Désilet et le mystérieux homme d'affaires. Ce trafic d'antiquités n'était peut-être qu'une fausse piste, mais en début d'enquête il fallait ratisser large. Ne rien exclure : la piste de Nickie, celle de la drogue et de ces objets vendus à quelques jours du meurtre.

Elle mit ses notes au propre puis éteignit son portable. Elle resta assise encore quelques instants face au mur du coin de sa chambre où elle s'était improvisé un bureau. Son meuble d'ordinateur et sa chaise IKEA juraient avec le style victorien de son ensemble de chambre, des meubles de famille que son père lui avait promis de mettre en vente au début de l'été. Mais septembre approchait et elle sentait bien qu'elle devrait s'en accommoder encore pour un certain temps. La pensée que son petit lit double ait abrité deux ou trois générations de couples qui y avaient conçu leurs enfants dans le noir sous les lourdes couvertures l'horripilait. Elle ne vouait pas le même culte que John aux vieilleries. Son lit grinçait dès qu'elle remuait, la nuit. Comment ses grands-parents avaient-ils pu y baiser sans ameuter toute la maison ? Dans l'immédiat, le problème ne se posait pas pour elle. Marc lui téléphonait de temps à autre, mais elle ne voyait pas de bonne raison de renouer avec lui. C'était un beau jeune homme et un excellent amant, mais sans aucune conversation. Sa vie se résumait à son travail d'électricien chez Thiro Construction. Elle avait rarement rencontré quelqu'un qui avait si peu d'opinions.

Des bruits de pas résonnèrent au-dessus de sa tête. Son père s'affairait à vider le lave-vaisselle. Elle le sentait heureux de partager sa compagnie. La dernière année avait été difficile pour lui. Il s'était retrouvé seul dans cette grande maison pour la première fois depuis la mort de sa femme, emportée par un cancer du côlon à cinquante-deux ans. Judith en avait alors seize et sa sœur, vingt. John Allison s'était accroché, avec une énergie démesurée, à pourvoir à tous les besoins de ses deux filles. Il s'était mis à mijoter des petits plats, lui qui ne cuisinait jamais, avait repeint leurs chambres, s'était plié à toutes leurs demandes, les avait gâtées outre mesure

19

Dimanche 23 août, 22 h 15

Julien sentit qu'il était sur le point d'éjaculer. Il essaya de penser à une partie de football, comme on le lui avait déjà conseillé, mais c'était trop tard. La jouissance le submergea. Avec l'ecstasy qu'ils s'étaient envoyée dans la dernière demi-heure, les sensations étaient décuplées. Pourtant Nickie ne semblait pas avoir pris son pied. Julien mit sa piètre performance sur le compte de la surprise. Sa visite était si inattendue. La croyant toujours en colère contre lui à cause des évènements de la veille au Rodéo Mécanic, il avait été pris au dépourvu en la voyant s'annoncer chez lui. Elle était déjà *feeling* et s'était littéralement jetée sur lui.

— Excuse pour… hasarda-t-il.

— Pas de problème. Donne-moi la boîte de kleenex.

Les jambes entrouvertes, Nickie se mit à essuyer, sans aucune gêne, sa toison noire, un poil long et bouclé que, contrairement aux filles de son âge, elle refusait de tailler.

Julien était tout remué de la voir habiter son lit pour la première fois et s'y sentir chez elle.

— Si on attend juste un peu…

— Faut que j'y aille.
— Tu peux dormir ici. Mon père ne dira rien.
— Dors, toi. Tu es complètement *vege*. Quelques heures de sommeil et tu vas retrouver la forme, lui dit-elle en lui pinçant légèrement les testicules. Si tu me laisses ta clé, je te promets que je vais repasser plus tard... pour qu'on puisse se reprendre.

Il lui prêta son trousseau en lui indiquant la clé de son entrée personnelle au sous-sol. Elle ne devait pas la confondre avec celle de l'entrée principale de la maison.

— Jure-moi que tu vas revenir.

En guise de réponse, elle lui prit la main et la pressa contre son sexe.

— J'ai un bonbon qui est encore tout gros, touche.

Il la pressa du bout des doigts. Ses gémissements lui confirmèrent qu'il palpait son point sensible. La moue suppliante de Nickie l'invitait à s'aventurer encore plus loin. Il inséra deux doigts dans son vagin, une aventure sous-marine qu'il ne s'était permise avec aucune autre fille. Elle répondit à cet assaut par un grognement de plaisir. Julien se redressa. Cette fois-ci, il aurait le temps de la pénétrer et de la ravager à son aise. Au moment où il s'élançait vers elle, Nickie se dégagea brusquement. Haletants, ils n'étaient plus que deux corps, à genoux, face à face, qui se toisaient.

Nickie baissa les yeux. Elle était en train de perdre un temps précieux. Une mission l'attendait et elle ne devait pas déroger de son plan. L'envie d'abandonner toutes les ouvertures de son corps aux assauts de la verge dressée devant elle la tenaillait. Elle tenta de résister, mais lorsque l'adolescent se mit à se caresser lentement en la fixant du regard, elle sentit qu'elle avait atteint un point de non-retour. Elle s'approcha de lui, sortit la langue et y alla à grandes lampées sur ses couilles.

Julien prit les devants. Il saisit son amante par les épaules et la fit basculer sur le dos. D'un ferme coup de genou, il lui écarta les jambes autant qu'il le put. Elle répondit en étirant ses bras comme une crucifiée. Elle s'agrippa aux poteaux du lit en lui offrant sa poitrine. Il massa ses petits seins avec ses deux mains. Guidé par ses cris de plaisir, il lui mordilla les mamelons avec plus de force. Elle sentit son pénis gonflé lui presser le ventre. Il se souleva et promena sa verge sur sa poitrine. Il remonta jusqu'à son cou, s'attarda sur son visage, près de sa bouche. Nickie lécha avidement le sexe qui la frôlait. Elle en mesura toute la longueur et la force, et elle s'excita de la perspective que dans quelques instants cet homme la posséderait entièrement.

— Vas-y, fourre-moi ! lui murmura-t-elle.

Ces paroles excitèrent Julien encore davantage. Il saisit sa verge et la guida entre les cuisses mouillées de Nickie. Il eut un geste ferme qui plut à sa partenaire. Il la pénétra d'un seul coup. Son sexe continuait de durcir au contact des parois chaudes et humides. Il laissa échapper un cri et se mit à aller et venir avec force et rapidité.

Nickie s'arc-bouta. Elle voulait qu'il se perde en elle, elle en lui, tout oublier, ne plus exister. La sueur rendait leurs corps odorants et glissants. Au bout d'un moment, elle réussit à se dégager. Elle lui fit dos, se mit sur ses genoux et s'offrit à lui. Julien la saisit par les hanches et l'enfourcha. Nickie cambra les reins. Il allait et venait en elle, par saccades, en s'accrochant à son corps comme un noyé. Leurs cris s'entremêlaient. Avant d'éjaculer, il se retira rapidement. En se tournant sur elle-même, elle eut tout juste le temps de guider son pénis dans sa bouche et d'en avaler la semence qui jaillit par courts jets dans le fond de sa gorge.

Nickie n'avait pas encore joui. Elle accorda quelques secondes à Julien pour lui permettre de reprendre son souffle puis dirigea sa main vers son clitoris. Ses indications étaient précises : une main pour lui palper les fesses et l'autre pour la branler. Il prit l'initiative de lui empoigner le poil du pubis et de faire pression sur son clitoris par petits mouvements rapides. Elle n'avait jamais ressenti ce type de plaisir. Pendant quelques minutes, elle échappa à sa vie trop lourde et succomba à la jouissance. Elle râla d'un cri si long que Julien en fut saisi. Quand elle revint à elle, elle ne put s'empêcher d'éprouver de la tendresse pour ce laideron. Un peu de honte aussi de l'avoir utilisé.

Elle lui assena un dernier coup de langue sur l'oreille et lui promit « à plus tard ».

20

Dimanche 23 août, 22 h 30

La sonnerie fit sursauter Judith. Elle attrapa son cellulaire qui gisait au pied de son lit.

— Allô, dit-elle d'une voix pâteuse.

— Tu dormais ? Déjà ? C'est vrai que tu as eu une bonne journée, improvisa Denise.

— Toute une. Je voulais t'appeler demain. On pensait avoir affaire à un vol, mais on se retrouve avec une affaire criminelle. Le propriétaire a été assassiné.

— Pas vrai ! Ta nouvelle carrière démarre sur les chapeaux de roue.

— C'est moi qui l'ai trouvé…

Judith marqua une courte pause. Elle était complètement réveillée.

— … raide mort dans son congélateur.

— Pauvre petite ! s'exclama Denise.

— On a quand même bien avancé, enchaîna Judith en lisant l'heure sur son réveille-matin. Comme je te le disais, j'ai une bonne équipe.

— Un suspect ?

— Peut-être. J'ai déjà mené quelques entrevues avec Carl Gadbois. Il pense que ça pourrait être sa petite amie, Nickie Provost. Mais je n'ai pas l'impression que c'est elle.

Elle en avait déjà trop dit. Les informations reliées à l'enquête en cours étaient confidentielles.

— Son nom me dit quelque chose, bafouilla Denise. Si tu veux, demain, je peux regarder si elle est fichée.

Judith accusa le coup. Denise avait-elle encore accès au serveur de la Sûreté du Québec ?

— Merci, ça va aller. Alain s'en occupe.

Elle avait répondu trop sèchement. Après tout, Denise ne désirait que se rendre utile. Elle se reprit en adoucissant le ton.

— Je te tiens au courant des prochains développements.

— Je voulais te souhaiter bonne chance. C'est ta première enquête, dit Denise.

— Merci.

Un moment de flottement s'installa. Judith fut la première à briser le silence.

— Je sens déjà que j'aime ça.

— Tu as tout ce qu'il faut. Je suis certaine que tu vas être excellente.

— On verra bien. Là, il faut que je dorme. Bonne nuit.

— Repose-toi. Bonne nuit.

Judith raccrocha et demeura songeuse. Que lui voulait au juste Denise ? Pourquoi l'avait-elle appelée si tard ? Elle tenta de se rendormir, mais un doute la tenaillait. Son professeur avait réagi en entendant le nom de Nickie Provost. Quelques secondes d'hésitation de trop. Que devait-elle chercher à entendre dans ce silence ?

21

Dimanche 23 août, 22 h 45

Nickie se tenait tapie dans l'ombre du jardin. Aucune lumière n'éclairait le bureau du troisième étage. Elle avait peur de ce qu'elle s'apprêtait à faire. Mais avait-elle le choix ? Elle devait forcer Luc à l'aider.

Nickie se remémora leur dernière séance de thérapie en juin dernier. Avec la confirmation du test de paternité, il avait été facile de le faire chanter. Il ne voulait pas que la nouvelle s'ébruite. Que sa femme soit au courant. Son silence contre de l'argent. Elle appréciait la généreuse allocation qu'elle recevait depuis trois mois.

Mais alors qu'elle croyait le tenir, il s'était ménagé une porte de sortie. Il subviendrait à ses besoins, mais cesserait de la traiter. Elle lui en voulait encore. Il lui avait annoncé la nouvelle sans lui accorder le temps d'enlever sa veste jeans. Il n'avait pas remarqué son nouvel ensemble, choisi avec soin : une jupe courte assortie à son petit blaser. Elle ne lui pardonnait pas de lui avoir fait part de sa décision le dos tourné, les yeux rivés sur la fenêtre, comme s'il ne s'adressait qu'à lui-même. Le mot « transfert » l'avait terrorisée, comme l'aurait fait le mot « cancer ». Elle ne voulait rien savoir d'un autre psy. Il n'avait pas le droit de la laisser tomber. Elle l'avait menacé de tout révéler. Il lui avait demandé un peu de temps. Elle lui avait accordé l'été.

Près de trois mois déjà qu'ils ne s'étaient revus. Leurs rencontres lui manquaient. Au début de la thérapie, Nickie se rappelait s'être peu livrée. Son but n'était que de piéger l'Ogre. Mais, au fur et à mesure, elle s'était laissé prendre. Luc n'était pas comme les autres psychologues que l'école l'avait obligée à consulter lors de son passage houleux au secondaire. Avec lui, pas de remontrances ni de morale. Elle n'était pas facile à apprivoiser. Sa souffrance était bien gardée derrière son masque de colère. Mais Luc était patient, tenace et très habile. Il avait réussi à déjouer ses défenses. À part l'existence de sa famille et sa propre identité, Nickie n'avait rien caché au thérapeute qui l'écoutait avec une attention dont elle n'avait jamais fait l'objet. Elle lui avait tout raconté dans les moindres détails : ses déboires sexuels, ses excès d'alcool et de drogue. Rien ne semblait le choquer. Il la recevait telle qu'elle était, sans la juger. Il savait panser ses blessures. Bercer son âme et son corps. Apaiser la souffrance qui la tenaillait depuis la mort de sa mère.

Comment avait-il pu l'abandonner à elle-même ? L'été avait été difficile, les dernières heures, infernales. Nickie avait peur de sombrer. Elle avait besoin de Luc, là, tout de suite ! Elle vérifia la photographie soigneusement rangée dans sa poche. Tout était en place pour l'obliger à s'occuper d'elle. La sortir du pétrin.

Après avoir gravi l'escalier qui menait au balcon arrière de la maison, Nickie vérifia la porte. Elle était fermée à clé. Elle prit le trousseau de Julien et ouvrit. Elle hésita. Devait-elle s'annoncer ou explorer la maison pour le surprendre ? Elle opta pour le deuxième choix.

Elle traversa la cuisine. Des pas se firent entendre puis, sa voix.

— Julien, c'est toi ? cria-t-il.

Elle figea sur place en le voyant apparaître dans le cadre de la porte du salon. Il s'installa de toute sa grandeur dans l'embrasure pour lui bloquer le passage. Il paraissait irrité, mais moins surpris qu'elle ne l'eût imaginé. Elle échappa un sourire. Il était beau dans ses vêtements d'été et ses sandales. Son teint bronzé tranchait avec ses cheveux gris. Cette allure de vacancier le rajeunissait.

— Tu pèles, remarqua-t-elle en lui touchant le bras du bout des doigts.

Dès que la main de Justine lui effleura la peau, Luc sentit tout ressentiment l'abandonner. De nouveau, les yeux de la jeune fille réussissaient à aller le toucher là où plus personne n'arrivait à le rejoindre. Elle seule savait s'aventurer chez lui, sans peur, là où des années de mauvais mariage l'avaient enterré depuis si longtemps.

Justine se mit à trépigner comme si elle avait envie de pisser.

— As-tu de la limonade ? J'ai soif.

Ils regagnèrent la cuisine en silence. D'un geste mécanique, il ouvrit la porte du réfrigérateur et lui servit un verre d'eau citronnée. Juchée sur le tabouret de la cuisinette, Nickie croisa ses longues jambes comme si elle était dans un bar. Elle fut prise d'un fou rire. Elle était complètement givrée.

— Tu avais l'air moins de bonne humeur tantôt, lui glissa-t-il à voix basse.

— Belle-maman n'est pas là ? rétorqua-t-elle.

Il ignora sa provocation et décida de prendre les choses en main avant que leur conversation dégénère.

— On peut passer dans mon bureau.

— Pourquoi ? Je ne suis plus ta patiente. Tu m'as vendue à ton collègue, le docteur Bédard, lui reprocha-t-elle.

— Il m'a dit que tu ne l'avais pas encore appelé.

— Je ne veux rien savoir. J'ai commencé avec toi, je veux finir avec toi.

— C'est une conversation qu'on a déjà eue. Je ne peux pas être à la fois ton thérapeute et ton père.

Nickie avala de travers. C'était la première fois qu'il employait directement le mot « père » en parlant de lui et d'elle. Les larmes lui montèrent aux yeux. Cela lui fit mal. Elle serra les dents pour ne pas crier. Elle ne devait pas déraper. Pas maintenant.

— Mon chum Fernand est mort. Je n'ai plus personne, dit-elle en larmoyant.

— Je suis là. Je serai toujours là, tu le sais.

— Non, je ne le sais pas. Tu me raccroches la ligne au nez. Tu refuses de m'aider.

— Viens dans mon bureau. On va prendre le temps d'en parler… de père à fille.

Luc avait insisté sur le mot « fille ». Cela manquait de sincérité. Il lui cachait quelque chose. Nickie le suivit avec prudence. Elle se rassura en se disant qu'elle était en position de force. Elle enfouit sa main dans sa poche de jeans. Sa bombe était déjà enclenchée.

En traversant le salon, elle fut prise d'un étourdissement et trébucha sur le divan. Elle regretta d'avoir autant fumé. Elle aurait dû manger un sandwich. Elle n'avait rien pris de la journée. Elle tenta de sauver la face en le narguant.

— Je voulais juste essayer le sofa. Trouver ma place pour quand je viendrai visiter ma nouvelle famille. Je gage que la tienne est là ? se moqua-t-elle en pointant la causeuse en retrait.

***

Quand Nickie pénétra dans le bureau, elle fut rassurée de voir que rien n'avait changé. Elle n'y était venue qu'une dizaine de fois depuis février dernier. Elle se cala dans le grand divan en cuir. Elle s'y sentait chez elle. Elle fut prise par l'envie soudaine d'abandonner son plan pour se réfugier dans cette ambiance feutrée de thérapie dans laquelle elle s'était sentie confortée. Elle voulait du mal à Luc, mais il lui faisait du bien. Comment faire souffrir l'homme, mais garder pour elle le thérapeute ? Sa présence la rassurait. Elle souffrait. Il devait l'aider à cicatriser ses blessures. Si elle l'attaquait maintenant, allait-il se braquer, la rejeter à jamais ?

Nickie observa Luc avec insistance. Quelque chose détonnait dans son attitude. Il n'avait pas pris place derrière son bureau comme il avait l'habitude de le faire avant d'approcher sa chaise plus près d'elle pour conduire leur entretien. Il était debout, nerveux, occupé à fouiller dans ses tiroirs.

Nickie se leva en lui annonçant qu'elle allait utiliser la salle de bain. Au moment de tirer la chasse d'eau, elle ouvrit le robinet du lavabo, s'aspergea la figure d'eau froide, se regarda dans la glace et décida de passer à l'attaque. Quand elle revint dans le bureau, Luc l'attendait avec un flacon de comprimés dans une main et un papier dans l'autre.

— Je vais te laisser ces échantillons pour ce soir, mais tu pourras aller chercher ta prescription demain matin.

L'offense l'aida à se ressaisir.

— C'est pas des pilules que je veux, c'est toi ! cria-t-elle. J'ai besoin que tu viennes avec moi vider la serre. J'ai peur ! Ils ont eu Fernand. Qui te dit qu'ils ne m'attendent pas à Deschaillons pour me câlisser une volée !

Ta fille risque de se faire tuer, mais tu ne lèves même pas le petit doigt pour l'aider !

— Tu dois d'abord te calmer. Ce n'est pas très fort, mais ça va réduire ton anxiété.

— L'anxiété, je n'en aurai plus quand le chalet va être nettoyé. Je ne serai pas capable toute seule, se lamenta-t-elle. Je suis sûre que les bœufs vont être là demain matin. Ils vont m'embarquer.

— Je ne peux pas y aller maintenant. Jocelyne va rentrer. Elle va se demander où je suis passé.

— Tu devais profiter de vos vacances pour lui parler de moi. Tu n'as rien fait ?

— Ce n'est pas aussi facile que tu le penses. Elle est malade...

— Et moi ? Moi, je ne compte pas ! Moi aussi, je suis malade !

Luc Gariépy évalua rapidement la situation. Sa patiente était sur le point de craquer. Il devait agir, et vite. L'homme traqué qu'elle avait fait de lui laissa le psychologue entrer en action. Il se mit à lui parler doucement. La caressa dans le dos comme il avait pris l'habitude de le faire. Justine ferma les yeux et se laissa bercer par sa voix. Tout allait rentrer dans l'ordre. Elle devait se montrer patiente. Elle était forte, elle en était capable. Tout cela pouvait attendre le lendemain matin. Pour le moment, elle devait rentrer chez elle, prendre ses médicaments et se reposer. Justine se détendit sous ses doigts.

Il fut satisfait de la voir se lever sans broncher, s'excuser de l'avoir importuné. Il la reconduisit à la porte et lui déposa un baiser sur le front.

Ainsi collé tout contre elle, il ne put surprendre son air vainqueur.

En retournant à l'étage pour éteindre les lumières, Luc aperçut un petit carton chiffonné, coincé entre le coussin et le dossier du fauteuil où était assise Justine, quelques instants plus tôt. Il le déplia. Une vague impression de déjà-vu le traversa. Il connaissait la femme souriant aux côtés de Justine.

22

Dimanche 23 août, 23 h

Assise sur son lit, Denise Cormier contemplait les feuilles de son dossier éparpillées au milieu de ses draps défaits. Sa nervosité l'empêchait de se concentrer. Elle refit le tour des documents qu'elle avait déjà réunis dans le cadre de son investigation et trouva le petit article qu'elle recherchait : l'avis nécrologique d'une des trois plaignantes qu'elle avait réussi à retracer. Elle se souvenait vaguement que la femme avait des enfants. Son intuition était bonne : « … Marie-Paule Provost laisse dans le deuil ses deux filles, Nickie et Alexandra… » Il ne pouvait s'agir d'une autre Nickie. Provost était un nom de famille assez rare dans la région.

Y aurait-il un lien entre sa propre enquête privée et celle de sa bien-aimée ? Une excitation nouvelle la gagna. Une chaleur profonde à l'idée que son travail croise celui de Judith et, surtout, lui donne un prétexte pour la revoir. Son élève avait besoin d'elle pour surmonter les embûches qui l'attendaient : la pression des supérieurs, la rivalité des collègues. Les temps n'avaient pas changé. Les femmes avaient toujours plus à prouver.

Être deux ne serait pas de trop. Elle serait l'ange gardien de son ange.

Denise se mit au boulot. En ouvrant son ordi, elle se réjouit que son mot de passe fonctionne toujours. Au poste de police de Trois-Rivières, un de ses bons contacts lui avait ouvert toutes les portes en lui donnant accès aux archives. Le prétexte de ses cours à l'université n'avait suscité aucune méfiance. Comme policière-professeure, il était normal qu'elle veuille se servir d'études de cas en classe. En moins de cinq minutes, Denise eut accès à la fiche de Nickie Provost.

23

Dimanche 23 août, 23 h 30

Penché au-dessus de l'évier de la salle de bain de son bureau, Luc regarda la photographie se consumer. Malgré tous ses efforts, il ne parvenait pas à se calmer. Il était terrorisé.

Justine était la fille de Marie-Paule Provost ! Il n'aurait jamais pu faire le lien. Mais à présent, plus de doute possible.

Le téléphone sonna.

— Qu'est-ce que tu veux, Justine ?

— Nickie, mon nom, papa. Nickie Provost.

Puis au bout d'un moment, elle ajouta :

— Je sais ce que tu lui as fait.

— De quoi tu parles ?

La réponse mit un temps à venir.

— C'était ta patiente.

Luc accusa le coup.

— Justi... Nickie. C'est plus compliqué que tu ne le penses. Tu ne dois pas croire tout ce que ta mère t'a raconté. Elle était romancière. Elle aimait inventer des histoires.

— Je n'en serais pas si certain, à ta place.

— Écoute, Nickie, il faut qu'on se parle. Tout de suite. Tu n'es pas bien. Tu ne peux pas rester toute seule. Où es-tu ? Je vais aller te chercher.

— Tu ne peux pas, ta femme va arriver, lui lança-t-elle en se moquant.

— Dis-moi où tu es, je vais aller te rejoindre.

— Près du chalet, à Deschaillons.

Luc se rappela vaguement l'endroit. Marie-Paule l'y avait emmené, à l'occasion.

— C'est quoi, l'adresse ?

— Tu te décides enfin à m'aider !

— Je veux juste ça, t'aider, Nickie, mais tu dois m'aider un peu aussi. Donne-moi l'adresse.

Il mémorisa les indications et promit de l'y rejoindre dans moins d'une heure.

Il devait réfléchir rapidement. Il n'était pas question qu'une sale petite ado détruise en une nuit ce qu'il avait mis des années à bâtir. Qu'elle puisse être véritablement sa fille ne trouva aucun espace pour se loger dans son cerveau. Si Marie-Paule était tombée enceinte de lui, elle seule était responsable de ses choix, dont celui de lui avoir caché la vérité. Ce n'était pas à l'approche de la soixantaine qu'il allait devoir payer. Et payer pour quoi ? Il n'avait rien fait de mal. Mais le Québec était redevenu puritain et borné, empêtré dans ses normes et la multiplication de ses droits, lois et règlements de tout acabit.

Et Nickie ? Quelle était son intention ? Lui soutirer encore plus d'argent ? Irait-elle jusqu'à le dénoncer en justice ? Pour attouchements sexuels ? Luc réprima un sourire. Avec la vie que menait la jeune punkette, il n'aurait pas de peine à la discréditer. Mais allait-on le croire, avec ces vieilles histoires qu'elle menaçait de lui brandir sous le nez ?

Voulait-elle reconduire la poursuite que Marie-Paule avait eu l'intention de lui intenter il y a vingt ans ? Elle l'avait accusé d'agressions sexuelles alors qu'il était son psychologue. Comment avait-elle osé ? Elle avait été plus que consentante. À cette époque, c'était monnaie courante. Il n'avait pas été pire qu'un autre. Et il n'avait pas été le seul. C'étaient les années 70-80, le seul moment de l'histoire où la psychologie s'était permis des avancées dignes de ce nom. Aujourd'hui, les approches cliniques en étaient réduites à des recettes faciles, appuyées par un usage abusif d'antidépresseurs. Il s'était senti trahi. Il l'avait vraiment aimée. Mais elle était devenue trop possessive, avait manqué d'ouverture dans leur relation. Et voilà que, vingt ans plus tard, il s'était fait envoûter par sa fille comme un bête débutant.

Il ne pouvait plus échapper à son devoir. En plaçant ses affaires dans son sac de sport, il s'aperçut qu'il ne tremblait plus. Il avait repris le contrôle de la situation.

Deuxième partie

24

Lundi 24 août, 6 h

En s'immergeant dans l'eau, Judith étouffa un cri et s'obligea à quelques brasses jusqu'à ce qu'elle sente ses membres s'engourdir. Le thermomètre de la piscine indiquait un timide 18 degrés Celsius. Les nuits avaient commencé à rafraîchir. Son père ne comprenait pas son entêtement à refuser l'installation d'un chauffe-eau. Elle adorait la sensation du froid, surtout ce premier contact avec l'eau glaciale au lever. Une façon de s'éveiller l'esprit et de se laver de sa mauvaise nuit. Elle avait mal dormi. Encore ce rêve. Elle se retrouvait au volant de sa voiture, incapable de freiner. La pédale coincée. Le mur devant ou le fossé ? Elle n'arrivait jamais à se décider.

Comme d'habitude, elle s'était réveillée avant la sonnerie de son réveille-matin. Elle avait eu le temps de faire son jogging. On prédisait quelques chaudes journées : 26, 24 et peut-être même un beau 28 degrés Celsius pour jeudi. Il lui faudrait trouver le moyen de faire une trempette durant la journée. Judith était incapable de supporter la chaleur et l'air climatisé la rendait malade. C'était d'ailleurs un sujet de discorde récurrent entre elle et Carl lorsqu'ils patrouillaient ensemble.

Dans une autre vie, elle avait dû être une Danoise ou une paysanne en Ukraine.

Sur le patio, son père l'attendait, une cafetière fumante dans une main.

— J'ai fait des muffins aux bananes et aux canneberges. Ils sont encore chauds, dit-il en disposant le déjeuner sur la petite table de jardin.

Judith se sécha. Avant d'aller interroger Clément Désilet, elle devait essayer d'en apprendre davantage sur lui et son soi-disant commerce d'antiquités. Quelle était sa relation avec Fernand Morin ? Le client était mort. Pourquoi avait-il accepté de vendre des pièces de collection à peine une semaine avant d'être assassiné ? Une dette ? Judith hésitait. Cette transaction pouvait-elle être liée à la présence des plants de cannabis dans le salon de la victime ?

Quelques minutes plus tard, son père prit place, visiblement heureux de partager son premier repas de la journée avec sa fille. L'enquêtrice se lança.

— Est-ce que Clément connaissait Fernand Morin depuis longtemps ?

— Tu m'en poses une bonne. Je ne me souviens pas qu'il m'en ait déjà parlé.

— Prends le temps de réfléchir. C'était peut-être une vieille connaissance ?

— Peut-être. Mais si ça avait été un collectionneur, je l'aurais su, se vanta John.

— Il voulait peut-être le butin pour lui tout seul ?

— Il ne devait pas savoir que le gars avait une commode en pin, sinon il m'aurait demandé de l'accompagner.

— Pourquoi ?

— Au prix où elles se vendent, tu ne prends pas de chance. Il y a de plus en plus de faux. Clément s'y connaît, mais, dans le vieux meuble québécois, il se fie à moi.

— Donc, d'après toi, il serait allé chez Fernand Morin sans savoir d'avance ce qu'il y trouverait.

— C'est peut-être le client qui l'a appelé. S'il voulait vendre, il a dû savoir que Clément était acheteur.

— Comment ?

John ouvrit le journal local à la page des petites annonces et lui pointa un encart.

— Clément passe ses annonces dans *La Nouvelle* toutes les semaines. Il se déplace chez le monde et ramasse ce qu'il y a à ramasser. Des fois, c'est juste des cochonneries, mais des fois il frappe du beau.

L'hypothèse était plausible. Ce serait facile à confirmer avec le relevé des appels effectués par la victime. Judith repoussa son assiette et se dirigea vers le téléphone de la cuisine en tenant sa serviette de bain enroulée autour d'elle.

— Carl ?

— Je passe te prendre dans une demi-heure.

— Peux-tu essayer de rejoindre Alain Dessureaux et lui demander de vérifier le numéro 354-2092 ? Un appel que Morin aurait pu faire dans les dernières semaines.

— Je me lève, là. Donne-moi une chance.

À la façon dont Carl réclama un crayon et du papier à sa femme, la vie au quotidien avec son collègue ne devait pas être agréable tous les jours. Judith répéta le numéro et lui précisa qu'elle l'attendrait dehors.

Trente minutes plus tard, la policière salua son père de la main, sans le regarder. Sur le coup, elle ne comprit pas l'air moqueur que Carl lui adressa. À la fenêtre du salon, John Allison balançait désespérément un sac à lunch pour avertir Judith de son oubli.

***

Clément Désilet habitait une maison délabrée à la sortie du village de Saint-Paul-de-Chester. Si l'entretien de l'habitation laissait à désirer, le point de vue à lui seul devait être évalué à une petite fortune. Un chien husky accueillit les visiteurs en branlant la queue, suivi de près par Clément qui ne cacha pas son plaisir de revoir Judith. Après avoir salué négligemment son collègue, il les invita à partager un café.

— Ce ne sera pas long et, pour une fois qu'il fait beau, autant rester dehors, répliqua-t-elle.

Clément fit apparaître trois chaises qu'il plaça sur la galerie face à la majestueuse chaîne des Appalaches. Judith souligna la splendeur du paysage. Le propriétaire se vanta que les premières montagnes naissaient au pied même de son petit domaine et marquaient clairement la limite de la vallée du Saint-Laurent. Par temps clair, on pouvait apercevoir le fleuve au nord.

— On ne te dérange pas trop ?

— Tu ne me déranges jamais, ma belle Judith.

Le ton familier de Clément mit la policière mal à l'aise. En roulant vers Saint-Paul, elle avait transmis à Carl toutes les infos qu'elle détenait sur le témoin, mais ne lui avait rien confié des pénibles avances dont elle faisait l'objet.

— Ce matin, c'est la sergente Allison qui te rend visite.

— Tu es encore plus belle en police.

— S'il te plaît, Clément, ce n'est pas le moment.

— Ton père m'a dit que tu étais rendue aux enquêtes. Vas-tu me fouiller ?

Son rire gras détonna avec l'environnement bucolique.

Impatient, Carl orienta sa chaise en direction de l'homme chauve et enchaîna.

— On mène justement une enquête sur Fernand Morin. Tu le connais ?

Quelque chose d'imperceptible changea dans le regard de Clément.

— Oui, oui, c'est un client que j'ai eu la semaine passée. Un gars de Saint-Albert qui voulait casser maison.

— Il t'a dit ça clairement, qu'il voulait déménager ? reprit Judith, interloquée.

— Me semble. Je ne m'en souviens pas trop.

— C'est important. Est-ce qu'il t'a dit où il voulait aller ?

— En Nouvelle-Écosse peut-être ou à Montréal.

— Ce n'est pas exactement dans la même direction, commenta Carl.

— Il n'avait pas décidé, répondit aussitôt Clément qui accusa le coup : il était en train de se faire interroger par la police sur son propre perron.

— Je ne le connais pas plus qu'il faut, ce gars-là, se défendit-il. J'en vois des dizaines par semaine. Je ne me rappelle pas tout ce qu'ils me racontent. C'est leur stock qui m'intéresse.

— Qu'est-ce qu'il voulait te vendre ? enchaîna Judith.

— Des vieux meubles. Il avait quelques beaux morceaux, pas abîmés. Je l'ai bien payé. Il était content. Il n'y a pas de mal à ça.

— J'aurais besoin d'une liste de tout ce que tu lui as acheté. Tu dois avoir les reçus ?

— C'est privé, ça. Je ne vois pas pourquoi je vous fournirais ces informations-là.

— Parce que le gars est mort et qu'on fait enquête sur les circonstances de ce qui a l'apparence d'être un meurtre, répliqua Carl.

— Voyons donc ! Tu me charries ! Il a été tué ! Par qui ? s'étonna Clément.

— C'est ce qu'on voudrait bien que tu nous aides à trouver. C'est pour ça que ta liste est importante, le calma Judith.

— Si c'est pour aider, je veux bien faire ma part. J'irai te porter ça chez vous ce soir, lui proposa-t-il.

— J'aimerais mieux que tu laisses l'information au poste le plus tôt possible.

Les deux policiers se levèrent en même temps. Clément les accompagna jusqu'à leur voiture. En partant, Judith lui glissa un sourire avec un « merci beaucoup, Clément » qui fit son effet. L'homme lui rendit un regard plein de tendresse en portant sa main droite à son cœur. Sans doute pour se rendre intéressant à ses yeux, il leur déballa une dernière information.

— Je me souviens qu'il voulait se débarrasser de toutes ses affaires. Comme il était toujours entre deux *runs*, il souhaitait se prendre quelque chose de plus petit, tout meublé. Il ne savait pas encore.

***

Lorsque la maison fut loin derrière eux, Carl brisa le silence.

— Je trouve qu'il en raconte beaucoup pour un gars qui affirme ne pas avoir prêté attention aux confidences du vieux.

— C'est vrai qu'il dit une chose et son contraire. Déménager ailleurs ou dans plus petit, ce n'est pas le même projet, confirma Judith.

— Mais c'est quand même déménager. Notre Fernand Morin avait peut-être des ennuis. Il voulait se faire rare.

— Et puis, Clément ? demanda-t-elle.

— Je pense qu'il ne nous mène nulle part.

— Tu n'as pas remarqué comme il semble au-dessus de ses affaires. Pas d'horaire, pas de presse. Son commerce doit être suffisamment payant pour qu'il soit maître de son temps.

— C'est clair. Il se fait le motton en saignant les gens qui ne connaissent pas la valeur de leur héritage. Combien il a donné au vieux pour sa commode ? s'informa Carl.

Judith avait oublié de vérifier cette information auprès de Clément.

— Mon père m'a dit 800 $.

— Tu imagines le profit qu'il fait ! Il est là, le vrai vol !

Ils approchaient de l'embranchement de la 161. Judith hésita. Devaient-ils retourner au bureau pour la réunion d'équipe ou filer vers Kingsey Falls faire une visite surprise au riche entrepreneur Michel Vallières ? Il avait raflé la commode à l'encan samedi dernier pour quelques milliers de dollars. Fernand avait-il tenté de récupérer son bien en apprenant sa véritable valeur ? L'aurait-on éliminé pour si peu ? Cela ne tenait pas la route.

Un appel de Christiane leur confirma que leur nouveau patron, Claude Métivier, avait été retenu à Drummondville et ne serait pas à Victoriaville avant 13 h pour la réunion d'ouverture de l'enquête. Ils avaient deux heures devant eux.

— Tu prendras vers Kingsey, dit Judith.

Carl freina sur-le-champ et stationna sur l'accotement.

— Ce n'est pas parce que tu conduis l'enquête que je vais te suivre en aveugle ! Où est-ce que tu t'en vas avec ton meuble ? Il a été vendu « avant » le vol par effraction. Je ne vois pas le rapport. On perd notre temps.

— Il y a beaucoup d'argent en jeu. Il vaut quand même 15 000 $. Ça pourrait être un mobile.

— La dope aussi, c'est une piste. Cinq plants matures dans son salon et une petite amie qui *deale*. On a au moins deux morceaux qui collent ensemble. Pourquoi tu refuses de fouiller du côté de l'opération Boutures ? Parce que c'est MON dossier, c'est ça ?

— Je ne refuse rien du tout, protesta Judith. Nickie s'est déjà fait arrêter comme plein de jeunes avec un peu de pot sur elle. Alain pousse la recherche sur ses antécédents judiciaires. On va attendre les résultats avant de présumer qu'elle vend.

— Tu aurais dû ramasser les joints qui traînaient sur sa table de cuisine. On aurait pu comparer avec le stock trouvé chez le vieux.

Judith accusa la remontrance sans broncher. Elle n'y avait pas pensé.

— Décidément… fit Carl.

Il démarra en faisant crisser ses pneus et s'abstint de terminer sa phrase.

Le GPS les invita à couper par le chemin Craig et à traverser Tingwick. De là, ils pourraient bifurquer par le chemin de Kingsey. Ce raccourci leur permit de passer devant la résidence de Nickie Provost. Carl interrogea Judith du regard. La Suzuki n'était pas dans l'entrée.

— Elle est debout de bonne heure, commenta Judith.

— Ou pas encore couchée.

— Tu continues de penser que c'est elle ?

— Ce n'est sûrement pas ton Clément. Tout ce qui l'intéresse, à part toi bien sûr, ce sont ses antiquités. De là à tuer pour une couple de vieilles planches. Il a les moyens d'acheter toutes les bébelles qu'il veut.

Judith se reprocha de ne pas prêter plus d'attention aux intuitions de Carl. L'insécurité sans doute de se retrouver pour la première fois à la tête d'une enquête criminelle.

Fernand avait peut-être été volé et tué pour un motif complètement différent. Pourquoi avait-il décidé de vendre ses biens de valeur ? Par besoin d'argent ? Judith avait beau tenter de l'en écarter, Nickie revenait toujours dans la mire de l'enquête. Elle était l'amante de la victime. Se faisait-elle payer ? Même si Judith y croyait peu, elle devait la considérer comme une suspecte.

Judith appela Alain Dessureaux.

— C'est Judith. Est-ce que Nickie Provost s'est présentée au bureau ce matin pour la déposition que je lui avais demandé de faire ?

— Je ne l'ai pas vue.

— Peux-tu la joindre et lui signifier d'être là, sans faute, à 12 h 30. J'aimerais encore lui poser quelques questions.

— Je vais essayer. Au fait, je viens tout juste d'avoir accès aux appels de Fernand Morin par l'historique de son afficheur. Il a effectivement appelé quelqu'un au numéro que tu m'as donné, celui d'un certain Clément Désilet, le 16 août dernier, donc huit jours avant qu'on le retrouve congelé.

— Tu es vite.

— Mais le plus intéressant, c'est que Morin a reçu un appel chez lui, du même gars à 20 h samedi dernier, le soir où on soupçonne qu'il a été assassiné.

— Merci, Alain. Super. Dès que tu as d'autres nouvelles, tu me rappelles.

Carl, qui avait suivi la conversation, se mit à ralentir.

— Le maudit ! Il nous a menés en bateau. Il est mieux d'avoir une bonne explication. On fait quoi ? On retourne à Saint-Paul le cuisiner ?

Judith ne devait surtout pas avoir l'air d'hésiter. Elle répondit promptement avec une assurance empruntée.

— Non. On continue vers Kingsey. J'ai besoin de rencontrer Michel Vallières pour avoir tous les morceaux. Pour l'instant, Clément ne se méfie pas, il n'ira pas bien loin. Je veux en savoir un peu plus, avant de le réinterroger.

Ce qu'elle aurait dû faire, d'ailleurs, ce matin. Attendre. Attendre qu'Alain lui fournisse le relevé des appels de Fernand. Elle réalisait qu'elle avait voulu aller trop vite. Son désir d'impressionner son nouveau chef, Claude Métivier, mêlait les cartes. Elle devait se recentrer.

La présence de Carl, qu'elle sentait impatient à ses côtés, l'empêchait de réfléchir. Pour quel motif Clément aurait-il téléphoné à Fernand une semaine après la vente, le soir du meurtre ? Il avait déjà acquis le meuble, l'avait revendu à gros prix. Que pouvait-il avoir d'autre à régler avec lui ? Soudain, tout s'éclaircit dans son esprit.

— Clément savait que Morin disposait d'une grosse somme ! Le cas classique de l'acheteur qui récupère sa mise tout en gardant son acquisition ! lança-t-elle comme une évidence à son collègue.

— 800 $? C'est pas ce que j'appelle une grosse somme.

— Avec le reste des antiquités vendues, on n'est pas loin d'un montant de 1 500 $, payé en argent comptant.

— Il me semble que je serais allé déposer tout ça à la caisse.

— Pas si tu veux éviter l'impôt.

— Ou que tu as peur qu'on soupçonne des revenus de drogue, poursuivit Carl.

— Aussi.

— Mais comment ton Clément pouvait-il être certain que Morin gardait l'argent chez lui ? On n'a pas vu de cachette ni de coffre-fort. Et s'il l'a volé, pourquoi avoir choisi de le faire quand le bonhomme était là ?

— Il a pris la peine de téléphoner pour vérifier. S'il n'a pas eu de réponse, il a pensé que la maison était vide.

— Il aurait vu la voiture de Fernand dans l'entrée. De la lumière dans la maison. Pourquoi ne pas avoir attendu qu'il parte travailler ?

Judith éluda la question.

— Il faut d'abord se concentrer sur le magot. Confirmer au plus vite sa disparition. Les transactions bancaires de Fernand révéleront si le montant a été déposé ou non dans son compte.

— Est-ce qu'on a les mandats pour fouiller ses papiers ?

— Pas encore. Je dois passer au palais de justice d'Arthabaska pour en faire la requête.

Carl ralentit et emprunta une entrée de ferme pour faire un virage.

— Qu'est-ce que tu fais ?

— Je retourne à Victoriaville. Je pensais qu'on laissait tomber le millionnaire et sa commode. Qu'on suivait la trace de l'argent. Tu veux vraiment aller à Kingsey ?

Judith se rendit. Elle s'était laissé emporter par son besoin de voir et de toucher à cette fameuse commode en pin, la dernière trace de l'homme dont l'image du cadavre congelé la poursuivait. Carl avait raison. Rien dans la direction de ce Michel Vallières pour faire avancer l'enquête.

25

Lundi 24 août, 13 h

Judith avait pris place à l'extrémité de la grande table de bois qui occupait tout l'espace de leur minuscule salle de réunion. Sa proposition d'éteindre le climatiseur se buta à un refus musclé de la part de Carl, d'Alain et de la majorité des autres membres du bureau qui s'étaient entassés à ses côtés. Tous attendaient avec impatience le discours de la rentrée de leur nouveau chef, le capitaine Claude Métivier.

Il venait de Sherbrooke et avait accepté le poste en catastrophe au printemps dernier, après le décès par arrêt cardiaque de Jules Saint-Pierre, un vieux routier très respecté dans la région. Un homme qui avait toujours su être à la fois dur, juste et souple. Un homme aimé, dans la mesure où un chef de police peut l'être. Judith n'avait pas mis longtemps à réaliser combien leur nouveau patron était en tous points opposé à son prédécesseur. Nerveux, malhabile dans ses contacts personnels, doté d'une autorité mal assurée. On l'avait recruté pour ses qualités exceptionnelles de gestionnaire. Métivier avait commencé son règne en voulant faire sa marque. Les directives étaient tombées de façon draconienne : aucune heure supplémentaire non autorisée permise. Le dada du capitaine était la « systématisation des opérations ». L'emploi du temps de chacun devait être documenté, y compris les horaires des déplacements.

Jeune homme ambitieux, Métivier était de ceux qui avaient mené de main de maître le lobby politique auprès du ministère des Régions et du ministère de la Sécurité publique, pour rapatrier plus de pouvoir dans les trois MRC du Centre-du-Québec. Elles s'étaient regroupées pour avoir leur propre état-major. Judith avait suivi avec intérêt cette importante réforme administrative qui leur accordait dorénavant le droit de mener des enquêtes de crimes contre la personne.

Tout sourire, Claude Métivier fit son entrée, en compagnie du lieutenant Léo Bolduc.

— Bonjour à tous. Je sais qu'on a une mort suspecte sur les bras, alors je prendrai très peu de votre temps. Comme je l'ai mentionné dans le dernier bulletin d'information, notre mode d'opération va changer en ce qui concerne les homicides. C'est un enquêteur de chez nous qui va continuer d'être responsable de l'affaire, mais comme le temps de la SQ nous est dorénavant facturé, nous allons tenter de recourir le moins possible à leurs services spécialisés. Je serai le seul à autoriser les demandes. L'enquête a donc intérêt à se boucler rapidement. Vous comprendrez qu'on n'aura pas le choix de s'en départir si les choses se mettent à traîner en longueur. On a beaucoup de travail et peu d'effectifs. Il faut augmenter notre efficacité. Dorénavant, pour les enquêtes, je propose de centraliser l'ensemble des informations. Alain Dessureaux va gérer le dossier sur le serveur central. Ce sera à vous de le documenter au fur et à mesure, afin de rendre vos infos disponibles le plus rapidement possible. Et quand je dis le plus rapidement possible, je veux dire matin et après-midi, pas seulement en fin de journée. Je vous remets un document où tout le nouveau fonctionnement est expliqué clairement. Si vous avez des questions, je ne suis pas loin.

Marie-Ève Poliquin, une jeune stagiaire affectée à la mise en place du nouveau projet, se fit un devoir de distribuer des copies à tous. Judith jeta un œil rapide sur le document : trente pages que la plupart des agents ne prendraient pas le temps de lire. Judith s'inquiéta. Métivier ne l'avait pas encore présentée. Après tout, elle était l'enquêteur en chef désigné pour cette affaire. Elle décida de se jeter à l'eau.

— Merci beaucoup, Claude. C'est certain qu'il va y avoir des petits ajustements. C'est pourquoi je propose qu'on fasse des mises au point au fur et à mesure. Ça nous permettra de roder cette nouvelle façon de fonctionner.

Léo Bolduc marqua son accord en opinant de la tête.

— Parfait. Allons-y, dit-il. L'enquête est déjà bien amorcée. J'ai lu le dossier ce matin. Il est étoffé. J'ai hâte d'en entendre davantage. Et je tiens à féliciter la sergente Allison de ne pas avoir tardé à interroger les témoins.

— Ah oui ! se reprit Métivier. J'ai oublié de mentionner que la sergente Allison est responsable de cette enquête.

Judith sentit un petit remous dans la salle. La présence de Bolduc avait laissé croire à plusieurs que ce dernier en serait saisi. Elle tenta de rester impassible. Le bémol allait suivre.

— Mais comme il s'agit d'un cas majeur et que Judith est nouvelle dans sa fonction, Léo agira comme superviseur immédiat de l'enquête. Des questions ? lança Métivier qui semblait pressé d'en terminer avec son laïus matinal.

— Je pense que le mieux serait de mettre en commun les informations qu'on détient présentement, proposa Judith.

— Je vous laisse donc à votre réunion, conclut Métivier. Je prendrai connaissance de tout ça plus tard en lisant vos comptes rendus.

Lorsque le chef quitta la salle, le malaise était palpable. « Le capitaine qui abandonne son navire », pensa Judith. Son ancien supérieur, Jules Saint-Pierre, s'était toujours fait un point d'honneur d'assister à leurs réunions d'équipe. Se contenter de lire des rapports, que chacun perdrait un temps précieux à rédiger, s'annonçait comme un triste recul dans leur façon de faire.

Judith tenta de ramener les esprits vers l'enquête.

— Si on récapitule, la victime a été découverte sans vie, dans le congélateur de sa résidence cambriolée. Le vol nous a été signalé hier, dimanche, à 13 h, par une voisine, madame Aline Charland.

— Est-ce qu'elle a été interrogée ? s'enquit Léo Bolduc.

Judith fut déstabilisée. Elle avait prévu défiler l'information avant de répondre aux questions, ainsi qu'elle l'avait appris, de façon à ne pas nuire à la reconstitution claire des faits.

— Oui, bien sûr, répondit-elle. Elle nous a donné quelques renseignements sur la victime. Il s'agit du propriétaire de la résidence, Fernand Morin, un homme dans la soixantaine, camionneur de son métier, à l'emploi de la compagnie Lepage Transport de Victoriaville.

— On a parlé à son employeur, compléta l'enquêteur Alain Dessureaux. Morin devait travailler dimanche matin très tôt, mais il a laissé un message la veille disant qu'il ne se sentait pas bien.

— Tu as pu joindre son patron ? Quand ça ? questionna Judith.

— À 7 h 30, ce matin. Ces gens-là sont de bonne heure sur le piton.

Judith fulminait. Pourquoi, ce matin, Alain lui avait-il fait part des autres téléphones reçus ou faits par Fernand et pas de celui-ci ? Elle lui réglerait son compte plus tard, en privé.

— Bon, si on poursuit… enchaîna-t-elle.

— J'imagine que tu voudrais savoir à quelle heure il a téléphoné, la coupa de nouveau Alain.

À cause de la présence de Bolduc, Judith s'efforça de retenir son exaspération.

— J'allais te le demander, dit-elle le plus calmement du monde.

— À 22 h, samedi soir.

— Parfait. On sait maintenant que, à 22 h, Fernand Morin était toujours en vie. La dernière personne connue à l'avoir vu est sa petite amie Nickie Provost qu'on a également interrogée. Elle a un alibi qui tient la route et semble très éprouvée par la mort de son… amoureux, ajouta-t-elle après une courte hésitation qui fit sourire tout le monde. Elle a identifié la dépouille et nous a aidés à dresser la liste des objets manquants, dont une commode de grande valeur que Fernand Morin aurait vendue la semaine dernière à un dénommé Clément Désilet. Ce qui en fait un suspect important, c'est qu'il a téléphoné à Fernand Morin samedi soir dernier, vers…

Judith fouilla nerveusement dans son calepin. C'était en soirée, mais à quel moment précisément ? Avant ou après son appel de 22 h pour se déclarer malade ?

— Clément a appelé Fernand Morin à 20 h.

— Merci, Alain. J'ai dû oublier de le noter.

Judith, se mordit la lèvre inférieure. « Surtout, ne jamais se prendre soi-même en défaut. » Combien de fois Denise avait-elle insisté sur ce point auprès de ses jeunes élèves ?

— Donc on est certains qu'à 22 h Morin était toujours vivant, renchérit Alain.

— Oui, c'est ce que je viens de conclure, le reprit sèchement Judith.

— Un peu vite peut-être, les coupa Bolduc. Est-ce qu'on est en mesure de certifier que c'est Fernand Morin lui-même qui a téléphoné à son employeur samedi soir ?

Tous les regards se tournèrent vers Alain.

— Je ne sais pas. La secrétaire m'a dit qu'il avait appelé, c'est tout.

— C'est une grosse compagnie, spécifia Carl, une cinquantaine d'hommes, il faudrait vérifier si elle sait reconnaître la voix de chacun.

— Alain, tu peux t'occuper de récupérer le message vocal et de vérifier s'il s'agit bien de Fernand ? intervint Judith, tentant de reprendre le peu d'assurance qui lui restait.

— Je vais les appeler tout de suite après la réunion.

Judith continua de résumer la situation du mieux qu'elle le pouvait.

— Pour le reste, on attend toujours le rapport du coroner qui nous confirmera l'heure exacte de la mort, même si on en a déjà une bonne idée. On devrait également recevoir sous peu les résultats d'analyse du sang et des empreintes relevées sur le manche de la hache retrouvée dans la remise, qui semble être l'arme avec laquelle Fernand Morin a été assommé. On a aussi envoyé au labo les morceaux de vitre de la fenêtre arrière où il y a eu effraction. À part les traces de pneus de la Suzuki de Nickie Provost et de la camionnette de Fernand Morin, on n'a retrouvé aucune autre empreinte de voiture dans l'entrée.

— Ça reporte les doutes sur sa petite amie, conclut Carl. C'est la dernière à l'avoir vu. Avec la pluie des derniers jours, on aurait dû identifier facilement les traces du véhicule s'il y avait eu un autre visiteur.

— Ça n'exclut pas la présence d'autres suspects. Un voleur intelligent aura laissé sa voiture sur le bord de la route, un peu à l'écart. Est-ce qu'on a interrogé les voisins plus éloignés? questionna Bolduc.

Le silence se fit dans la salle.

— Carl avait l'intention de retourner à Saint-Albert cet après-midi pour recueillir les témoignages des voisins qui étaient absents hier, répondit Judith en lançant une œillade complice à son collègue.

— Tout à fait, confirma Carl.

Judith, encore ébranlée par l'attitude d'Alain, n'avait qu'une seule envie, conclure cette réunion le plus rapidement possible.

— Toutes les autres informations sont consignées dans le rapport. Je pense qu'on en sait déjà assez pour faire avancer l'enquête cet après-midi.

— Tu as raison, Judith, l'approuva Bolduc. Mettons-nous au travail. Je vais aller faire un tour à Montréal pour les presser un peu. Je connais bien Dallaire, le légiste. Il me refile souvent des infos préliminaires de l'autopsie. Ça nous permettra de mieux concentrer nos recherches.

— Je vais talonner le juge pour le mandat qu'on a demandé ce matin. Il nous le faut pour qu'Alain fasse les recoupements dans les comptes de Fernand, lui répondit Judith, pressée de se sortir de cette première épreuve.

Au moment où tout le monde quittait la salle, Bolduc s'approcha d'elle et lui glissa un mot.

— Ta petite Nickie, j'aimerais ça l'interroger, moi aussi, si tu n'y vois pas d'inconvénient.

— Elle devait se présenter au bureau ce matin pour sa déposition. On l'a cherchée partout sans la trouver.

— Elle a dix-neuf ans, ça ne doit pas être la première fois qu'elle part en cavale, supposa Bolduc.

— Je te téléphone dès qu'on l'aura retracée.

— Parfait.

Judith ne se sentait pas encore assez à l'aise pour lui faire part de ses doutes. Elle demeurait convaincue que Nickie n'avait rien à voir avec la mort de Fernand Morin. Cette façon peut-être qu'elle avait eue de s'écrouler lorsqu'elle avait accusé le coup de la nouvelle. La carapace de la jeune fille était solide. Pour réussir à faire céder ce barrage, il fallait que la mort de Fernand l'ait vraiment secouée. Pourtant, elle devinait un lien, pas nécessairement celui qu'ils cherchaient. Lequel ? La disparition de Nickie l'inquiétait sans qu'elle puisse encore dire pourquoi.

— Si on ne la retrouve pas d'ici 17 h, dit-elle, je donnerai le signalement de sa voiture.

— Il faut absolument la réinterroger. C'est quand même un témoin central, insista Bolduc. Le fait qu'elle s'évapore dans la brume ajoute aux soupçons qui pèsent sur elle.

Avant de repartir pour Montréal, Bolduc fit un saut dans le bureau de Métivier. À travers les lamelles des stores à demi-clos, Judith remarqua leur conversation agitée. Était-elle le sujet de leur dispute ? Ses pensées négatives furent chassées par la présence de Carl à ses côtés qui semblait attendre ses directives sans vraiment vouloir les entendre.

— Je retourne à Saint-Paul interroger Clément, l'informa-t-elle en évitant de croiser son regard.

— J'y vais avec toi, dit Carl en prenant son blouson.

— Ce ne sera pas nécessaire, l'arrêta Judith. Occupe-toi plutôt des voisins du Septième Rang. Comme ça, on gagnera du temps.

Elle sortit en le laissant en plan. Elle avait besoin d'être seule. Pas tellement pour penser à l'enquête, mais pour démêler les jeux de coulisse qui se tramaient dans son dos. Se pouvait-il qu'Alain se soit mis lui aussi à contester sa nomination comme enquêtrice ? Comment avait-il pu omettre de lui communiquer l'appel de Fernand à son employeur ? Son oubli était de taille. L'avait-il fait de façon volontaire pour la mettre dans l'embarras ou commençait-elle tout simplement à devenir paranoïaque ?

Judith prit sa voiture et s'engagea sur la 161 Nord. Le beau temps était revenu. 24 degrés pour un 24 août, remarqua-t-elle. « Je devrai m'en souvenir pour réserver mes vacances, l'an prochain. » En bifurquant vers Saint-Paul, elle se mit à regretter que Carl ne l'ait pas accompagnée. Elle n'avait pas très envie de se taper toute seule les farces plates de Clément. Et puis, elle devait reconnaître que Carl avait sa manière à lui de traiter avec les hommes.

Quand elle stationna devant l'entrée de la résidence de Clément, aucune de ses deux voitures n'y était. Elle jura en espérant qu'il n'avait pas filé. Elle décida de l'attendre sur la galerie. Le husky vint la rejoindre. Après avoir repéré une prise extérieure, elle s'installa à son aise avec son portable et se mit à rédiger la suite de son rapport. Métivier voulait de la lecture, elle lui en fournirait. Elle s'accorda un instant pour contempler la vue. Une légère brume se levait au sud dans la vallée, donnant au paysage une impression d'irréalité. Des générations d'habitants, avant elle, avaient observé ces mêmes montagnes. Ses ancêtres paternels, les Allison et les McNeil. Elle en était le dernier rejeton. Elle scruta l'horizon, à la recherche du S.O.S. muet que Nickie Provost lui avait lancé quand elle avait échoué dans ses bras.

26

Mardi 25 août, 7 h

Dans l'entrée du 74, rue Laurier, devant la porte du sous-sol, Denise Cormier patientait en regrettant déjà son audace. Il était trop tard pour reculer. Quand Judith lui ouvrit en tenue sport, elle fut submergée par l'envie de la prendre dans ses bras et de tout lui avouer. Son amour retenu depuis si longtemps, depuis les premiers instants où elle l'avait vue dans sa classe, assise au premier rang, les yeux suspendus à ses lèvres. Son prétexte pour revoir sa collègue était excellent. Car elles étaient désormais collègues dans cette affaire. Depuis dimanche, elle avait bien travaillé. Elle pourrait offrir un solide coup de main à sa protégée.

— Je voulais t'attraper avant ton départ pour le bureau.

— Je sors du lit…

— Excuse-moi, je te croyais plus matinale.

— C'est pas grave. Je me levais.

Judith hésita. Fallait-il offrir à Denise d'entrer et de prendre un café ? Cela impliquerait d'aller à la cuisine et de se taper les présentations avec son père. Cette visite imprévue la contrariait autant que son propre retard.

Elle n'aurait pas le temps de faire son jogging. Elle avait prévu poursuivre son entraînement tous les jours tant que la neige ne serait pas tombée. Et voilà que, à sa deuxième journée de travail, un empêchement venait déjà briser ses bonnes résolutions.

C'est Denise qui offrit une solution acceptable.

— Je t'attends chez Anselme. Je te commande un café. Pendant que tu prendras ton déjeuner, je te ferai part d'informations très intéressantes que j'ai trouvées sur Nickie Provost.

Sans vraiment lui laisser le choix, Denise s'engouffra dans sa voiture et démarra en lui envoyant un candide salut de la main. Judith la regarda partir. Elle détestait se faire dicter ses gestes, surtout si tôt le matin, le seul moment de la journée où elle avait l'impression de s'appartenir. « Je viens de me faire voler », pensa-t-elle.

***

Le restaurant était bondé. Denise leur avait déniché une petite table à deux places. La cuisine à aire ouverte laissait filtrer une forte odeur de friture. Judith sirota son mauvais café du bout des lèvres en examinant les documents étalés devant elle.

— Les deux rapports de police sur les arrestations de Nickie Provost l'an dernier pour possession de cannabis, fit Denise en désignant les papiers en question. De petites sentences dans la communauté. Rien pour la dissuader d'interrompre son commerce.

— Je suis au courant. Alain a déjà consigné toutes ces infos dans son rapport, répondit Judith, agacée. Mais il n'a pas mentionné un trafic.

— Et ça ? la nargua Denise en attirant son attention sur un jugement de la cour.

Judith le parcourut des yeux. Elle resta estomaquée. Denise avait mis la main sur les antécédents de Nickie alors qu'elle était mineure.

— Comment as-tu eu accès à son dossier? C'est une cause du tribunal de la jeunesse!

— J'ai encore de bons contacts dans la police et mes entrées à la DPJ. Je sais que tu ne pourras pas t'en servir officiellement. Mais c'est intéressant d'apprendre qu'elle a été dealer au secondaire, non? La revente, ça la connaît. Ce n'est pas un enfant de chœur, ta Nickie. Tu dois bien saisir le profil de ta suspecte.

Denise la fixait. Elle semblait attendre un A+. Judith repoussa son muffin, qui était sec et beaucoup trop sucré, et s'intéressa aux vieux articles de journaux.

— C'est l'accident de sa mère?

— Juillet 2008. Marie-Paule Provost, quarante et un ans. Elle revenait de vacances avec ses filles.

— Nickie a une sœur! s'exclama Judith en examinant la photocopie du journal.

Une belle adolescente blonde et joufflue y souriait à pleines dents.

— Tout l'opposé de Nickie, s'étonna Judith.

— C'est Alexandra. Elle est restée paralysée après l'accident.

— Elle vit où?

— À Warwick, au centre d'hébergement La Rose blanche.

— Il faudra que j'aille la rencontrer. On cherche Nickie pour la réinterroger.

— Vous avez perdu la trace de la suspecte? demanda Denise, intriguée.

— Suspecte... J'ai de gros doutes. Une fille qui te supplie de revoir le cadavre de son chum à la morgue peut difficilement en être l'assassin. Mais elle avait quand même promis de rester à notre disposition. Son père dit ne pas savoir où elle est. Peut-être que sa sœur pourra nous renseigner. Je ne sais pas quand je vais pouvoir la voir. On a une réunion, ce matin.

— Laisse-moi m'en occuper, offrit Denise, empressée. Le centre, je le connais bien. Tu te souviens de ma mère ? Elle y réside depuis quelques années. Je pourrai me faire aider du personnel. Interviewer une tétraplégique, ce n'est pas ce qu'il y a de plus facile. Tu en as déjà plein les bras. De toute façon, les chances qu'Alexandra sache où se terre sa sœur sont minces.

Judith se sentit piégée. Elle hésita. Elle ne voyait pas comment refuser de nouveau l'aide de son ex-prof. Et puis, il y avait plus urgent à faire pour le moment.

— Merci du coup de main. Appelle-moi si tu réussis à lui soutirer quelque chose d'intéressant.

Judith consulta sa montre. 7 h 45. Elle voulait attraper Carl avant la réunion pour faire le point.

— Je dois filer. Merci encore pour tout, conclut Judith en ramassant les deux factures.

— Non, laisse, dit Denise en posant sa main sur la sienne. Je vais payer, je suis moins pressée que toi.

— Je t'appellerai si on a du nouveau, ajouta Judith en se dégageant maladroitement.

Pour dissimuler sa confusion, elle se pencha pour ramasser son sac.

— Tu ne gardes pas les documents ? demanda Denise qui masquait mal sa déception.

— Si j'en ai besoin, je te contacterai. Je ne pense que ce soit très utile pour l'instant, reprit sèchement Judith.

Elle détestait être intimidée. Ce n'était pas tant le contact de la main de Denise qui l'avait troublée que l'extrême chaleur de sa peau.

***

Après le départ de Judith, Denise commanda un autre café. Elle ne savait pas quoi penser de cette rencontre. Avait-elle bien fait de se présenter chez elle sans avertir ? Elle s'était excitée à la perspective de surprendre son amour à la sortie du lit. L'image de sa tête ébouriffée lui revint en mémoire. Judith avait accepté sa collaboration, mais est-ce que ce travail les rapprocherait ?

L'attitude peu chaleureuse de son élève la vexait, mais elle en était fière. « Une jeune jument qui ne se laisse pas brider facilement, songea-t-elle avec ravissement. Elle est indépendante, comme moi. Pleine de fougue, comme je l'étais au début. »

Un coup de nostalgie lui noua la gorge. Son passé professionnel remonta à la surface. Ses premières années dans la police municipale, alors qu'elles n'étaient que deux femmes enquêtrices au poste de Victoriaville. La compétition avec les collègues. Leur méfiance lorsqu'on affectait une femme à leur équipe. Comment allait-elle maîtriser une bagarre ? Prendre le volant dans une poursuite automobile ? Cette réalité renvoyait les gars à leurs propres peurs. Denise avait vu ses compagnons monter en grade alors qu'elle poireautait au bas de l'échelle. Il avait fallu un programme gouvernemental d'égalité des chances à l'emploi pour qu'elle accède au poste d'enquêteur. Elle avait été enviée puis haïe pour ce privilège. La ligne dure s'était imposée. Elle avait été encore plus intransigeante qu'un homme ne l'aurait été à sa place.

Denise en voulait encore à son ancien directeur, François Bourbonnais, qui lui avait toujours volé ses idées pour les faire siennes deux semaines plus tard. Elle avait marché dans cette combine de soumission pendant des années, se contentant de lui souffler de temps à autre ses propres propositions, qui avaient procuré mérite et reconnaissance à son ancien patron sans jamais aucun retour d'ascenseur de ce dernier. Mais ce qui avait eu raison d'elle avait été son attitude méprisante, ses allusions sexistes à répétition. Sa cause de harcèlement psychologique n'avait même pas été entendue. Tout cela l'avait conduite à la dépression. À cinquante ans, elle n'avait pas repris le service, mais le chemin de l'enseignement à l'École nationale de police de Nicolet, poste considéré comme une voie de garage par plusieurs. Mais, dans son cas, une voie bénie. Elle y avait fait de belles connaissances dont Judith, sa dernière recrue. Non, il n'était pas question qu'elle l'abandonne aux mains du nouveau directeur Métivier, un jeune arriviste sans expérience. Par contre, son vieil ami Bolduc serait un précieux allié, un bon père de famille pour sa petite. Elle nota sur la serviette de table : « Glisser un mot à Bolduc sur Judith. »

Denise sortit de son sac une grande enveloppe qu'elle déposa sur la table. Elle y avait inscrit l'adresse de la case postale où elle devait livrer son rapport avant midi. Depuis qu'elle avait son propre service d'enquêtes privées, elle était seule maître à bord. Personne pour lui dicter sa conduite ou mépriser son travail.

Son dossier était bien étoffé. Elle avait même mis la main sur des photos d'époque. Luc Gariépy, vingt-cinq ans, professeur au cégep de Victoriaville. Luc Gariépy, trente-sept ans, psychologue à Trois-Rivières. Luc Gariépy, quarante ans, professeur à l'UQTR. Ils enseignaient à la même université, mais elle ne l'avait jamais croisé. Les accusations portées contre le psychologue n'avaient pas été faciles à retracer. Les trois plaignantes les avaient retirées. Heureusement, au poste de

Trois-Rivières, on avait conservé les archives manuscrites de toutes les dépositions.

Denise tritura le bord de l'enveloppe. Sa rage contre Gariépy ne s'était pas calmée avec les années. Sophie Belleau était devenue une amie. Il y a vingt ans, lorsque la jeune femme était venue la voir en larmes dans son bureau, Denise avait pris sa requête au sérieux, avait fait le tour de la clientèle du psychologue. Deux autres femmes lui avaient fait des révélations compromettantes. Elle avait passé des mois à gagner leur confiance, à recueillir leur témoignage, à colliger les faits, à monter sa preuve. Puis, juste avant l'enquête préliminaire, les trois victimes s'étaient défilées. Gariépy lui avait ri au nez. Elle n'était qu'une débutante à l'époque. Aujourd'hui, il allait payer pour ses crimes. Plus aucun homme n'oserait l'humilier impunément.

Son client ne lui avait pas demandé de vérifier les plaintes auprès des femmes citées. Mais la curiosité de Denise l'avait poussée à investiguer plus loin. Elle savait déjà que Sophie Belleau s'était suicidée peu de temps après cette affaire, mais elle apprit qu'une autre avait quitté le pays sans laisser d'adresse et que la dernière, Marie-Paule Provost, avait été victime l'an dernier d'un accident mortel en heurtant un chevreuil.

Comment son client comptait-il utiliser les dépositions sans témoins pour les corroborer ? À qui pouvaient servir ces informations ? Denise était frustrée de ne pas connaître l'auteur de la commande. Mais elle partageait son envie de faire du tort à Gariépy. Ce criminel ne lui filerait pas une seconde fois entre les doigts.

Denise se leva et prit ses affaires. Elle paya la note. « Pour les deux », dit-elle avec douceur à la serveuse.

27

Mardi 25 août, 8 h 10

Judith gara sa Honda Accord tout au fond de la cour du bureau de police. On lui avait retiré son ancienne place de stationnement, mais pas encore assigné de nouvelle. Elle devait s'occuper de ce détail aujourd'hui. Son nouveau titre lui donnait droit à un espace réservé aux côtés de la Lexus de Métivier. D'être tôle à tôle avec lui ne l'enchantait pas particulièrement. Elle franchit les portes du bureau. Christiane Landry l'interpella pour lui remettre une feuille manuscrite. Un homme l'avait déposée, la veille en début de soirée, sans laisser son nom, puis il s'était contenté de dire : « Elle va savoir que c'est moi. »

— Clément Désilet, fit Judith.

Elle déchiffra la mauvaise écriture qui décrivait différents meubles et objets à la manière d'une liste d'épicerie. Aucun d'une grande valeur, hormis la fameuse commode arbalète que Clément notait avoir payée 800 $. Mais le nombre d'articles dont Fernand s'était départi était supérieur à ce qu'ils avaient estimé. Le montant total des achats surprit Judith : 2 400 $.

Il fallait retracer cette somme.

Christiane rattrapa Judith qui se dirigeait vers la petite salle de bain réservée aux cinq femmes du poste.

— J'oubliais. Carl fait dire qu'il est retourné chez Fernand Morin à Saint-Albert, mais de ne pas t'inquiéter. Il sera de retour à temps pour la réunion de 9 h.

— À Saint-Albert !

— Il voulait vérifier quelque chose.

— Merci.

« Ne pas m'inquiéter. » Judith pesta. Il avait été entendu qu'ils faisaient équipe et voilà que Carl menait des recherches sans lui faire part de ses présomptions. Elle sortit son cellulaire pour le joindre puis se ravisa.

Quelques minutes plus tard, elle frappait sur la machine à café pour lui faire cracher sa monnaie. Léo Bolduc l'aborda.

— On est de bonne humeur, ce matin, dit-il en se moquant.

Son attitude joviale réussit à détendre Judith.

— J'ai mal dormi et j'ai surtout été mal réveillée.

— Un nouveau poste, un nouveau boss, une nouvelle équipe... il y a de quoi se retourner dans un lit. Tu vas voir, la première semaine est la pire. Une fois les deux pieds dans l'enquête, on n'a plus le temps de douter de ce qu'on fait. On fonce, on cherche parce qu'on a besoin de trouver, et vite.

Bolduc avait quelque chose de son père, en plus jeune et en plus bedonnant. Une attitude réconfortante. Il tapota ses poches, à la recherche de pièces de monnaie.

— Ce qui compte, c'est d'avoir une bonne équipe. Tu es bien entourée. Ton collègue Carl ne chôme pas. Quand il m'a téléphoné tantôt, il était excité comme un chasseur qui a flairé une nouvelle piste.

Judith fit un effort pour dissimuler sa surprise.

— Oui, je sais. Je dois d'ailleurs aller noter tout ça avant 9 h. On se revoit tantôt.

Elle s'excusa en oubliant de reprendre la monnaie que la distributrice avait finalement relâchée. Une fois enfermée dans le petit local qui lui servait de nouveau bureau, elle se laissa aller à sa frustration. Carl l'avait court-circuitée en faisant état de ses découvertes à Bolduc plutôt qu'à elle. Elle se sentit tout à coup sur la voie de service d'un boulevard sans feux de circulation. Qui était réellement à la tête de cette enquête ? Bolduc ? Carl ? Métivier ? Denise ? Elle-même ? Prendre sa place allait s'avérer plus difficile qu'elle ne l'avait imaginé. Elle devait s'ajuster et vite.

Elle brancha son portable. Elle eut à peine le temps de mettre ses notes au propre et d'y intégrer celles de Denise, que Bolduc gratouillait à sa porte pour lui rappeler la tenue du meeting.

La réunion allait commencer quand Carl fit une entrée discrète avec un timide « excusez mon retard ». Judith s'offusqua de le voir s'asseoir à l'autre bout de la table. À sa grande surprise, Métivier vint les rejoindre. Bolduc avait dû lui rappeler l'importance d'être plus près de son équipe.

Lorsque tout le monde fut installé, Léo Bolduc prit les devants.

— Avant de vous donner les résultats préliminaires du labo, j'aimerais savoir ce que vous avez trouvé de votre côté.

— C'est confirmé, annonça Alain. La réceptionniste est catégorique. C'est bien Fernand Morin lui-même qui a laissé son message au bureau de Lepage Transport, dimanche soir.

Judith fixa Carl qui baissa les yeux. Il voulait visiblement être le dernier à prendre parole. Il avait dû trouver une piste intéressante en interrogeant les autres voisins. Une voiture, sans doute. Il allait avoir son moment de gloire, alors qu'elle-même arrivait les mains vides.

— Quand j'ai eu Clément Désilet au téléphone en fin d'après-midi hier, dit-elle, il m'a expliqué qu'il avait placé un appel chez Fernand Morin, samedi soir dernier, pour savoir s'il avait d'autre stock à vendre, c'est tout.

— Est-ce que Fernand avait effectivement d'autres antiquités chez lui ou dans sa remise? Quelque chose qui aurait pu intéresser Désilet? questionna Bolduc.

Judith saisit la chance qui lui était offerte pour coincer son collègue.

— Comme tu es retourné à Saint-Albert, ce matin, j'imagine que tu peux nous informer là-dessus, fit Judith en défiant Carl du regard.

— C'est vrai que je suis retourné sur la scène du crime, mais pour une autre raison.

Le sang de Judith ne fit qu'un tour. Quelle mauvaise surprise lui réservait son collègue?

— Depuis le début, l'intuition que le vol est arrangé ne me lâche pas. La mise en scène classique. Une impression de déjà-vu. C'est hier, en jasant avec mon chum l'agent Fortin, que j'ai appris qu'il avait déjà été appelé à Saint-Albert, il y a deux ans, dans le même rang, pour un vol très semblable à celui-ci. En fouillant dans les archives, tôt ce matin, j'ai mis la main sur le rapport. La même adresse, le même homme, Fernand Morin. Le pire, c'est que c'était la même déclaration: l'effraction par le carreau de la porte arrière, le vol du téléviseur et de la chaîne stéréo. Je suis allé vérifier sur place.

— Tu en conclus quoi? fit Bolduc.

— Je trouvais ça louche que les tapis soient aussi propres. Avec la boue dehors, on aurait dû voir des traces dans la maison. On dirait que le voleur s'est promené en pantoufles.

Judith se sentit trahie. « Comment a-t-il osé retourner sur les lieux sans m'en aviser ? »

— Je pense que notre Fernand a simulé un vol en s'inspirant de celui qu'il avait déjà vécu, pour déguiser sa propre mort en meurtre. Je prétends qu'on a affaire à un suicide. Ça s'est déjà vu, des vieux trop orgueilleux pour laisser croire à leur entourage qu'ils sont lâches au point de mettre fin à leurs jours.

— Quel entourage ? On sait qu'il a un fils, mais il est introuvable, perdu quelque part en Australie à élever des kangourous bios !

Judith n'avait pas réussi à cacher sa colère qui montait d'un cran chaque fois que Carl en rajoutait.

— Il y a Nickie Provost, répondit Carl du bout des lèvres.

Judith le fustigea du regard. Il baissa la tête et se mit à pianoter sur les bras de sa chaise.

— Il y a aussi les assurances, reprit Bolduc pour dissiper le malaise. Il faudrait voir si monsieur Morin était couvert. Quand il s'agit de suicide, il n'y a pas beaucoup de compagnies qui paient. Bonne raison pour le maquiller.

— La requête a été placée. J'attends toujours que le mandat nous soit accordé pour fouiller son compte et ses autres papiers, expliqua Judith d'une voix éteinte.

— Avant de conclure au suicide, poursuivit Bolduc, même s'il semble apparent, il faut attendre les résultats définitifs du laboratoire. Mais, avec ce que j'ai pu soutirer comme information préliminaire à Dallaire, j'aurais tendance à pencher du même côté que notre collègue Carl Gadbois. Selon le médecin pathologiste, Fernand Morin est mort d'hypothermie. Le coup à la tête n'est qu'une blessure superficielle.

— Qu'il aurait très bien pu s'assener lui-même, s'enthousiasma Carl.

— Tout à fait. Il se serait fait geler comme un glaçon, en déduisit Bolduc.

— Pauvre homme, laissa échapper Marie-Ève Poliquin qui, depuis le début, suivait la réunion avec une attention de tous les instants.

— Mais le plus gros indice qui nous pousse à croire à la thèse d'un suicide est le bilan médical qu'on m'a autorisé à consulter. Cancer de la prostate, révéla Bolduc.

— On en meurt de moins en moins, répliqua Judith.

— Sauf si on a aussi les poumons envahis de métastases, ce qui était son cas.

C'est le moment que choisit le chef de police Métivier pour sauter dans l'arène et jouer le rôle pour lequel il avait été engagé.

— Avec les doutes qu'on a, je pense qu'il vaut mieux suspendre l'enquête criminelle. Quand on recevra le rapport officiel de l'autopsie, le résultat des analyses des comptes bancaires et les noms des bénéficiaires testamentaires, on verra pour la suite.

Son intervention mit fin à la réunion. Le groupe se dispersa rapidement. Déçue d'une conclusion si abrupte, Judith tenta de capter l'attention de Bolduc qu'elle sentait pressé de retourner à des affaires plus urgentes. Elle aurait préféré être seule avec lui, mais se résolut à lui parler en présence de Carl qui s'attardait dans la pièce.

— Tu ne voulais pas interroger Nickie Provost? demanda-t-elle. C'est quand même étrange qu'elle soit disparue.

— Commencez par la retrouver, rétorqua Bolduc en dévisageant le duo avec un air de reproche.

Judith se rappela tout à coup qu'elle s'était engagée à lancer un signalement pour sa voiture. Cela lui était complètement sorti de l'esprit. Ses difficultés interpersonnelles prenaient le dessus sur son jugement.

— Si le suicide est confirmé, il ne faut pas écarter l'hypothèse que Nickie ait pu assister son amant par compassion. Une porte de congélateur, ça doit être assez difficile à refermer sur soi, tout seul, supposa Bolduc en interrogeant Carl des yeux.

— J'ai voulu vérifier, mais il aurait fallu être deux.

— C'est pourquoi c'est toujours mieux de travailler en équipe, le semonça Bolduc.

Carl détourna le regard.

***

Après le départ de Bolduc pour Québec, Judith s'empressa de quitter le poste à son tour en prétextant une sortie. Elle prit sa voiture et se laissa guider. Au bout d'une quinzaine de minutes, elle stationna à Trottier Mills, à l'entrée du sentier pédestre. Elle enfila les survêtements et les espadrilles qu'elle gardait toujours en réserve dans son coffre arrière et entama une course à vive allure.

Elle ne s'arrêta que lorsqu'elle fut au bord de la rivière Bulstrode, là où le cours d'eau offrait un bassin assez profond pour s'y baigner à l'aise. Elle éprouvait le besoin de plonger dans la crique pour se laver du stress de sa matinée houleuse.

L'eau froide la calma. Elle se terra au fond du bassin aussi longtemps qu'elle le put. La caresse de l'eau l'enveloppait. Les yeux fermés, elle se laissa entraîner par le courant. La sensation du froid. Elle put enfin déserter sa tête et embrasser le monde des sens, un univers où plus rien ne pouvait l'atteindre. Quelque chose en elle lâcha prise. Elle pleura doucement. Entre les bras forts de la rivière, elle se laissa porter, bercer. Elle émergea de l'eau avec une nouvelle peau, prête à oublier son court épisode de découragement.

Judith dévala les trois kilomètres qui la séparaient du stationnement, retrouva sa voiture et se dirigea vers la rue Laurier. Elle souhaitait dîner avec son père et surtout se changer. Fini les jupes. Elle opterait dorénavant pour le confort de ses chandails et de ses jeans. Une façon d'enfiler les culottes qu'elle devait porter si elle voulait se faire respecter.

28

Mardi 25 août, 17 h

Assise sur son lit orthopédique, Alexandra ne quittait pas des yeux la grande enveloppe que Réjean s'affairait à décacheter.

— C'est quoi l'affaire de vous ouvrir une boîte postale ? Une autre idée de génie de ta sœur ! À Victo, en plus ! Je descendrai pas là toutes les semaines. Faut que je me *bum* un *lift* chaque fois. Chuck commence à être tanné de faire le taxi. Il me déduit le gaz de son loyer.

Alexandra tenta un geste pour ramener les documents vers elle. Il ne fallait surtout pas que Réjean prenne connaissance de leur contenu. Il ne savait rien du contrat qu'elle et Nickie avaient négocié avec la détective privée pour enquêter sur le passé de Luc Gariépy.

— Je peux te faire la lecture si tu veux, dit-il en subtilisant une feuille.

Alexandra s'agita.

— C'est quoi, cette histoire-là ? gueula Réjean en pointant le logo de la Police de Victoriaville.

De sa main droite, Alexandra lui arracha le papier. D'un râlement strident, elle le somma de se mêler de ses affaires.

— Écoute, Alexandra, si Nickie a du trouble avec les bœufs, c'est pas à toi à t'occuper de ça. Je suis là pour vous deux, oublie jamais ça. D'ailleurs, je pensais la trouver avec toi. L'as-tu vue, aujourd'hui ?

Alexandra fit non de la tête. Elle n'avait pas parlé à Nickie depuis dimanche soir. Sa sœur venait et allait au gré de ses humeurs. Il n'était pas rare qu'il se passe une semaine sans qu'elle vienne la visiter. Par contre, elle répondait toujours à ses textos.

— Elle doit être partie sur la go, bredouilla Réjean.

Alexandra nota son air inquiet.

— Veux-tu que je reste un peu ? ajouta Réjean. On pourrait commander quelque chose pour souper. Ça ferait différent de la bouette brune qu'ils te servent ici.

Réjean ne réussit pas à dérider Alexandra. D'habitude, ses farces de pet et de merde l'amusaient. Ce soir, elle préférait être seule.

— Bon, je repasserai dans la semaine, dit-il en lui déposant un baiser sur le front.

Avant qu'il parte, Alexandra lui marmonna une demande.

— alet...

— Tu as raison. Elle est peut-être au chalet. Je vais voir si Chuck peut me donner un *lift*. Il a pogné une job de nuit aux Chips Yum Yum. Pas sûr qu'il va vouloir se rendre à Deschaillons à la fin de son quart de travail. Six mois encore, crisse, avant de ravoir mon permis ! Et le chômage qui vient de me couper ! Comme si j'avais pas déjà assez de problèmes comme ça avec les conneries de ta sœur !

Alexandra le regarda partir. Elle connaissait son père. Il venait de se trouver une bonne excuse pour passer une autre veillée en compagnie de sa caisse de vingt-quatre. Sa litanie de lamentations ne servait qu'à justifier sa prochaine cuite. Le critiquer ne menait à rien. Il leur servait toujours le même argument: « Avec le tas de briques qui me tombent dessus depuis juillet dernier, personne n'a le droit de me reprocher mon besoin de relaxer. » Serait-il en forme demain pour se rendre au chalet?

Une fois seule, Alexandra s'empara du dossier et le parcourut rapidement. La détective avait livré son rapport dans les temps convenus. Sa recherche semblait sérieuse. De sa bonne main, Alexandra continua de feuilleter les documents. Elle finit par trouver ce qui l'intéressait: parmi les déclarations des deux autres femmes qu'elle ne connaissait pas, une copie de la plainte déposée par sa mère Marie-Paule contre Luc Gariépy alors qu'elle était sa patiente. Une plainte qu'elle avait aussitôt retirée.

Pour étoffer son travail, Alexandra devait recouper les informations de la déposition avec celles du journal intime. Les dates concordaient. Les premières lignes la firent frissonner. Elle inspira profondément. Elle ne devait pas s'agiter, devait garder toute sa tête. Pas question qu'on la remette sous calmants.

***

Vers 21 h, lorsque la préposée lui intima l'ordre de se coucher, Alexandra fit mine de lui obéir. Mais il n'était pas question de dormir. Un sentiment d'urgence l'habitait. Elle venait de recevoir par MSN un mot de Justine De Serres qui l'informait que Nickie ne s'était pas présentée au travail en début de soirée et qu'elle ne l'avait pas revue depuis samedi. Pourquoi sa petite sœur ne lui retournait-elle pas ses appels ni ses messages texte? Où se cachait-elle? Depuis qu'elles vivaient séparées, son cellulaire était toujours sur elle, chargé, ouvert, c'était une promesse et Nickie savait les tenir.

Alexandra se redressa et attira vers elle la table de lit. Son portable était ouvert. Elle s'installa pour écrire avec l'intention de terminer la rédaction du dernier chapitre du roman durant la nuit. Avec les enregistrements audio que Nickie lui avait remis, ce texte était la seule arme dont elle disposait pour défendre sa sœur, si jamais elle devait la secourir. Il fallait faire vite. Elle s'en voulait d'avoir déjà trop tardé. Son intuition l'avertit que, dorénavant, elle devait agir discrètement. Elle regretta d'avoir demandé à Gabriële Cormier son aide pour la révision. Elle était trop curieuse. « On ne dirait jamais qu'il s'agit d'une œuvre de fiction. Tout semble tellement véridique », avait-elle insinué.

Malgré tout l'effort qu'Alexandra y mit, sa main droite refusa de lui obéir. Elle jura contre les anticonvulsifs qu'on lui administrait depuis deux jours. Un sentiment de découragement l'envahit. Elle n'avait plus la force de lutter contre la paralysie qui lui volait sa vie. Cette nuit, plus que jamais, elle mesura ses limites. Elle enfonça une première touche avec difficulté, puis une deuxième : « O. »

29

Mercredi 26 août, 10 h

Assise à son bureau, Judith décida qu'elle en avait terminé avec ses notes sur « l'affaire Morin ». Un suicide confirmé depuis ce matin par le rapport d'autopsie du Laboratoire de sciences judiciaires et de médecine légale de Montréal. Une affaire qu'elle n'avait pas été en mesure d'élucider elle-même, une cuisante défaite pour sa première enquête, une victoire pour la testostérone de Carl qui ne manquerait pas une occasion de citer sa brillante intuition. Elle aurait dû l'écouter, être davantage attentive à ses observations. Métivier était heureux. L'enquête sur la mort de Fernand s'était réglée en trois jours, un record honorable pour une mort suspecte.

Pour sa part, Judith n'était pas satisfaite. On avait fermé les livres un peu rapidement à son goût. Nickie ne s'était jamais présentée au poste pour sa déposition. Quel avait été son rôle ? Avait-elle un intérêt quelconque dans le décès de son amant ? Jusqu'à maintenant, aucune preuve ne dirigeait les soupçons dans cette direction. Pourquoi alors était-elle disparue sans laisser de traces ? On n'avait toujours pas retrouvé sa voiture. Les relances téléphoniques d'hier soir et de ce matin à son père Réjean Dubé étaient restées sans réponse. Il n'avait même pas de boîte vocale. S'il s'était inquiété, n'aurait-il pas lui-même signalé la disparition de sa fille ? Sa sœur Alexandra connaissait peut-être l'endroit où se cachait Nickie. Denise ne l'avait pas encore appelée pour lui rendre compte de son entretien avec elle. Judith regretta de lui avoir confié cette tâche. Elle aurait dû s'en acquitter elle-même.

Judith enregistra les quatre pages de son rapport sur le serveur central et repoussa sa chaise pour mieux s'étirer. Elle était passée directement de son lit au poste, sans prendre le temps de grimper à la course le mont Arthabaska avant de plonger dans la piscine. Mais, étrangement, elle ne se sentait pas aussi dépitée qu'elle l'avait imaginé. Sa piètre performance était peut-être le passage obligé pour permettre à Carl de se sentir à l'aise à ses côtés et de regagner sa confiance. Quant à Alain Dessureaux, elle avait vite compris que, dans son cas, ses oublis n'étaient que pure distraction. C'est du moins ce qu'elle avait choisi de croire.

Marie-Ève Poliquin, la nouvelle stagiaire, la sortit de ses rêveries en frappant discrètement à sa porte.

— Je fais quoi avec ça ? fit-elle en lui tendant les mandats obtenus pour investiguer dans les comptes de Fernand Morin et son testament.

Judith jeta un œil aux documents. Comme nouvelle chargée d'enquêtes, elle n'était pas encore habituée à ce qu'on se réfère d'abord à elle pour les décisions.

— Laisse-les-moi, je m'en occupe, répondit-elle avec un empressement mal dissimulé.

Aussitôt que la jeune femme fut sortie de son bureau, Judith ferma sa porte. Elle examina le mandat. Elle avait entre les mains le moyen d'éclaircir certaines zones d'ombre de cette enquête trop vite bâclée. Bolduc n'avait-il pas insinué que Nickie avait pu assister Fernand dans sa mort? Métivier avait trouvé cette hypothèse farfelue. Il avait refusé de prolonger les recherches sur la jeune disparue. Mais voilà qu'un simple coup de téléphone suffirait à faire la lumière sur un possible lien d'intérêt entre Nickie et Fernand. En moins de deux, elle fut dans le bureau d'Alain.

À la vitesse où Judith apparut à ses côtés, il n'eut pas le temps de fermer sa page Facebook.

— Ça me détend durant mes pauses. C'est fou tout ce qu'on peut trouver là-dessus, se justifia-t-il avec l'air piteux d'un étudiant surpris à copier.

— Tu pourrais essayer de faire une demande d'amitié à Nickie Provost: on ne réussit pas à la retracer, ironisa-t-elle.

— Je pourrais.

— J'ai un mandat pour les comptes bancaires de Fernand Morin.

— L'enquête est terminée, je ne sais pas si…

— Un coup de fil à la Caisse ne te prendra pas beaucoup plus de temps que tes petites récréations. Vois ce que tu es capable d'apprendre sur ses dépôts et ses retraits. D'ici midi, ce serait super.

Judith se dirigea vers la machine à café qui trônait dans la salle commune. Son cœur battait à tout rompre. Elle avait été ferme tout en restant calme. Une première pour elle. Elle passa devant le bureau de Métivier, en grande discussion avec un haut fonctionnaire du ministère de la Sécurité publique. Il avait averti tout le monde de ne pas le déranger ce matin. Quels changements tramait-il? De nouvelles politiques pour le simple plaisir de laisser sa marque avant de partir ailleurs relever d'autres défis?

En fixant le jet brunâtre qui coulait dans son gobelet, Judith évalua son imprudence. Avec sa requête non autorisée, elle prenait des risques. Défier le chef de police n'était pas la façon d'attirer sa sympathie. Mais son intuition la taraudait. Il devait y avoir un lien entre la disparition de Nickie et le suicide de son vieux.

Judith grimaça à sa première gorgée. Elle se promit d'apporter dorénavant son propre thermos. Carl se planta devant elle avec le visage sérieux du messager de mauvaises nouvelles.

— Ils viennent de retrouver Nickie Provost, fit-il comme entrée en matière. Enfin, pas vraiment. Ils ont retrouvé sa voiture et ses affaires.

— Où ? s'inquiéta-t-elle, en se félicitant d'avoir signalé sa disparition la veille.

— À Deschaillons-sur-Saint-Laurent, sur le bord du fleuve.

— Métivier est au courant ?

— J'ai pensé t'en parler avant. C'est le poste de Lotbinière qui nous a contactés. Ils ont reçu l'appel de son père.

— Réjean Dubé. Qu'est-ce qu'il fait à Deschaillons, celui-là ?

— On le saura bientôt. Comme tu n'étais pas à ton bureau et que ton portable était fermé, Christiane m'a passé l'appel. J'ai les coordonnées.

— On y va tout de suite, répondit-elle en omettant volontairement de spécifier qu'elle avait oublié son cellulaire chez elle.

— Et Métivier ? s'inquiéta Carl.

— On l'appellera quand on sera en chemin.

Judith n'aimait pas du tout la tournure des évènements. Jusqu'à présent, elle avait réussi à repousser l'idée qu'un malheur soit arrivé à Nickie Provost, en mettant sa disparition sur le compte d'une fugue. Quelque chose la troublait et elle ne pouvait mettre le doigt dessus.

Quelque chose que Carl venait de mentionner. En se rendant au stationnement où son collègue l'attendait avec une auto-patrouille, elle comprit. Carl avait parlé du bord du fleuve. Lundi dernier chez Clément, l'oiseau lui avait pointé le Saint-Laurent comme un mauvais présage. Elle décida de garder pour elle cette pensée funeste.

30

Mercredi 26 août, 10 h 30

En route vers Deschaillons, Carl communiqua à Judith le peu d'information qu'il détenait.

— Donc, il y a sa voiture dans l'entrée du chalet et ses vêtements sur le bord de la grève.

— Ce n'est pas ça qui va convaincre Métivier de rouvrir l'enquête, se plaignit Judith. Il va se contenter de signaler l'incident comme une simple affaire de disparition ou de... suicide.

En prononçant le mot, Judith eut l'impression de jeter un sort à la jeune fille. Elle s'y était attachée en très peu de temps. L'hypothèse qu'elle soit morte ne trouvait pas encore de point d'ancrage en elle. On ne met pas fin à ses jours parce qu'un homme de quarante ans son aîné se suicide. Si le mobile de convoiter son héritage pouvait se comprendre, celui de le suivre dans la mort n'avait aucun sens à ses yeux.

— Le boss ne pourra pas nous empêcher de pousser plus loin, ajouta Carl, fier de lui. Une dizaine de policiers de Drummondville de la Division mixte d'enquêtes avec qui je travaille pour les perquisitions de stups sont déjà sur les lieux. Nickie opérait une grosse serre hydroponique dans son chalet. Ils ont trouvé tout l'attirail saccagé.

— Elle n'est pourtant pas fichée pour du trafic. Deux arrestations pour possession simple.

Judith se garda de révéler les infos fournies par Denise sur le passé de *dealer* de Nickie.

— Depuis le début que je soupçonne la petite Provost d'en mener plus large, lui remit Carl sous le nez. Sa disparition pourrait être reliée à la gang des Bad Ones de Nicolet. Leur territoire s'étend tout le long du fleuve, d'Odanak à Fortierville. On a des raisons de croire que Nickie est une *outsider*. On a très bien pu vouloir l'éliminer. Si on peut le prouver, on aura des mandats pour arrêter des têtes et leur tirer enfin les vers du nez sur leur réseau de trafiquants.

L'idée d'instrumentaliser la mort de Nickie pour servir l'opération Boutures leva le cœur de Judith. La jeune fille avait droit à sa propre enquête. Elle ne devait pas servir de simple appât à des hauts gradés avides de grosses prises à étaler dans les journaux durant la saison de la chasse au cannabis qui s'ouvrait chaque automne. Mais si cela était nécessaire pour convaincre Métivier, elle ne broncherait pas.

Ils aperçurent le chalet déjà encerclé par un périmètre de sécurité.

— Occupe-toi de mettre le boss au courant. Essaie de nous obtenir toute la corde que tu peux, ordonna Judith, au moment où ils stationnèrent le long de la 132.

***

Pendant que Carl s'entretenait avec son capitaine au téléphone, Judith s'approcha de la voiture blanche de

Nickie garée dans l'entrée. Paul Décotret, de l'équipe d'identité judiciaire, la rejoignit aussitôt.

— Judith Allison ! On s'est déjà croisés, je crois, badina-t-il. Ça a tout l'air qu'on va devoir travailler ensemble.

— Ce sera un plaisir pour moi, répondit-elle en se demandant comment elle pouvait sortir une phrase aussi creuse.

Décotret était bel homme. Dans la quarantaine, cheveux blonds, de type grand adolescent attardé, toujours souriant, peu importe les circonstances dramatiques auxquelles il faisait face. Son besoin de détendre l'atmosphère était une sorte de mission qu'il s'était attribuée.

— Dès qu'ils ont vu que cette histoire sentait la dope et le règlement de comptes, Drummondville nous a contactés. Toute la récolte semble avoir été pillée. D'après la grosseur de la serre et les installations, on estime qu'une centaine de plants ont disparu. Mais vous cherchez la petite pour d'autres raisons, d'après ce que j'ai cru comprendre.

— Oui. On la recherche pour établir un lien avec un homme qui s'est suicidé, son amant en l'occurrence.

— Drummond veut mon rapport le plus vite possible. Tu connais Érik Morneau, il pense qu'on fait des miracles.

— Il n'est pas là ? s'enquit Judith.

— Il s'en vient. Je vous tiendrai au courant tous les deux de tout ce qu'on trouve. Pour l'instant, on n'a pas grand-chose. Rien dans sa voiture. Ses vêtements au bord de l'eau. Deux bouteilles de bière vides sur la table de la cuisine, que j'ai envoyées au labo pour empreintes. L'équipe technique fouille les environs pour trouver une arme. On ne sait jamais.

— On aurait pu l'assassiner ?

— Evil, la tête dirigeante des Bad Ones, est un gars qui n'entend pas à rire. Si elle lui jouait dans les pattes, il a très bien pu vouloir s'en débarrasser. Si c'est un de ses gars de bras qui a trinqué avec la jeune, on a des chances de le retracer. Plusieurs sont fichés.

Un jeune technicien que Judith ne connaissait pas interrompit leur conversation.

— Pardon. On a des empreintes de voiture. Probablement une camionnette. Les pneus ont l'air assez usés, mais je pense qu'on va pouvoir en tirer quelque chose.

— Bien. Procédez.

Judith observa la réaction de Décotret. Il avait délaissé son ton enjoué.

— Tu as l'air contrarié. Avec les traces de véhicule, vous augmentez vos chances de lui mettre le grappin dessus, non ?

— Trop de traces justement, ce n'est pas bon. On a affaire à un visiteur qui n'est pas méfiant. Il boit, laisse sa bouteille traîner, stationne dans la boue.

Judith s'en voulut de ne pas avoir fait elle-même ces déductions. Un tueur aurait laissé son véhicule sur le bord de la route, un peu plus loin, comme Bolduc l'avait d'ailleurs noté au sujet de la scène de crime de Saint-Albert. D'après les observations de Décotret, il fallait donc imaginer que la dernière personne à avoir parlé avec Nickie était quelqu'un qu'elle connaissait, dont elle ne se méfiait aucunement. Un ami ? Un parent ? À qui appartenait cette camionnette ?

Judith remercia Paul et s'éloigna un peu vers le fleuve pour avoir une vue d'ensemble de la scène. C'est ici que Nickie s'était réfugiée, au chalet familial. Réjean Dubé, son père, ne l'y avait cherchée que ce matin. Pourquoi avoir attendu ?

De là où elle était postée, Judith pouvait l'observer tout à son aise. Il était au milieu des curieux en bordure de la route. Revêtu d'une chemise de chasse, l'air éméché, Réjean Dubé s'agitait en discutant avec l'animatrice de la télé locale. Se pouvait-il qu'il soit mêlé à cette disparition ? Lui et Nickie n'étaient pas en bons termes. Il était resté trois jours sans nouvelles, sans réagir. Est-ce que la jeune fille avait l'habitude de disparaître si longtemps ? Elle se promit d'interroger Dubé dès que Carl aurait obtenu le O.K. de Métivier.

Judith renonça à visiter le chalet. Il y avait encore trop d'agitation à l'intérieur. Des experts étaient occupés à photographier la scène : des restes de plants piétinés et les nombreux pots renversés trahissaient la vitesse à laquelle les lieux avaient été vidés. Elle descendit vers la rive.

L'endroit était désert. Les vêtements de Nickie étaient éparpillés sur la petite grève. Les restes de la jeune fille ne semblaient intéresser personne, du moins pour le moment. Judith se pencha au-dessus de ce cadavre de tissus et l'interrogea. Qui l'avait déshabillée ? Les vêtements n'étaient pas déchirés ni souillés. On aurait dit qu'ils avaient été jetés là avec négligence. C'était un geste qu'elle-même avait l'habitude de faire quand elle se baignait. Hier encore, peut-être en même temps que Nickie, elle s'était dévêtue à la hâte sur le bord de la rivière Bulstrode pour se jeter à l'eau. Se dévêtir pour nager était associé au plaisir et non à la détresse. En fouillant dans les cas qu'ils avaient étudiés à l'université, elle ne se rappelait pas une situation de suicide où quelqu'un s'était dénudé. Il y avait cette pudeur ultime à l'idée d'être retrouvé. Les gens avaient plutôt tendance à s'assurer que leurs sous-vêtements étaient propres.

Judith fixait toujours le tas de linge. Une nouvelle question émergea. La disposition des vêtements. Plus elle se concentrait, plus elle ressentait l'incongruité de l'image qui s'offrait à elle. Quelque chose n'était pas logique. Quoi ? Puis elle comprit. L'ordre proposé par la superposition des morceaux ne pouvait être celui d'un déshabillage spontané. Les petites culottes et le soutien-gorge étaient sous le jeans et le t-shirt, alors qu'ils auraient dû se retrouver sur le dessus du tas. Donc, si Nickie s'était dévêtue elle-même, elle avait pris soin de replacer les vêtements en y simulant une allure de désordre. Pourquoi ? Pour faire croire à un suicide ? Cela lui aurait permis de prendre le large sans que des recherches soient menées. Si c'était le cas, que fuyait-elle ? Les vêtements auraient-ils pu être placés là par quelqu'un d'autre ? Un relevé d'empreintes sur les espadrilles pourrait les informer.

Perdue dans ses pensées, elle ne sentit pas Carl s'approcher. Le son de sa voix la fit sursauter.

— Métivier nous accorde une autre semaine pour continuer à chercher du côté de Nickie Provost. On a tous les mandats. On peut fouiller partout.

— C'est une bonne nouvelle.

— La mauvaise, c'est qu'on est juste trois, toi, moi et Alain. Pas question de recourir à d'autres services. Faut qu'on se débrouille.

— On perd Bolduc.

— Ça a tout l'air. De toute façon, il déménageait à Québec. Mais on va pouvoir profiter des résultats d'enquêtes commandés par Drummondville.

— Ce qui les intéresse, c'est surtout le chemin de la drogue, pas celui de la petite. Tant qu'ils se croisent, c'est bon.

Un silence s'installa. Carl observa à son tour les vêtements de Nickie.

— Tu en penses quoi ? demanda Judith.

— Que c'est étrange qu'elle ait porté un soutien-gorge. La fois où je l'ai vue, elle semblait assez bien s'en passer.

Judith réagit. Nickie était peut-être morte. Ce n'était pas le temps de faire des allusions sexuelles sur son compte.

— Sérieusement, reprit-elle.

— Difficile à dire. On l'a butée ou elle a simulé son propre suicide et fait une fugue.

Judith ne savait qu'en penser. Les résultats d'expertise leur en apprendraient davantage. Pour le moment, il fallait continuer les entrevues, découvrir qui était ce dernier visiteur. Une semaine. Il leur restait une semaine pour compléter un puzzle qui s'éparpillait dans trop de directions.

31

Mercredi 26 août, 13 h

Judith n'avait toujours pas dîné. L'idée d'attraper un sandwich en se rendant au poste ne lui plaisait pas tellement. Elle avait pensé retourner chez elle à l'heure du dîner pour une heure de mise en forme et avaler les restes du risotto que son père lui avait concocté la veille. Depuis qu'on avait diagnostiqué un début de diabète à John, ce dernier s'était remis à la cuisine sans gras trans ni sucre, ce qui n'était pas pour lui déplaire. Elle décida de sauter son repas. Ce ne serait pas la première fois. De toute manière, elle n'avait pas le temps d'aller où que ce soit. Métivier les avait convoqués pour 13 h 30.

La réunion fut un peu tendue. Le patron n'était pas très content. S'il avait accepté de rouvrir l'enquête, ce n'était que parce que la Division mixte des enquêtes pour la lutte à la drogue de Drummondville lui avait tordu le bras. L'affaire Morin intéressait la DME, qui soupçonnait le camionneur d'avoir été, avec Nickie, un des rouages du réseau de trafic de stups. Judith continuerait d'en être la responsable attitrée. Une fois ces procédures éclaircies, Métivier lui céda la parole pour lui permettre de donner ses directives à l'équipe.

Judith fut brève. Elle se réserva les entrevues avec la famille immédiate : Réjean Dubé et Alexandra Provost. Elle délégua celles des amis de travail de Nickie à Carl. L'équipe était réduite, donc chacun agirait seul en notant les entretiens. Quant à Alain, il devait lui rendre compte de ses recherches dès qu'il aurait terminé le recoupement des transactions bancaires entre Nickie et Fernand Morin.

— N'oublie pas de vérifier si Morin a fait un testament, ajouta Judith.

— Il faudrait quand même essayer de retrouver son fils, rappela Carl.

— J'ai envoyé son avis de décès en Australie après avoir communiqué avec la police nationale. L'ambassade du Canada a promis de faire son possible pour le retracer.

— Ce qui peut prendre du temps, ironisa Alain.

Chacun retourna à ses affaires. Judith resta seule dans la salle de réunion avec Christiane Landry. Elle devait trouver le moyen de lui emprunter son cellulaire. Comme responsable de l'enquête, elle devait être joignable. La réceptionniste accepta de la sortir du pétrin.

— J'en ai un autre. Tu me le rendras à ton retour. Si quelqu'un cherche à te joindre, je ferai passer le message.

— Je t'en dois une, la remercia Judith.

En se dirigeant vers la voiture banalisée et la place qu'on venait enfin de lui assigner comme enquêteur, Judith aperçut Carl qui sortait de la cour. Il lui fit un signe de la main accompagné d'un petit sourire. Le doute la reprit. Se moquait-il d'elle ? Avait-elle fait ou dit quelque chose durant la réunion qui puisse le vexer ? Quand ils s'étaient retrouvés sur le bord du fleuve ce matin, elle avait eu l'impression que tout allait pour le mieux entre eux. Elle se gronda de tomber de nouveau dans une vulnérabilité qui allait la dévorer tout rond si elle ne changeait pas d'attitude.

Elle tenta de se concentrer sur Réjean Dubé, le père de la disparue. Il était le premier témoin de la scène. Le premier qu'elle allait s'appliquer à interroger. Avait-il quelque chose à voir avec la plantation de cannabis? Elle avait emprunté une mauvaise piste pour élucider la mort de Fernand, allait-elle encore s'égarer dans cette affaire de disparition? Elle devait se ressaisir, reprendre les rênes. Ce n'était pas à Métivier à fixer les réunions d'équipe, mais à elle. Elle s'empara du téléphone de la voiture.

— Salut, Christiane. Tu fais le message à tout le monde qu'on a un point d'information demain matin à 8 h. C'est bon?

— Pas de problème. Ah oui! Paul Décotret cherche à te joindre. Il voudrait que tu le rappelles quand tu auras une minute.

— Pourquoi tu n'as pas fait suivre l'appel?

— Il ne voulait pas que je te dérange.

— S'il a les résultats d'expertise, tu dois me déranger.

— Ça me semblait plutôt une affaire personnelle, fit-elle avec un sourire dans la voix.

— De toute façon, pour le reste de l'après-midi, je suis en entrevue. Transfère-moi seulement les appels urgents.

— D'accord.

Judith lui grommela un merci et rangea l'appareil. Elle n'était pas surprise de l'intérêt de Décotret pour sa personne. Chaque fois qu'ils se croisaient, il tentait sa chance. Peut-être accepterait-elle son invitation, cette fois-ci? Elle n'aimait pas trop l'idée de mêler les histoires de couchette avec le travail, mais les quelques tardives journées d'été lui avaient donné des envies. La réputation de coureur du beau Paul Décotret la sécurisait: il ne serait pas du genre à s'accrocher comme son ex, Marc.

Elle tourna à droite sur la 116 et se dirigea vers Tingwick. En approchant du village, le fantasme de sa baise avec Paul la quitta et laissa place au souvenir des derniers instants où elle avait rencontré Nickie chez elle. L'image du jeune garçon endormi sur le divan refit surface. Qui était-ce? Cet adolescent pourrait l'éclairer sur la disparue, peut-être même mieux que son propre père.

32

Mercredi 26 août, 15 h

Dès que Judith stationna devant chez lui, Réjean Dubé apparut dans la grande fenêtre sans rideaux de son salon. L'air hagard, il tenait sa bière contre sa poitrine.

Judith gravit la galerie encombrée de vieux appareils ménagers et chercha sans succès la sonnette. Elle frappa. La porte s'ouvrit en coup de vent.

— Chutt !!! la gronda Dubé. Tu vas réveiller mon coloc ! Il travaille de nuit. Il dort dans la pièce à côté.

— On peut parler dehors, proposa Judith.

Réjean Dubé acquiesça. Il ferma doucement la porte derrière lui et l'entraîna dans la cour arrière. « Il ne veut pas attiser la curiosité des voisins », songea Judith.

Le petit terrain avait les allures d'un dépotoir. Une montagne de vieux résidus de métal trônait au milieu de la place.

— Je ramasse le vieux fer. Le prix est bon.

Dans un coin de ce qui avait déjà été un jardin, deux vieilles carrosseries de voiture se tenaient compagnie.

— Je les garde pour les pièces, précisa Dubé.

— Je ne suis pas venue ici pour vous parler de chars.

— Avez-vous du nouveau ? interrogea-t-il mollement en tournant son regard brumeux un peu trop près du visage de la jeune femme. Il lui est arrivé quelque chose, j'en suis sûr. Elle ne serait jamais partie sans me le dire.

Judith recula d'un pas. L'odeur d'alcool et de cigarette, mêlée à celle de la sueur, était trop forte. Elle scruta le regard de l'homme qui la toisait de sa tête inclinée, ses grands yeux verts suspendus à ses lèvres comme un noyé à une bouée. Avec ses cheveux mi-longs qui lui tombaient sur le front et les traits espiègles de son visage qui juraient avec son désarroi, il avait un certain charme. Sa vulnérabilité avait dû faire craquer bien des filles. En le voyant ainsi, le cœur ouvert, on éprouvait le goût de le prendre dans ses bras et de le consoler. « C'est un rôle que plusieurs femmes ont dû jouer, soupira Judith. Celui de la mère, de l'aidante, de la sauveuse d'âme. »

— À quelle heure êtes-vous arrivé à Deschaillons ? attaqua-t-elle, en tentant de se rappeler les quelques questions qu'elle avait préparées durant le trajet.

— Aux alentours de 9 h 30. On serait arrivés avant, mais Chuck avait faim. On s'est arrêtés pour déjeuner.

— Chuck ?

— Mon coloc. On a pris son char. J'ai perdu mon permis l'an passé, avoua-t-il en baissant le ton.

— Pour la plantation de cannabis, vous étiez au courant ?

— Ma fille me dit pas tout. Elle est majeure. Moins j'en sais…

— Nickie n'a jamais fait de fugue ?

— Jamais. Elle a l'air *tough* comme ça, mais c'est une petite fille peureuse. Elle n'aime pas la grande ville. Ça l'étouffe, qu'elle dit.

Cette première réponse confirma à Judith que son plan d'interrogatoire était le bon. Se concentrer sur la fuite et ne pas insinuer qu'un enlèvement ou un meurtre puisse être à l'origine de la disparition.

— Est-ce qu'elle a des amis chez qui elle aurait pu se réfugier ? De la parenté ?

— Elle a des tantes à Montréal et un oncle à Québec. Mais on ne les voit presque jamais. La dernière fois, c'était à l'enterrement de sa mère. Elle est morte l'été passé. Elle s'était fâchée avec tout le monde dans sa famille. Ils ont tous fait semblant d'avoir de la peine. Une gang de snobs pas de cœur !

Il s'était mis à gesticuler en marchant. « On dirait un acteur », pensa Judith en notant la forte portée de sa voix grave. Elle enchaîna avec sa prochaine question avant qu'il se laisse gagner par sa montée de colère.

— Et vous, votre famille ?

— Il me reste une sœur à Victo que je vois des fois. Mais Nickie ne peut pas l'endurer.

Il s'affala sur le vieux divan défoncé qui occupait tout l'espace de la galerie et se prit une cigarette. Avec un sourire un peu forcé, Judith refusa celle qu'il lui offrit. Elle observa sa main tremblotante qui essayait d'allumer son briquet. Un Zippo de collection. En aspirant sa première bouffée, il ferma les yeux. Au bout de quelques instants, sa respiration devint plus profonde. Judith sourit. Il s'était tout simplement endormi au milieu de leur conversation.

« Je ne lui fais pas peur, s'étonna-t-elle. Il n'a rien à se reprocher. »

Dans l'état d'ébriété assez avancé où il se trouvait, Judith douta d'en tirer rien de plus. Elle le regarda roupiller. « Comment gagne-t-il sa vie ? » Dans son rapport d'entrevue, Carl avait consigné que Réjean Dubé ne travaillait qu'occasionnellement. Ses bras bronzés trahissaient les heures de travaux agricoles qu'il avait reconnu faire au noir pour boucler ses fins de mois. Il n'était sûrement pas du genre à se protéger avec de la crème solaire. Une pensée idiote lui vint. Qui faisait son lavage ? Judith ne pouvait l'imaginer trier le blanc et la couleur. Réjean était vêtu avec négligence d'un jeans et d'un t-shirt noir à l'effigie du Rodéo Mécanic. Il s'agissait d'un vieux chandail délavé, une édition d'une précédente année. Judith réalisa tout à coup qu'il portait le même accoutrement depuis samedi dernier. Quatre jours sans se changer ? Elle n'allait tout de même pas lui demander s'il avait pris sa douche dernièrement. Un fou rire la prit. Cet homme qui somnolait devant elle était si opposé au type de gars qu'elle fréquentait. La dernière prise de bec avec Marc avait été autour de la poudre pour bébé. Il s'en était saupoudré sous les testicules sous prétexte que cela coupait l'humidité. L'odeur, et le goût surtout, avait stoppé son élan. Elle ne supportait pas davantage la lotion après rasage ni les déodorants à l'arôme trop prononcé. Elle préférait humer la sueur fraîche. Dans ce cas-ci, c'était un peu trop. L'homme endormi exhalait le vinaigre.

Judith s'éclaircit la voix pour attirer son attention. Réjean Dubé émergea de sa torpeur et la fixa en ne semblant pas très bien se souvenir de ce qu'il foutait sur sa véranda avec la jeune policière. Judith profita de ces quelques secondes pour observer les traits de son visage. Sans le masque de son courroux, on aurait dit un autre homme. Dès qu'elle lui adressa la parole, tout lui revint. Son regard s'assombrit de nouveau.

— Je vais avoir besoin de rencontrer ses amis. Vous pouvez me faire une liste avec leur numéro de téléphone ?

— Elle ne sera pas bien longue. On va aller chez Nickie. Tout est sur le réfrigérateur.

— Allons-y. On peut s'y rendre à pied, ça va vous faire du bien.

Elle vit Réjean Dubé se raidir. Elle regretta aussitôt sa remarque. Il se leva d'un bond et quitta la cour sans répondre. Elle le suivit à légère distance. Sa démarche était déjà plus assurée. Elle fut saisie par la lourdeur de la peine qui venait de tomber sur les épaules de cet homme. L'idée de perdre sa fille lui était insupportable. Son dos était plus éloquent que la brève conversation qu'ils venaient d'avoir. Le dos courbé d'un vieillard dans le corps d'un homme de quarante ans. Cette vision lui fit mal.

33

Mercredi 26 août, 16 h

Judith se gara dans son nouvel espace de stationnement. La voiture de Métivier n'y était pas. Elle en fut soulagée. Elle vivait déjà assez de stress sans avoir à endurer les pressions de son patron.

En lui rendant son cellulaire, Judith avisa Christiane qu'elle s'enfermait dans son bureau pour rédiger son rapport. Cette dernière lui remit une note de Paul Décotret.

— Il a téléphoné une deuxième fois. Je lui ai promis que tu le rappellerais à ton retour, insista-t-elle.

Christiane allait bientôt fêter ses vingt-cinq ans de service à Arthabaska. Dans le feu roulant de mobilité du personnel que connaissait le service, elle était la mémoire vive du bureau.

— Denise Cormier a aussi téléphoné.

« Elle a peut-être réussi à faire parler Alexandra », pensa Judith.

— Elle veut que je la rappelle ?

— Elle était à Longueuil. Elle va t'appeler demain.

Judith décida de ne pas la relancer. Si sa prof avait trouvé quelque chose d'important, elle aurait été plus prompte à la joindre.

— Le patron t'a envoyé un mémo pour la conférence de presse, ajouta Christiane.

— La conférence de presse ?

— Demain à 11 h.

— Merci.

Judith avait bien averti Métivier qu'elle ne voulait pas être la porte-parole des médias. Elle ne se sentait pas à l'aise devant les caméras et, lors de la négociation de son nouveau poste, elle avait insisté pour être délestée de cette fonction. Métivier n'avait pas hésité à accepter. Il adorait se montrer le portrait. Cela servait sa carrière, à condition bien sûr que les nouvelles soient bonnes. Peut-être souhaitait-il être informé des progrès de l'enquête. Il le serait demain matin.

Après s'être versé un grand verre d'eau, Judith s'installa à son ordinateur. Elle se forçait à en boire un litre par jour. Avisé de son arrivée, Alain Dessureaux entra sans frapper.

— Je peux te déranger ?

— C'est déjà fait, dit-elle en se moquant de lui.

Sa boutade détendit l'atmosphère. Elle n'avait pas encore totalement pardonné à Alain sa sortie de l'autre jour. Mais s'ils voulaient avancer, elle devait abandonner toute rancune.

— Carl n'est pas rentré ? s'enquit-elle.

Il n'avait pas cherché à la joindre et ça la tracassait.

— Il est encore à Saint-Albert avec le patron du bar Le Relais, l'informa Alain.

— On l'a déjà interrogé. Ce sont les autres serveuses qui nous intéressent, s'impatienta Judith

Carl avait-il saisi l'urgence de presser les recherches ? Elle se rappela au calme. Ils n'avaient disposé que de quelques heures, jusqu'ici. Leur réunion, prévue pour demain matin, mettrait à Carl la pression suffisante pour l'obliger à fournir des résultats.

— J'ai quelque chose qui va t'intéresser, lui déclara Alain en lui tendant une liasse de photocopies.

— Toujours pas de nouvelles de Nickie ? s'inquiéta Judith.

— Non. Pas de résultats non plus de la collecte d'indices à Deschaillons. On n'aura rien du labo avant quelques jours. En attendant, ce que j'ai trouvé du côté de Fernand Morin n'est pas inintéressant non plus. Pas de testament, mais 100 000 $ d'assurance-vie dont Nickie est la bénéficiaire.

Judith parcourut la police d'assurance.

— Fernand Morin avait tout intérêt à trafiquer son suicide en meurtre, reconnut-elle.

— Surtout s'il se savait condamné.

Judith invita Alain à s'asseoir et prit un instant pour réfléchir. Nickie avait-elle assisté son amant dans son projet ?

— Tu en penses quoi ? lança-t-elle à Alain.

— J'ai l'impression qu'on a affaire à une petite qui profitait des largesses de son *sugar daddy*.

— Aurait-elle pu l'aider à s'enlever la vie ?

Alain fit rouler sa chaise jusqu'à Judith, sortit son téléphone intelligent de sa poche et lui montra une série de photos.

— Le seul indice qui aurait pu nous faire pencher pour cette hypothèse est la porte du congélateur. Je suis retourné vérifier avec Carl, tantôt. C'est très facile de la refermer soi-même, mais avec la serrure trafiquée, impossible de l'ouvrir de l'intérieur.

Il regagna sa place et poursuivit son exposé.

— Par contre, on a reçu les analyses de la scène de Saint-Albert. Ils n'ont pas trouvé d'empreintes sur le manche de la hache. Ça élimine la collaboration de Nickie ou suppose l'utilisation de gants.

— Si Fernand Morin avait agi seul, on aurait retrouvé les gants, il me semble.

— Il a pu s'en débarrasser entre le moment où il s'est assené un coup sur le crâne et celui où il s'est allongé dans le congélateur.

— Les gants. Ça expliquerait aussi l'absence d'empreintes sur les sacs de viande dans le réfrigérateur et sur les carreaux de la porte arrière, dit-elle en examinant les fiches du labo.

— J'imagine mal ma blonde me souhaiter bonne nuit en m'embarrant dans une glacière juste après une bonne baise, railla Alain.

— Moi non plus. Je ne crois pas que Nickie ait pu l'assister. Elle l'aimait vraiment. Lui aussi, probablement au point de lui épargner sa triste fin de cancéreux.

— Si la jeune est au courant de la grosse somme dont elle hérite, elle va sûrement rappliquer.

— Tu parles comme s'il s'agissait d'une fugue.

— On ne peut pas écarter cette hypothèse.

— C'est vrai que, pour l'instant, toutes les portes sont ouvertes.

— Il y en a trop, soupira Alain en croisant les bras.

— C'est notre problème.

— On est seulement trois.

— Il faut absolument que Métivier accepte de déployer des plongeurs pour la recherche, fit Judith en repoussant les documents devant elle.

Elle releva les yeux. Elle ne put faire autrement que de surprendre le sourire en coin d'Alain. Calé dans sa chaise pivotante, il la toisait.

— Tu penses qu'il ne voudra pas ou que je n'ai pas ce qu'il faut pour le convaincre, le défia-t-elle.

Alain réfléchit avant de répondre. Il remonta ses lunettes sur l'arête de son nez.

— Les deux, répliqua-t-il, l'air amusé.

Judith lui lança le premier crayon qui lui tomba sous la main. Alain se pencha pour le ramasser.

— Tu crois qu'elle s'est jetée à l'eau ?

— Pas vraiment, dit Judith en repensant au faux désordre des vêtements découverts sur la rive. On sera fixés avec les analyses.

— Dès qu'un indice les mettra sur la piste d'un règlement de comptes avec les Bad Ones, tu peux être certaine que Drummondville va sortir son artillerie lourde pour retrouver la petite.

— Métivier attend juste ça. Que ce soit Morneau qui engage les frais et paie la facture.

Judith scruta le relevé bancaire de Nickie. Alain quitta son siège et se pencha au-dessus du bureau pour pointer quelques chiffres.

— Il y a quelque chose de bizarre dans le compte de Nickie. Ça n'a rien à voir avec Fernand. Mais c'est quand même étrange. Depuis juin dernier, elle a encaissé, puis retiré aussitôt, des montants de 3 000 $ par mois, en espèces.

— Pourquoi dis-tu que ça n'a rien à voir avec Fernand ? Il avait l'intention de lui léguer tout son héritage. Il a pu commencer à l'aider avant.

— Dans le compte du vieux, il n'y a pas de transferts entre personnes aussi importants et réguliers. Quant à ses revenus, à part ses payes, il n'y a qu'un gros 2 400 $ en coupures de cent, qui aurait été déposé au comptoir, la semaine dernière.

— La vente de ses antiquités. Sa décision de mourir était déjà prise à ce moment-là, supposa Judith.

Alain continua sur sa lancée.

— Le détail des autres transactions nous montre que Fernand Morin est un gars qui avait l'habitude de faire sa grosse épicerie le vendredi. Il n'a rien acheté la veille de son décès. C'est peut-être un indice.

— Ou alors il savait qu'il prenait la route le dimanche suivant.

— Peut-être. Mais pour un gars qui a un horaire aussi irrégulier, son garde-manger était bien garni.

— Il devait le faire pour elle, pensa à voix haute Judith, soudainement émue.

— Je ne comprends pas.

— Quand Nickie faisait le ménage chez lui, Fernand devait l'inviter à manger, lui offrir des petits plats. Ça s'accepte plus facilement que de l'argent.

— Le compte de Nickie nous dit qu'elle n'était pas en peine pour se nourrir.

— À part le 3 000 $ par mois, elle a quoi ?

— Pas grand-chose, lui accorda Alain. Rien, en fait. J'ai vérifié avec son employeur. Son salaire et ses pourboires lui étaient remis en argent. Mais il ne faut pas oublier son commerce.

— Si j'ai bien compris, sa récolte n'était pas encore prête.

— 3 000 $ par mois. D'où peut venir cet argent ? C'est un montant trop systématique pour des transactions de dope, décréta Alain.

— On doit aussi se demander à quoi il sert ? Est-ce que Nickie prévoyait s'évaporer quelque part ?

— Ce qui est étrange, c'est qu'elle a choisi de faire apparaître ce montant dans son compte. Dépôt en espèces, retrait en espèces, à quelques jours d'intervalle seulement.

— C'est peut-être un message, supposa Judith. Il faut chercher d'où vient l'argent. Fouiller sa maison. Questionner sa famille. Si elle l'a reçu par la poste, on peut retrouver les enveloppes. Cet après-midi, quand je suis allée chez elle avec Réjean Dubé, je n'ai pas pu faire le tour.

Judith n'avait pas osé cette fouille cruelle en présence de Dubé, déjà accablé à la vue des affaires de sa fille disparue. Ils étaient restés dans la cuisine juste le temps de noter la courte liste téléphonique de ses amis. Judith poursuivit.

— Je lui ai dit que j'y retournerais demain, après avoir interrogé les amis de Nickie. Il est très coopératif. Il m'a même laissé une clé.

— Tu veux que je t'accompagne ?

— J'aimerais mieux que tu continues les recherches pour le fils de Morin. Il ne faudrait pas qu'il apprenne la mort de son père par les journaux.

— Ça n'a pas l'air de quelqu'un qui prenait souvent de ses nouvelles.

Cette dernière remarque s'installa dans l'esprit de Judith. Qui pouvait vouloir prendre des nouvelles de Nickie Provost ? Fernand Morin, bien sûr, mais il était décédé. Avait-elle une meilleure amie ? Quelqu'un à qui elle se confiait ? Réjean ne lui en connaissait pas. La liste des deux noms sur le réfrigérateur se résumait aux numéros de cellulaires de Yann et Rémi Roy, les deux fils de Chuck. D'après la description que Réjean lui avait donnée, c'est Rémi qu'elle avait surpris le lendemain du rodéo, évaché sur le divan. Elle devait le rencontrer demain, en fin de matinée, à Saint-Louis-de-Blandford, chez sa mère. Nickie devait avoir noté le numéro de ses autres amis dans son cellulaire. Les carnets d'adresses étaient une pratique désuète chez les jeunes.

— Le cellulaire de Nickie, on l'a retrouvé ?

— Pas que je sache. Je vais trouver de quelle compagnie de téléphone elle était cliente et on aura accès à ses derniers appels.

— Pour le reste, j'imagine qu'elle n'a pas laissé de traces ?

— Non. Aucun retrait au guichet, aucune utilisation de carte.

Après avoir récupéré son dossier, Alain quitta le bureau. Judith resta un moment à réfléchir. Nickie avait-elle fugué ou l'avait-on fait disparaître ?

Qui connaissait vraiment Nickie ? Qui pouvait l'éclairer sur le comportement de la jeune fille ? Sa sœur. Alexandra, sûrement. Sa dernière conversation avec Denise, au restaurant, lui revint. L'insistance de son ex-prof à rencontrer personnellement la sœur aînée de la disparue était étrange. Elle subissait encore son ingérence. Cela l'ulcéra. Elle réprima son élan d'appeler Denise. Elle conduirait plutôt sa propre entrevue. Elles pourraient ensuite recouper leurs informations réciproques. Ce serait encore mieux.

Mais comment s'y prendrait-elle pour approcher Alexandra ? Dialoguer avec une personne handicapée à ce point n'était pas quelque chose qu'on leur avait enseigné à l'École de police. Était-elle déjà au courant de la découverte des affaires de Nickie, ce matin, à Deschaillons ? Réjean Dubé avait insisté auprès des policiers pour lui annoncer la nouvelle lui-même. L'avait-il fait ? Judith jeta un coup d'œil à sa montre. 17 h 30.

Elle se rapporta à son père pour le prévenir de son retard, puis rangea son ordinateur portable dans son étui. Elle préparerait sa réunion du lendemain en soirée. Pour l'instant, c'est à Warwick, au centre d'hébergement La Rose blanche, qu'elle avait l'intention de souper.

34

Mercredi 26 août, 17 h 40

On interviewait le père de la jeune disparue. Réjean Dubé. Ce nom, que la journaliste venait de cracher à l'écran, ne lui disait rien, mais il sentit le pressant besoin de le noter quelque part. Il déchira un coin de journal qui traînait près de la lampe. Une plume. Il lui fallait trouver une plume. Luc Gariépy pesta contre sa femme Jocelyne qui, malgré son avertissement, avait encore rangé ses traîneries dans le tiroir du meuble de télévision. C'était sa façon de se rappeler à lui, en lui faisant des reproches silencieux. Il finit par trouver ce qu'il cherchait. En griffonnant, il s'aperçut que sa main tremblait. Il leva les yeux vers l'écran. Contrairement à d'autres hommes qu'il avait vus dans pareille situation, Dubé n'était pas affecté par les caméras. Il ne faisait aucun cas de la jeune journaliste qui tentait de le ramener aux questions posées. Il fixait les téléspectateurs et menaçait de son poing celui qui avait osé s'en prendre à sa fille. Son regard était terrifiant. Une bête enragée qui cherche son petit. Luc éteignit l'appareil avec colère. Il en avait assez entendu. Plus de doute possible. Il s'était fait avoir sur toute la ligne. Sans en comprendre encore toute la ruse, il mesura l'ampleur de l'arnaque. Il s'enfonça dans le divan pour mieux réfléchir. Nickie l'avait trahi. Pendant ses six mois de thérapie, elle lui avait menti. D'abord sur son nom et son âge. Elle avait réussi à lui cacher l'identité de sa mère biologique. Le seul élément de vérité dans son histoire : Marie-Paule Provost était bien décédée l'an dernier dans un accident de voiture. Nickie avait soutenu être seule au monde depuis, n'avoir que quelques copains de passage et son grand ami Fernand. Et voilà qu'il y avait ce Réjean.

Qui était vraiment Nickie Provost ? Quel rôle lui avait-elle fait jouer dans son mauvais scénario ? Les risques qu'elle l'avait obligé à prendre pour protéger sa réputation et sa carrière ! Avant de la rencontrer, il maîtrisait parfaitement sa vie. Pourquoi était-elle apparue, comme un spectre du passé, sur son chemin ? Il avait rechuté. Voilà l'explication qu'il devait assumer s'il voulait se reprendre en main. Il s'agissait d'une bête rechute. Il avait encore craqué pour la beauté terrifiante que lui seul était capable de détecter chez certaines femmes d'une fragilité excessive. Ces petits êtres à la dérive savaient si bien livrer leur âme sans retenue et se donner entièrement. Le seul lien authentique avec la vie, il l'avait toujours trouvé là, au contact de leur peau transpercée de souffrance. Il n'avait aucun regret, seulement le sentiment d'avoir accompli la quête que la vie lui avait réservée. S'il devait mourir demain, les quelques instants de bonheur qu'il revisiterait seraient ces moments où certaines de ses patientes lui avaient permis d'atteindre l'absolu.

À l'époque, il avait commis des imprudences. Son paradis avait failli être piétiné par les gros sabots de la Cormier. Il avait dû se surveiller. Mettre fin à son approche thérapeutique, et cela malgré les étonnants résultats qu'il avait réussi à obtenir. L'image de Francine Duquette lui revint. Il avait été le seul à la soulager de ses cauchemars nocturnes. Et Marie-Paule, qui n'était pas capable d'atteindre l'orgasme. Son premier cri de plaisir, au bout de toute une année de patient travail, l'avait récompensé. Comment un être si absent de son corps, comme l'enquêtrice Denise Cormier, aurait-elle pu comprendre ce qui se passait entre les quatre murs de son cabinet ? Parce que Sophie Belleau avait eu peur de la femme qu'elle était en train de devenir, elle s'était plainte. À l'époque, la Cormier avait réussi à faire le tour de ses patientes et à leur arracher des dépositions compromettantes. Mais ses protégées lui étaient restées fidèles. Aucune n'avait accepté de témoigner contre lui. Quand l'affaire s'était calmée, il avait su s'occuper de la brebis égarée qui avait eu la mauvaise idée de démarrer ce cirque. C'était dans l'ordre des choses. Son travail était trop important pour qu'on lui nuise. Il travaillait dans le plus grand secret depuis une vingtaine d'années, mais il était convaincu que la publication imminente de sa thèse allait causer un choc. Il se faisait une fierté d'être un objet de scandale comme l'avait été à son époque Wilhelm Reich ou encore David Cooper, ses maîtres à penser dont il entendait poursuivre l'audacieux travail.

Luc résista à l'envie de rallumer la télé, mais finit par céder. Il regarda défiler les dernières images sans y mettre le son. Le paysage derrière la journaliste, qui concluait son reportage, attira son attention. Par-dessus son épaule, il vit l'eau du fleuve et les policiers avec leurs chiens s'apprêtant à fouiller la rive. Il sourit, se calma enfin et ferma les yeux.

35

Mercredi 26 août, 18 h 15

La Yaris rouge était coincée dans la circulation sur l'autoroute 20 à la hauteur de Sainte-Julie. Denise Cormier ragea. Elle ne serait pas chez elle avant 20 h. Sa consolation : elle ne revenait pas les mains vides. Elle jeta un œil sur les trois bouquins de Marie-Paule Provost étalés sur le siège du passager. Mais sa trouvaille avait été le signet glissé négligemment dans le sac : *L'Ogre*, de la même auteure, à paraître cet automne. La réceptionniste n'avait pu répondre à ses questions empressées. Elle avait dû attendre patiemment le retour de l'éditrice.

Elle se félicita du coup de génie qui l'avait inspirée à chercher dans le passé de la mère de Nickie Provost. Judith serait-elle aussi futée ? Combien de temps mettrait-elle à découvrir l'existence du projet autobiographique de Marie-Paule Provost ? Aurait-elle le flair de remonter la piste de la romancière jusqu'à la maison d'édition ? Son livre posthume serait mis sous presse dans les prochains mois. C'est du moins ce que l'éditrice Lidia Sauvé venait de lui apprendre. Une femme autoritaire et stressée qui misait beaucoup sur ce succès populaire dont, pour l'instant, elle ne connaissait que le titre. Les Éditions À cœur découvert se spécialisaient dans des récits de vie plus misérables les uns que les autres. Elles publiaient des histoires de négligence parentale, d'abus de vieillards, de victimes de sectes et quoi encore. Le public raffolait de ces histoires d'horreur remplies de détails scabreux. Lidia attendait la naissance de son prochain petit monstre avec impatience. Le fait que l'auteure soit décédée et que son œuvre soit coécrite par sa fille, infirme et muette, donnait une plus-value à son projet. Elle avait bien l'intention de l'exhiber dans tous les salons du livre de l'année en cours.

La circulation devint plus fluide. Denise put enfin reprendre sa vitesse de croisière. Elle jubila. Tout s'éclairait. Il ne faisait plus aucun doute que les clientes de son enquête privée étaient les sœurs Provost. Elles avaient loué ses services pour mettre la main sur les anciens rapports de police. Ceux-là mêmes qui serviraient à inspirer le récit, comme s'en était vantée l'éditrice. Une flèche mortelle serait lancée contre Luc Gariépy. Lui et son entourage n'auraient aucun mal à l'y reconnaître.

Mais les anciennes plaintes des victimes ne valaient rien si elles n'étaient pas reconduites. Denise soupçonna les filles de détenir d'autres preuves. De quoi s'agissait-il ? La réponse devait se trouver dans le manuscrit auquel Alexandra travaillait. Luc Gariépy, un agresseur qu'elle avait été incapable de coffrer. Sa Judith croiserait-elle cette piste ? Réussirait-elle là où elle avait échoué ? Elle n'y arriverait jamais sans son aide. Mais pas question de tout lui déballer. Ce serait trop facile. L'enquêtrice novice devait faire ses classes ! Pour prouver à son professeur qu'elle était aussi habile qu'elle. Tant qu'elle n'aurait pas le manuscrit en sa possession, Denise tiendrait son élève loin de la piste d'Alexandra Provost. « Pour le plaisir de le lui offrir comme un bouquet de fleurs », s'émut-elle.

Un coup de fatigue la prit. Ses chutes d'énergie devenaient inquiétantes. Elle devrait consulter un médecin. Pour se tenir éveillée, elle alluma la radio. Les informations de 18 h 30 débutaient.

Au nom de Nickie Provost, Denise poussa un cri. Elle se rangea nerveusement sur l'accotement et augmenta le volume. On décrivait une jeune femme portée disparue dans des circonstances suspectes, sa voiture et ses affaires retrouvées à Deschaillons sur le bord du fleuve. La thèse du suicide n'était pas écartée, mais la police ne négligeait aucune piste.

Denise Cormier éteignit en jurant. Gariépy ! Il avait encore frappé ! Il avait maquillé la mort de Nickie en suicide, comme il l'avait fait il y a vingt ans pour Sophie Belleau. À l'époque, Denise n'avait jamais cru que la femme s'était elle-même donné la mort. Aujourd'hui, ses doutes se confirmaient. Le criminel venait de récidiver. Gariépy s'était débarrassé de la jeune Provost. Pourquoi ?

Le temps pressait. Devait-elle courir vers Judith et tout lui révéler ? L'indice qu'elle détenait était un élément déterminant. Denise hésita.

Le risque que la justice laisse de nouveau filer le criminel était trop grand. Gariépy avait repris du service. Les hommes ne changeaient pas. Elle en savait quelque chose. Agresseur un jour, agresseur toujours. C'était un expert en manipulation. Il les avait roulés une première fois. Pourquoi ne leur échapperait-il pas encore ? Elle devait se garder une porte de sortie. Celle que Nickie Provost lui avait entrouverte.

La chasse à l'Ogre était lancée. Denise se félicita. Elle était dans la même course que sa bien-aimée, mais elle la dominait avec une redoutable avance.

36

Jeudi 27 août, 6 h

Judith vit le jour se lever à travers les stores verticaux de son bureau, qu'elle avait laissés ouverts malgré la chaleur pénétrante du soleil. Les petits matins étaient sa force, le moment où ses idées étaient le plus claires. Elle s'obligea à tout revoir depuis le début. Toute la semaine, son horaire de mise en forme avait été relégué au second plan. Les 28 degrés annoncés l'irritaient autant que sa rencontre ratée avec Alexandra. La veille, elle avait fait chou maigre en se pointant à Warwick, au centre d'hébergement. À 18 h, la jeune fille dormait déjà. La préposée avait insisté pour qu'on la laisse se reposer. Judith se promit d'y retourner dès que possible.

En classant ses papiers, Judith revit le dessin que Nickie avait fait de la commode arbalète. Fernand Morin n'était pas un collectionneur. Ce meuble devait être un important souvenir de famille. Pourquoi s'en était-il départi ? Pour venir en aide à Nickie ? Que faisait-elle de tout ce pognon ? Tout à coup, la faille lui apparut.

Judith se réinstalla à sa table de travail avec un crayon et une feuille blanche. Elle n'avait pas le talent de Nickie, mais elle esquissa les différents lieux que traversait l'enquête : la maison de Nickie, celle de Réjean, le petit chalet à Deschaillons-sur-Saint-Laurent, la maison mobile de Fernand et, finalement, le centre d'hébergement d'Alexandra. Comment ne l'avait-elle pas remarqué plus tôt ? La Rose blanche était une résidence privée qui devait coûter les yeux de la tête. Avec quel revenu Alexandra pouvait-elle se permettre d'y vivre, alors que Réjean et Nickie se débrouillaient dans des conditions très précaires ? Elle inscrivit sa réponse : les 3000 $ qui allaient et venaient dans le compte de Nickie.

Des pas résonnèrent dans le couloir. Des talons hauts. Judith devina. Denise arrivait à cette heure matinale pour la voir avant sa journée de travail.

— Coucou ! Je t'ai apporté du café. Du bon, dit Denise en déposant les deux tasses thermos au milieu des dessins.

Elle s'assit sans y être invitée. Judith reconnut les gobelets de la maison.

— Ton père a insisté pour que je t'en apporte. C'est lui qui m'a dit que tu étais ici.

— J'ai beaucoup de travail en retard, tenta Judith pour écourter la visite.

— Je ne serai pas longue. Il fallait absolument que je te voie.

Judith se résolut à l'écouter en se consolant avec l'allongé que John lui avait préparé. Denise détenait des informations qui pouvaient lui être utiles. Sur Alexandra, entre autres.

— Quand j'ai appris la disparition de Nickie Provost, hier, aux nouvelles, je me suis dit qu'il fallait te mettre au courant le plus vite possible de ce que j'avais découvert, attaqua Denise. Sais-tu que c'est elle qui paie le loyer de sa sœur ? 2800 $ par mois !

— J'allais vérifier, dit Judith en serrant les lèvres.

— Je l'ai fait. Après son accident, l'été dernier, Alexandra Provost est allée en réhabilitation, couverte par l'assurance maladie. Depuis la fin de ses traitements, en juin, elle doit payer elle-même son hébergement. C'est quand même assez étrange qu'elle ait choisi d'aller au privé.

— J'imagine que Nickie et Réjean veulent le meilleur pour elle.

— Et le plus cher.

— Alexandra doit sûrement bénéficier d'une compensation de la SAAQ, avança Judith.

— Ce n'est rien, comparativement à ce que ça lui coûte. Et ses médicaments ne sont pas tous remboursables.

— Et Réjean Dubé ? Tu vas m'apprendre qu'il ne peut pas contribuer aux dépenses, s'énerva Judith.

Denise se raidit.

— Il a déclaré des revenus de 6 000 $ à l'impôt, l'an passé reprit-elle. Ça peut te donner une idée.

— 6 000 $? se surprit Judith. On ne vit pas avec 6 000 $, aujourd'hui. Il doit faire son argent quelque part.

— Si c'est à la dope que tu penses, je ne crois pas qu'il soit mêlé au réseau. Dans Boutures, il n'est jamais mentionné. Nickie, par contre…

Judith ressentit un choc en entendant le nom de Boutures. Cette enquête était menée par la GRC. La police régionale d'Arthabaska y collaborait étroitement. Elle était ultra confidentielle.

— Tu es bien renseignée. La DME soupçonne la jeune Provost d'appartenir à un réseau, mais rien ne le prouve encore. Sa sœur Alexandra est peut-être au courant. J'imagine que tu l'as rencontrée, insinua Judith. On s'était entendues pour que tu m'appelles, non ?

Denise blêmit.

— Je n'ai pas eu le temps de retourner au centre d'hébergement, s'excusa-t-elle. Mardi, les réunions du département m'ont retenue à Trois-Rivières et, hier, j'étais à Longueuil. Je ne t'ai pas rappelée parce que je n'avais rien de nouveau. De toute façon, comme je te l'ai déjà dit, dans l'état où est notre malade, elle ne peut pas nous être très utile.

— Je suis passée à La Rose blanche, hier soir. Alexandra était endormie. Je dois absolument retourner l'interroger. J'ai besoin de me faire une idée moi-même, trancha Judith.

— Bonne chance ! la défia Denise. Je ne sais pas dans quel état tu la trouveras. Avec le meurtre de sa sœur. Ma mère m'a dit qu'elle fait souvent des crises. Peut-être de l'épilepsie. Des séquelles de son accident. Pauvre fille.

— Tu sautes vite aux conclusions, la reprit Judith. La thèse du meurtre est loin d'être confirmée. Il peut s'agir d'une fugue ou d'un suicide.

— Tu as bien appris tes leçons, fit Denise en souriant. Au début d'une enquête, il faut tout envisager. Ne pas s'enfermer dans le « regard tunnel », tu te souviens ? Je vous l'ai si souvent répété : il est important de développer un regard latéral, de ne pas se laisser distraire par la première hypothèse, la plus évidente.

Judith en avait trop entendu. Elle n'avait pas besoin qu'on lui enseigne le métier. Son diplôme, elle l'avait déjà obtenu.

L'arrivée de Christiane écourta leur entretien. Les deux femmes se promirent de reprendre leur conversation en fin de journée.

Denise salua rapidement Judith et s'enfuit avant que l'atmosphère affairée du poste s'installe. Elle ne voulait surtout pas croiser ses anciens collègues.

***

À 8 h précises, Carl et Alain avaient pris place dans la petite salle de réunion. Leur verre de styromousse à la main, les deux hommes fixaient d'un œil amusé le thermos chromé de Judith. Elle choisit de ne pas en faire de cas et s'assit sur le coin de la table. Dans cette position, elle surplombait ses acolytes. Carl attaqua avec de bonnes nouvelles de la Division mixte des enquêtes.

— Le témoignage d'un voisin et le moulage des empreintes de pneus prélevées sur le terrain à Deschaillons ont permis d'identifier un véhicule suspect aux abords du chalet. Un vieux modèle Dodge Caravan de couleur bourgogne. C'est une camionnette connue de Morneau et de son équipe. Le propriétaire : Dave Saint-Cyr, un gars de Nicolet.

— Parfait, on va pouvoir lui payer une petite visite. Le mieux, c'est d'y aller par élimination, dit Judith.

— C'est là qu'on a un petit problème, risqua Carl.

— Quoi ? Le bureau de Drummondville ne veut quand même pas se charger de l'interrogatoire ! s'insurgea Judith. On doit être les premiers à travailler le suspect. C'est d'abord notre enquête !

Carl tenta de la calmer.

— Ils ne sont pas chauds à l'idée de l'arrêter maintenant.

— N'oublions pas que Nickie est peut-être toujours en vie et en danger. On perd un temps précieux.

— À la Division, ce qu'ils ne veulent pas perdre, c'est leur *momentum.*

— Leur quoi ?

— *Momentum,* articula Carl qui employait ce mot pour la première fois. Je ne suis pas censé en parler, mais l'équipe des stups prépare une grosse descente pour la mi-septembre. On travaille là-dessus depuis un an. Si on embarque Dave Saint-Cyr ce matin, on met la puce à l'oreille de toute l'organisation des Bad Ones.

— Parce que Dave Saint-Cyr est dans les Bad Ones ? demanda Alain.

— Bravo, mon homme ! Mieux que ça, c'est le bras droit d'Evil Pichette, le chef du chapitre de Nicolet. Je nous vois mal débarquer chez eux.

— Il y a sûrement moyen de se faire discrets, insista Judith. C'est peut-être le dernier témoin à avoir vu Nickie vivante. Je veux l'interroger. Vous devez bien avoir quelque chose sur lui qui l'obligerait à venir nous rencontrer.

— Je ne vois pas comment l'approcher sans laisser filtrer de l'information, se défendit Carl.

— Prends donc le reste de l'avant-midi pour « voir », justement, rétorqua-t-elle en masquant mal son irritation. Il faut absolument parler avec Dave sans ameuter sa gang. Arrange-toi pour lui donner rendez-vous quelque part. Quand tu l'auras bien appâté, fais-moi signe, je veux être là.

— Ce ne sera pas facile, répliqua-t-il.

— Je n'ai pas dit que ça le serait.

— Et l'inspecteur Morneau, qu'est-ce que je lui dis ?

Judith échappa un soupir d'exaspération. Elle quitta la réunion sans répondre.

Les gars échangèrent un regard moqueur. Ils ramassèrent leurs verres de café et leurs papiers.

— Elle a du caractère, la petite madame, railla Alain.

— Elle cherche à me mettre dans l'eau chaude. Si Drummondville apprend que je leur joue dans le dos, je suis fait.

— Ils n'ont pas besoin de le savoir.

— Un entretien avec Saint-Cyr ! Ce n'est pas un gros bourdon que tu attires avec un pot de miel. Où veux-tu qu'on le rencontre ?

— J'ai peut-être une idée. Suis-moi.

***

Judith vit les deux gars passer devant son bureau et se diriger vers celui d'Alain. Elle était curieuse de savoir comment ils allaient s'y prendre. Les premiers jours d'une disparition étaient cruciaux.

Elle décrocha de son tableau le post-it où était inscrit le numéro de Paul Décotret. Elle avait complètement oublié de le rappeler. Était-il trop tard pour se reprendre ?

Elle ouvrit le fichier central de l'affaire Morin. Le rapport de Carl n'y était pas encore entré. Elle s'empara du téléphone. Alain répondit aussitôt.

— Passe-moi le grand.

Quand elle eut Carl au téléphone, elle osa.

— Les comptes rendus des rencontres que tu devais faire avec les serveuses avec qui Nickie travaille, j'en ai besoin cet après-midi.

— C'est quoi, la priorité ?

Elle raccrocha assez vite pour qu'il croie qu'elle ne l'avait pas entendu. Mais le mot « priorité » l'avait transpercée comme un dard. À l'école, c'était son point faible. Elle était perfectionniste et ne savait pas toujours où donner de la tête. Elle prit une feuille et dressa une liste. « Jeudi, choses urgentes : interroger Rémi Roy, fouiller maison de Nickie, rencontrer Alexandra, faire rapport réunion de ce matin. » Par où commencer ? D'abord se débarrasser du rapport de la réunion, puis se rendre à Saint-Louis-de-Blandford pour y rencontrer

Rémi. Elle y avait rendez-vous en après-midi à 15 h. Elle fit tout de même une pause de cinq minutes pour rappeler Paul Décotret.

37

Jeudi 27 août, 15 h

Le soleil tapait. Aucun coin d'ombre dans la cour asphaltée de l'immeuble résidentiel où logeaient Rémi Roy, son frère Yann et sa mère. Le dos appuyé contre son véhicule, Judith n'arrivait pas à se concentrer. Assis sur les premières marches de l'escalier extérieur, l'adolescent lui faisait face. Il fixait ses pieds et ne cessait de jouer avec ses cheveux. Cela l'énerva. Jusqu'ici ses réponses avaient été plutôt laconiques.

— Ça fait longtemps que tu connais Nickie ?

— Ouais…

— Longtemps comment ?

— Pas mal longtemps.

— Quel type de relation aviez-vous ?

— Quoi ?

— Étiez-vous juste amis ?

— Ouais… *fuck friends* aussi… des fois…

Même si Judith connaissait le terme, elle ne put s'empêcher de grimacer. Elle avait eu des *fuck friends*, elle aussi, mais n'aurait jamais osé les nommer ainsi. Est-ce que Paul Décotret allait devenir un nouvel « amant de passage », terme qu'elle trouvait déjà plus romantique.

La soirée au chalet de ses parents, au lac Nicolet, à laquelle il venait de l'inviter, impliquait tacitement un combo repas-baise.

— Dis-moi, Rémi, est-ce que Nickie voyait d'autres gars ?

— Je ne sais pas… Elle était amie avec plein de monde.

Judith avait vraiment chaud. Elle voulut proposer de continuer leur discussion à l'ombre sur le balcon, mais Rémi la coupa.

— Julien !

— Quoi, Julien ?

— Il s'appelle Julien. Je m'en souviens, maintenant, s'enflamma-t-il.

— Et qui est Julien ?

— Un gars de Trois-Rivières. On ne l'avait jamais vu.

— « On »… c'est toi et…

— Moi et mon frère Yann. On s'est fait écœurer par lui au Rodéo.

— Il vous a agressés ? Tous les deux ?

Judith s'approcha de Rémi. Il releva la tête.

— Il a voulu me sauter dessus, lui avoua-t-il.

— Pourquoi ? dit Judith debout devant lui.

— Je ne me souviens pas trop. J'avais… j'étais pas mal avancé. Il était en ostie contre Nickie. Il voulait lui péter la face. Je l'ai défendue.

Elle s'accroupit à sa hauteur.

— Est-ce qu'il l'a menacée ?

— Ouain.

— Ouain quoi ? insista Judith.

— Il voulait l'étrangler.

— Est-ce qu'il lui a dit mot pour mot qu'il voulait la tuer ?

— Ouain… je pense…

— Essaie de te rappeler exactement ses paroles.

— Il était tard… Je ne sais pas… « Je vais te tuer, ma câlisse… »

— Très bien.

Elle se leva et fit quelques pas. Le témoignage de ce jeune homme ne valait pas grand-chose. De son propre aveu, il n'était pas en état de confirmer exactement ce qu'il avait vu ou entendu. Judith décida d'emprunter un détour. Elle revint près de lui.

— Est-ce que tu la voyais souvent, Nickie ?

— Quand même. Mon père et son père sont amis. Ils restent ensemble. Je monte à Tingwick chaque fois que je passe la fin de semaine chez mon vieux.

— Nickie a sa propre maison. Ça vous fait une belle place tranquille, insinua-t-elle.

— Mets-en. On se couche à l'heure qu'on veut. En fait, quand on veille chez eux, on ne se couche pas.

— Tout ce temps-là, ensemble, vous deviez vous parler beaucoup.

— Ouain…

— Tu es probablement une des personnes qui connaît le mieux Nickie. Qu'est-ce que tu penses qu'il lui est arrivé ?

Le visage de Rémi se referma.

— Je ne sais pas, finit-il par dire, faiblement.

— Tiens, prends le temps d'y penser, fit la policière en lui remettant ses coordonnées.

Judith retourna à sa voiture et s'empressa de joindre Alain Dessureaux au téléphone. Elle lui demanda de revoir les rapports d'incidents du Rodéo. S'ils étaient chanceux, ce Julien avait peut-être été appréhendé et son nom apparaîtrait sur la liste de la vingtaine de contraventions de samedi dernier. Julien de Trois-Rivières. Deux données plutôt minces, mais qui réussiraient peut-être à les mettre sur la piste de la disparition de Nickie. Un crime passionnel entre adolescents. Ce ne serait pas le premier. Les jeunes d'aujourd'hui étaient d'une génération habituée à recevoir tout cuit dans le bec, incapables de gérer leurs frustrations autrement que dans l'impulsivité et la colère.

Une fois qu'elle eut raccroché, Judith se demanda si cette nouvelle donnée n'allait pas les embrouiller davantage. Plus ils avançaient, plus la forêt devenait dense. Il fallait trouver une clairière. Un point de départ. Quel était l'angle de leur enquête ? La confusion venait du fait qu'ils ne savaient toujours pas ce qu'ils cherchaient. Était-ce une enquête sur une disparition, un suicide, un meurtre ? Comment rechercher sérieusement un assassin sans la preuve du crime ? Il fallait attendre. Mais Métivier ne voulait pas attendre. Il leur avait donné une semaine.

38

Jeudi 27 août, 16 h

Judith dépassa la limite permise, mais le chemin de la Grande-Ligne n'était pas surveillé à la hauteur de Saint-Louis-de-Blandford, du moins cet après-midi. Le temps filait. Elle ne pourrait faire tout ce qu'elle avait planifié. Alors qu'elle approchait des abords de Victoriaville, elle reçut un appel sur son cellulaire.

— On l'a.

— Qui?

— Dave Saint-Cyr.

— Donne-moi une minute, je stationne.

Judith bifurqua dans l'entrée de la halte du Réservoir Beaudet. Elle eut une pensée furtive pour la dernière fois où elle y était venue. C'était avec Marc, l'automne dernier. Leur partie de jambes en l'air en voiture. La pluie et le cri des oies blanches s'attardant par milliers sur le lac. Elle reprit son téléphone.

— Oui?

— Il est avec nous. On t'attend, la pressa Carl.

— Où?

— À la cantine de Wôlinak.

— Je vous rejoins tout de suite.

Elle raccrocha, exaspérée à l'idée de se retaper les soixante kilomètres qu'elle venait de parcourir. Elle trouva ingénieux l'endroit public qu'ils avaient choisi. Ils allaient pouvoir discuter à l'aise avec Dave Saint-Cyr. Wôlinak était une petite place qui, malgré la proximité de Nicolet, n'était fréquentée que par les habitants de la communauté abénaquise de la réserve et quelques touristes plutôt rares en cette fin d'août. Pourquoi avait-il accepté aussi facilement de les rencontrer ? À quel chantage Carl et Alain s'étaient-ils livrés avec lui ? La possibilité qu'il ait pu s'en prendre à une si jeune fille la glaçait.

Trente minutes plus tard, elle stationna dans la cour arrière du petit restaurant. La porte de la cuisine était ouverte, sûrement en raison du manque de climatisation des lieux. Une dame en sueur s'affairait à peler les patates au milieu de plats qui traînaient à ses pieds dans un désordre qui défiait toute norme d'hygiène. Même si la faim la tenaillait, Judith renonça à son projet de se commander un hamburger.

Elle s'attarda dans sa voiture. Elle n'était pas prête à franchir la porte de la cantine. Elle ferma les yeux, prit une grande respiration. L'entretien qui allait suivre était capital. Elle ne devait pas le mener comme un interrogatoire. Officiellement, l'homme n'était pas en état d'arrestation, même si les doutes qui pesaient contre lui étaient assez lourds pour l'incarcérer en tant que suspect. Il fallait le travailler comme un collaborateur.

***

Ils étaient seuls dans la petite salle à manger. Alain et Carl avaient choisi la table à quatre la plus éloignée du comptoir. Les rires qui fusaient annonçaient que le contact était bon. Judith les rejoignit et offrit son plus beau sourire à Dave Saint-Cyr. Ce dernier, qui terminait une grosse poutine italienne, se leva pour la saluer. Judith imita ses collègues et commanda un pepsi qu'une jeune ado timide lui servit aussitôt. Judith attaqua.

— Carl et Alain t'ont expliqué que tout ce que tu vas nous dire ne sortira pas d'ici.

— J'ai pas le choix de vous croire.

— Tu as le choix de nous dire ce que tu sais. Le calcul est simple. Si ça nous aide, ça va t'aider.

— Ils m'ont tout expliqué ça. Ce que je ne veux surtout pas, c'est qu'on me voie avec vous autres. L'heure du souper approche. Faisons ça vite.

— D'accord. Nickie Provost, tu la connais ?

— Qui ne la connaît pas ? répondit-il, en esquissant un sourire aux deux gars.

Judith maîtrisa son coup de colère.

— On a les traces de ton véhicule. On sait que tu es allé au chalet.

— Je me suis pointé à Deschaillons, samedi soir passé, avec ma van. C'est là que j'ai fait le ménage de sa serre. Mais elle, je ne l'ai pas revue.

— Elle, tu parles de Nickie ?

— De qui d'autre ?

— Pourtant, on a retrouvé tes empreintes sur une bouteille de bière, se risqua à mentir Judith.

Dave Saint-Cyr remarqua la légère surprise dans les yeux de Carl et sourit avec malice.

— Écoute-moi bien, parce que je n'aime pas me répéter. Je n'ai pas fait de mal à Nickie. Je lui ai juste donné une leçon pour qu'elle arrête de jouer dans nos plates-bandes. Elle a la tête dure. Ce n'est pas la première fois qu'elle se fait avertir.

— Pourquoi ne pas l'avoir éliminée ?

Dave s'esclaffa.

— On n'est pas à Montréal ! Nickie est pas folle. Elle sait se protéger.

— Qui la protège ?

Pour toute réponse, Dave se tourna vers Carl qui intervint aussitôt.

— On a convenu, pas de noms.

— Si on n'a pas de noms, ça nous avance à quoi ? protesta Judith.

— C'est l'entente, affirma Carl d'un ton qui lui cloua le bec.

Judith redirigea ses questions vers le motard.

— Tu ne veux pas nous dire non plus à qui Nickie vendait ?

L'homme souleva ses larges épaules.

— Fernand Morin ? Ça ne te dit rien ? le pressa Judith. Avec ses *runs*, ça lui faisait un beau réseau de distribution. Mais c'est votre territoire, je pense, ça, du moins jusqu'à Lotbinière ?

Dave Saint-Cyr commençait à s'impatienter. C'était le moment de frapper avec la seule petite pierre qu'elle avait. Julien.

— Et à Trois-Rivières, dans les écoles secondaires ? C'est un gros marché. Vous engagez encore des petits jeunes ? Julien ? Ça te dit quelque chose ? Il travaillait pour vous ou pour Nickie ?

Au nom de Julien, le visage de Dave se rembrunit. Judith avait obtenu ce qu'elle cherchait. Julien faisait partie du réseau des *pushers*, du moins c'était un jeune que le suspect connaissait. C'était déjà un lien établi avec Nickie. Carl intervint pour faire baisser la tension.

— Je te remercie, Dave, de nous avoir donné de ton temps. Je pense que ce sera tout pour aujourd'hui.

— Aujourd'hui et plus tard, conclut l'homme en se levant.

Il jeta un regard hostile à Judith avant de prendre sa veste et de sortir.

— Bravo, fit Carl pour toute réponse.

— On vient de le brûler comme source, pesta Alain.

— Tu ne sembles pas réaliser ce que ça m'a coûté de l'asseoir ici, jura Carl. J'ai été obligé de lui refiler des informations qu'on avait contre lui. Si jamais ça se sait...

— J'ai quand même obtenu ce dont j'ai besoin, c'est ça qui compte, répliqua Judith en tétant sa boisson gazeuse. Maintenant, on sait que Dave Saint-Cyr est relié à Nickie par Julien.

— Ton Julien, tu ne nous en as jamais parlé, s'emporta Carl. Est-ce qu'on travaille sur la même enquête ?

— Un ami de Nickie. Il faut vérifier avec ses proches. Les autres serveuses ont dû t'en parler. Tu en as tiré quoi, au juste, quand tu les as rencontrées ? demanda-t-elle insidieusement.

Carl mâchonna rageusement sa paille. Son silence était éloquent.

— Crisse que t'es pas fiable ! lui lança-t-elle en se levant de table. Tu as jusqu'à demain matin !

— Métivier ne veut pas d'heures supplémentaires.

— Marque-toi-les où je pense, tes heures. Tu es mieux d'arriver à la réunion demain avec ton compte rendu, sinon...

— Sinon quoi ? Tu vas me demander de quitter l'enquête. Qui te dit que j'aimerais pas ça ?

Frappée par cette flèche qu'elle n'avait pas vue venir, Judith sortit en les laissant en plan.

39

Jeudi 27 août, 18 h

Assise dans le hall d'entrée de La Rose blanche, Denise rangea son cellulaire. Est-ce que sa bien-aimée cherchait à l'éviter? John Allison venait de lui affirmer que Judith était au lit avec un vilain mal de tête. Après avoir échangé des banalités sur des tisanes appropriées pour aider la relaxation, elle avait raccroché. Elle n'avait rien de particulier à apprendre à Judith, rien de plus que ce matin. Denise avait voulu s'assurer que sa jeune élève ne se pointerait pas de nouveau ce soir à la résidence. Alexandra était sa source à elle. La piste privilégiée de son enquête. Le bon filon, alors que toute l'équipe de Judith se perdait dans des histoires de règlement de comptes entre revendeurs de stups. Elle devait agir vite. Trouver un moyen de subtiliser le texte d'Alexandra. Son intuition la guida vers l'appartement de Gabrièle.

Sa mère était assise devant sa fenêtre, occupée à regarder le ciel se coucher.

— Tu as une belle vue sur le mont Gleason, dit Denise en s'approchant.

— Regarder le beau sans pouvoir y toucher, c'est pire que de ne pas le voir, des fois, se plaignit Gabrièle.

— Si tu veux, le mois prochain, je t'emmènerai aux fins de semaine *Gleason en couleurs.* Ils ont construit un grand chalet, en haut. On peut même dîner là.

— Tu le sais que j'ai le vertige, la rabroua Gabrièle. Si tu penses m'asseoir dans un télésiège.

— Je disais ça… bafouilla Denise toujours postée dans le dos de sa mère.

— Pense avant de parler pour ne rien dire.

Comme l'enfant de cinq ans qu'elle avait été, Denise sortit sa langue et lui fit une grimace. La vieille dame surprit l'insulte dans le reflet de sa vitre, mais ne réagit pas. Elle l'emmagasina tout simplement quelque part en elle comme une munition qui pourrait lui servir un jour.

Denise jeta un œil sur l'ordinateur fermé.

— Tu ne corriges plus les textes de ton amie ?

— Mon contrat est fini.

— J'espère que tu te fais payer, dit-elle en s'affalant sur le divan.

Ses nouveaux souliers lui blessaient les pieds. Elle les retira. Gabrièle se tourna vers elle.

— Depuis quand t'intéresses-tu à mes affaires d'argent ?

— Je m'occupe de tes impôts. Si tu reçois un revenu, elle te demandera peut-être un reçu. Tu vas être obligée de le déclarer. Il ne te restera pas grand-chose. Je veux juste t'éviter de méchantes surprises.

Denise savait sa mère gratteuse. Elle avait trouvé le filon pour la faire parler.

— C'est rien. Une cinquantaine de dollars.

— Pour combien de pages ?

— Cent vingt, environ.

— Tu t'es fait avoir. La correction, c'est au moins 0,05 $ du mot.

Denise se massa les pieds.

— Là, le nombre de mots, ce serait long à compter.

— On peut le faire à l'ordi. Montre-moi le fichier.

— Je l'ai effacé.

— Comment ça ?

— Je n'en avais plus besoin. La petite m'a dit qu'on avait terminé.

— Quelle petite ? s'enquit-elle en se rechaussant.

— Alexandra, ma voisine de palier. C'est pour elle que j'ai fait ça. Pour lui rendre service. Laisse faire l'argent. Je n'en ai pas besoin. Elle va citer mon nom dans les remerciements, c'est déjà assez.

Denise ne l'écoutait plus. Le texte venait de lui échapper. Comment mettre la main dessus ?

— J'aimerais ça lui parler à ta voisine.

— Ne la dérange pas avec ça.

— Sa chambre est à côté ?

— Le jeudi soir, elle est en physio.

Denise était contrariée. Ses cours à l'université commençaient demain. Elle ne pourrait pas revenir avant samedi. Judith risquait de lui damer le pion.

— Je vais repasser en fin de semaine, dit-elle en prenant sa bourse.

— Appelle avant.

— Quoi ?

— Je n'aime pas quand tu débarques sans prévenir.

— Mais... je viens toujours le samedi.

— Je peux avoir des affaires à faire, moi aussi.

— Bon, bon...

Denise ferma la porte en envoyant silencieusement sa mère au diable. Elle passa à pas lents devant la chambre d'Alexandra Provost. Elle s'approcha, tâta la poignée et vit qu'elle était fermée à clé. Dépitée, elle prit l'ascenseur. En traversant le couloir menant à la sortie, elle entendit le piano. Non pas de la musique, mais des notes martelées. Elle s'approcha de l'entrée du salon. C'est là qu'elle l'aperçut en train de pratiquer des gammes avec la physiothérapeute. Une note à la fois. Alexandra était comme les soldats qui s'astreignaient à une discipline rigoureuse dans leur camp d'entraînement. À quelle guerre se préparait-elle ?

40

Jeudi 27 août, 22 h 45

Quand elle se leva pour aller aux toilettes, Judith constata qu'elle avait trop bu. Elle regretta son lit douillet d'où Carl l'avait sortie pour l'inviter à le rejoindre au bar Le Relais de Saint-Albert. Elle aurait dû refuser le dernier bock de blonde que son collègue lui avait offert. Mais c'était sa façon de tenter de réparer les pots cassés. Il s'en voulait de s'être emporté cet après-midi et elle-même d'avoir cédé à la colère. Elle reprit place sur son tabouret et s'avisa qu'il était temps de revenir sur le court échange que Carl avait eu, deux heures plus tôt, avec Justine De Serres, la jeune serveuse de Warwick qui était une amie de Nickie.

— Donc, d'après ce qu'elle t'a dit, Julien n'était pas le chum de Nickie, récapitula Judith.

— Exact, mais ça ne les empêchait pas de coucher ensemble.

— Bizarre.

— Quoi ? Que la belle Nickie couche avec lui ? Elle n'a pas l'air trop difficile à convaincre.

— Il l'a quand même menacée de mort, le soir du Rodéo, argumenta Judith.

— Une crise de jalousie.

— Ou une chicane de dealers, à cause de la dope, supposa Judith en offrant le reste de son verre à Carl.

— Il y a plus. Justine m'a dit que Julien était complètement accroché. Il appelait quatre à cinq fois par soirée, quand Nickie travaillait. Il s'est fait avertir.

— Il est peut-être ici, ce soir ?

— Non, Nickie lui interdisait de venir ici, sinon… fini.

— Moi aussi, je suis finie. Peux-tu me raccompagner ?

Une douzaine de joueurs de soccer firent leur entrée avec grand fracas. Justine ne serait pas libre avant la fermeture du bar et Judith était incapable de s'imaginer une minute de plus dans cette ambiance survoltée.

***

En la ramenant vers Victoriaville, Carl rassura Judith.

— Alain rentre toujours tôt au travail. Demain, je repasserai avec lui chercher ta voiture.

Judith gratifia sa gentillesse d'un sourire. Elle somnola, la tête appuyée contre son épaule. Carl posa sa main sur sa cuisse. Judith aurait voulu passer la nuit ainsi, à ses côtés. Des images de leurs aventures traversèrent son esprit engourdi. Ils ne s'étaient laissés aller à leur désir qu'à deux reprises. D'un commun accord, ces incartades avaient été rangées dans la section « affaires classées ». Personne n'en avait rien su. Cela devait bien faire trois ans qu'ils ne s'étaient pas touchés. La dernière fois avait été assez particulière. Nathalie venait de tomber enceinte du deuxième et Carl avait paniqué. Ils avaient passé la nuit, stationnés en filature, dans un rang, à quelques kilomètres de la ville. Après avoir beaucoup parlé, ils avaient fini par se caresser l'un l'autre sans quitter leur position assise. D'avoir pris son plaisir en s'obligeant à ne pas bouger et à ne rien laisser paraître était resté l'un des souvenirs de jouissance les plus intenses de Judith. Elle se rappelait les doigts habiles de son compagnon, son assurance dans ses gestes.

En stationnant devant chez elle, Carl la brassa doucement.

— J'ai gardé le meilleur pour la fin, question que tu fasses de beaux rêves, la taquina-t-il.

— Vite, je n'en peux plus, le pressa Judith.

— Justine De Serres ne connaît pas le nom de famille de notre Julien, mais elle m'a appris qu'il est en cinquième secondaire au collège privé Marie-de-l'Incarnation de Trois-Rivières.

La nouvelle fit l'effet d'une douche froide dans le cerveau de Judith.

— On annule la réunion de demain matin et on va le rencontrer, claironna-t-elle. Tu as l'adresse ?

— J'ai déjà averti Alain. Il va me donner les coordonnées demain matin. À quelle heure tu veux partir ?

— À 8 h.

41

Vendredi 28 août, 8 h 30

Malgré les cachets qu'il avait pris, Luc avait mal dormi. En sortant les poubelles, il sentit l'arrivée imminente de l'automne. La nuit avait été fraîche. Il était encore préoccupé par la conversation qu'il avait eue la veille avec Martial, à Saint-Grégoire. Son ancien patient avait accepté de continuer à lui louer la vieille maison de pierre jusqu'en décembre.

Cette petite habitation ancestrale lui était précieuse. C'était son refuge, son jardin secret. Un lieu de travail à l'abri de sa famille et de ses collègues. Personne, hormis le propriétaire, n'en connaissait l'occupant. C'est là qu'il menait ses recherches, finalisait sa thèse, alors que sa femme Jocelyne le croyait à son bureau à l'UQTR. Il n'avait jamais eu de difficulté à la berner. Ses médicaments la rendaient déjà si confuse. Elle n'arrivait pas à se rappeler ses horaires de cours, d'autant plus qu'ils variaient d'une session à l'autre. Quant à son fils, rien de ce que son père faisait ne l'intéressait. Tant qu'il avait son argent de poche et sa voiture, il était heureux.

Martial n'avait pas été difficile à convaincre. Il avait accepté de prolonger le bail de quelques mois. Il avait besoin d'argent. Son problème de jeu ne se guérissait pas facilement et ses rechutes étaient aussi nombreuses que coûteuses. Mais, cette fin de semaine, Martial n'aurait pas le choix de faire rentrer ses moutons dans l'étable, en préparation des agnelages qui ne sauraient tarder. Les femelles ne devaient pas prendre froid. Luc s'inquiéta. Les bâtiments de ferme étaient près de la maison qu'il louait. Il redoutait le va-et-vient. Au printemps dernier, il se rappelait avoir été très clair. S'il payait au double la valeur de cette vieille maison, c'est qu'il en achetait le silence et la paix dont il avait un crucial besoin pour terminer sa thèse. Il ne tolérait aucune visite non annoncée. Jusqu'à présent, ces conditions avaient été respectées. L'été, le bâtiment était désert. Le bétail demeurait dans les pâturages. Mais, une fois les bêtes dans l'étable, Martial serait obligé d'y venir faire le train soir et matin. Comment s'y prendrait-il pour avoir l'intimité dont il avait besoin pour terminer sa recherche ? Il devait absolument éloigner l'agriculteur, du moins durant les fins de semaine.

Il chassa ce problème. Il trouverait bien une solution. Pour l'instant, il devait préparer son allocution. Il se rendit à la cuisine, se servit un café et retourna dans son bureau. La cérémonie pour sa nomination, comme titulaire de la nouvelle chaire en neurophysiologie des sens, était prévue pour jeudi prochain. On avait insisté pour qu'il prenne la parole, notamment pour expliquer les bases de sa nouvelle approche qui croisait les pratiques de PNL[1] et de EMDR[2]. Il savait que le recteur avait été réticent à sa nomination. D'une part, on voulait

1. Programmation neurolinguistique.

2. *Eye movement desensitization and reprocessing*, reprogrammation et désensibilisation par le mouvement de l'œil.

se démarquer comme université en innovant, de l'autre, on souhaitait ménager la susceptibilité du c.a. et des généreux donateurs qui n'étaient pas particulièrement friands de nouvelles expérimentations. Dans son discours, il devrait naviguer habilement pour calmer leurs appréhensions.

Il s'installa pour rédiger son texte. La page d'accueil de son ordinateur afficha le site Internet du journal *Le Nouvelliste.* Les gros titres lui apprirent qu'on n'avait toujours pas retrouvé la trace de Nickie Provost. Sans broncher, il avala une gorgée de café.

42

Vendredi 28 août, 9 h

Assis sur de petites chaises de bois, Judith et Carl faisaient face à Julien Gariépy. Ils étaient mal à l'aise. Le grand garçon pleurait à chaudes larmes. Malgré ses dix-huit ans, il n'avait pas terminé son secondaire. Des difficultés scolaires l'avaient obligé à reprendre sa dernière année. Judith aurait souhaité pouvoir le rencontrer dans un autre local que cette minuscule pièce vitrée qui attirait le regard des élèves qui circulaient dans le corridor. Cela faisait déjà une quinzaine de minutes qu'ils essayaient, sans résultat, d'en tirer quelque chose. L'étudiant sanglotait sans être capable d'émettre une seule phrase compréhensible.

— Tu es certain que ça va aller ? Veux-tu qu'on appelle tes parents ?

Julien réussit à émettre un non de la tête.

— Le psychologue de l'école ?

Il fit un signe négatif encore plus clair. En lui tendant un autre mouchoir, Judith lui reposa, pour la troisième fois, la même question.

— Après la soirée au Rodéo, samedi, as-tu revu Nickie Provost ? Elle a dû te texter.

Pour toute réponse, elle entendit Julien se moucher bruyamment. Elle poursuivit.

— Si tu ne veux pas répondre à nos questions maintenant, on va devoir rencontrer tes parents pour vérifier tes allées et venues.

— Je suis majeur. Mes parents n'ont rien à voir là-dedans !

Judith fut surprise par la sonorité de la voix de Julien Gariépy qu'elle entendait pour la première fois. On aurait dit un androgyne dont le timbre aigu s'accordait mal aux traits durs de son visage. Ses longs cheveux noirs attachés et ses sourcils fournis annonçaient autre chose. Le contraste achevait d'enlever au jeune homme le peu de charme dont la nature l'avait gratifié. Comment Nickie pouvait-elle éprouver de l'attirance pour lui ?

— Mon père vous dira la même chose que moi. J'ai passé le reste de la fin de semaine dans ma chambre, cracha-t-il.

— Parfait. On va vérifier. Simple routine, le rassura Judith.

Elle lui tendit sa carte.

— On espère vraiment retrouver Nickie. Si tu penses pouvoir nous aider, téléphone-moi. À n'importe quelle heure.

Il se leva de sa chaise en même temps que les deux enquêteurs.

— Vous ne la retrouverez pas. Elle s'est tuée ! cria-t-il tout à coup en s'étranglant dans ses sanglots.

Judith le prit par les épaules et l'aida à se rasseoir. Elle s'installa à côté de lui.

— Quoi que Nickie ait fait, c'était son choix. Tu ne dois pas te sentir coupable de ce qui lui est arrivé.

— Elle me l'avait dit.

— Qu'elle voulait mettre fin à ses jours ?

— Non, mais qu'elle allait partir pour un grand voyage. Se faire oublier. Je n'ai pas compris.

— Elle a peut-être fait une fugue, intervint Carl. Pour le moment, on ne peut rien affirmer.

— Tu es sûr que tu ne veux pas qu'on appelle quelqu'un ? offrit Judith.

— Je vais me débrouiller. Je suis habitué.

Ses larmes cessèrent aussi rapidement qu'elles étaient venues.

— Avez-vous encore besoin de moi ? J'ai un cours dans cinq minutes.

— Tu peux y aller, mais on te demanderait de ne pas t'éloigner. On aura peut-être d'autres questions à te poser, enchaîna Carl.

— Où voulez-vous que j'aille ?

Les deux enquêteurs le regardèrent s'éloigner, la tête rentrée dans les épaules. La même pensée leur traversa l'esprit. Comment ce frêle jeune homme pouvait-il être celui qui approvisionnait les petits dealers des écoles de la région ?

— On fait fouiller sa case ou pas ? lança Carl.

— Je ne pense pas que ce soit nécessaire. Ses parents m'intéressent plus que ses quelques onces de pot.

43

Vendredi 28 août, 10 h 30

Luc était soulagé. L'histoire de la ferme s'était réglée avec Martial en un court téléphone. Il allait lui-même s'occuper de la bergerie durant les week-ends. Il suffisait de donner de la moulée aux moutons. Pour le reste des soins, Martial s'en occuperait au retour. L'agriculteur était ravi d'avoir l'occasion de s'évader en ville, là où les casinos lui permettraient de rêver. Luc pourrait profiter de la maison et de l'étable en toute tranquillité.

Il s'installa à son bureau et relut les quelques idées qu'il avait eu le temps de jeter sur papier pour son allocution. On sonna à la porte avant. Cela l'inquiéta. Il n'y avait que les colporteurs pour emprunter cette entrée. L'enseigne dissuasive était pourtant claire. Il décida de ne pas répondre, mais la sonnette se fit plus insistante. Il quitta son bureau, dévala l'escalier et traversa le couloir du salon à grandes enjambées en maugréant. Par la fenêtre, il vit une grande femme brune accompagnée d'un agent en uniforme.

Judith reconnut le psychologue-vedette qu'elle avait entrevu à quelques reprises à la télévision. En personne, il était plus imposant.

— Sergente Judith Allison, enquêtrice à la police d'Arthabaska.

Avant même que Carl ouvre la bouche, elle ajouta :

— Je suis accompagnée de l'agent Gadbois. J'aimerais parler à Luc Gariépy, le père de Julien Gariépy.

— C'est bien moi. Est-ce qu'il lui est arrivé quelque chose ?

— Soyez rassuré, votre fils va bien. J'aimerais seulement vous poser quelques questions dans le cadre d'une enquête qu'on mène sur la disparition d'une de ses amies. On peut entrer ?

— Bien sûr, fit Luc en les invitant à le suivre au salon.

Judith en profita pour regarder autour d'elle. La grande pièce où trônait un foyer était meublée de façon conventionnelle, mais avec goût. On y sentait davantage la trace d'un décorateur que celle de la femme de la maison. Une beauté sans éclat. Rien de personnel, que des reproductions d'œuvres abstraites davantage choisies pour leurs tons de couleur en harmonie avec les divans de cuir rouille que pour leur quelconque valeur artistique. Elle ne pouvait imaginer Julien dans ce décor. Il devait avoir son propre lieu dans cette immense demeure.

— Voulez-vous un café ? leur offrit Gariépy.

— Non, merci, répondit Carl en se calant dans le fauteuil un peu à l'écart près de la fenêtre. Judith choisit une place sur le divan.

Dans la voiture, ils avaient convenu qu'elle mènerait l'entrevue.

— Un verre d'eau, si c'est possible, demanda poliment la policière.

Gariépy se dirigea vers la cuisine d'un pas ferme. Judith regretta de lui avoir donné cette occasion de se reprendre. Il aurait mieux valu le garder avec eux durant les premières minutes où il était encore sous le choc de leur visite. Quand il revint, elle le trouva plus calme.

— Vous excuserez ma froideur de tantôt. Je suis habitué à ce que les policiers débarquent chez moi pour les mauvais coups de Julien, confia-t-il. Pour une fois qu'il n'est pas en cause...

Judith but une gorgée et posa son verre sur la petite table devant d'elle.

— J'ai vu qu'il avait été arrêté à deux occasions cet été pour des bagarres dans les bars, dit-elle en sortant ses notes.

— Il contrôle mal son agressivité. Pourtant, son père est psychologue, me direz-vous. Cordonnier mal chaussé, ajouta-t-il en rigolant.

Son rire sonnait faux. Luc Gariépy s'installa dans la causeuse près d'elle et la fixa. Judith replongea les yeux dans son calepin.

— Vous avez raison, Julien n'a rien fait. Du moins, pour le moment, il n'est pas soupçonné. Afin qu'on puisse l'écarter comme témoin dans notre enquête, on aurait besoin que vous confirmiez son emploi du temps de dimanche dernier.

— Je veux bien essayer, mais vous savez, à dix-huit ans, les jeunes vont et viennent sans toujours nous dire ce qu'ils font.

Le ton confidentiel qu'il utilisait embarrassa Judith.

— Est-ce que ça vous dérangerait que mon collègue jette un œil dans sa chambre pendant qu'on discute ?

— Je n'y vois pas d'objection. Mais ce n'est pas très en ordre.

Gariépy indiqua à Carl l'entrée de la chambre de Julien au bas de l'escalier menant au sous-sol. Dès qu'il reprit place, Judith décida de passer à l'attaque. Avant de se lancer, elle but une gorgée d'eau et dévisagea l'homme. Depuis qu'ils étaient seuls dans la pièce, quelque chose avait changé dans son attitude. Elle ressentit une certaine gêne. À sa façon de poser les yeux sur elle, l'éminent psychologue tentait-il d'inverser le jeu de pouvoir, de lui assigner le rôle de la patiente ? Pour échapper à ce sentiment désagréable, Judith se leva d'un bond et décida de l'interroger en évitant son regard.

— Parlez-moi de dimanche soir dernier.

— En général, Julien sort le vendredi et le samedi soir. Le dimanche, il est tellement crevé qu'il dort une partie de la journée et ne se recouche pas très tard.

— Et dimanche dernier ?

— Son auto était dans l'entrée. Je ne l'ai pas vu quitter la maison de la journée. Lundi matin, je suis moi-même allé le reconduire à son internat, c'était la rentrée.

Gariépy bâilla en s'excusant. Judith resserra le rythme de l'entrevue.

— Dimanche, vous êtes-vous absenté ?

— Moi ? fit-il, surpris. Non. J'avais mes cours à préparer. J'enseigne à l'université. On m'a affecté à de nouvelles tâches. Je me suis enfermé dans mon bureau jusqu'à très tard dans la soirée.

Judith pivota sur ses talons et le toisa.

— Votre fils a pu sortir et revenir sans que vous vous en rendiez compte ?

— Je l'aurais su...

— Comment ? le coupa-t-elle. J'ai vu l'écriteau dehors, votre bureau est au troisième étage, la chambre de votre fils, à la cave.

— Sa voiture, répondit-il sans hésiter. Je l'aurais entendue. Il faisait très chaud, ma fenêtre était ouverte.

Gariépy affichait une mine imperturbable.

— À part vous et lui, y avait-il quelqu'un d'autre dans la maison ? enchaîna Judith.

— Non, ma femme était allée souper chez sa sœur.

— À quelle heure est-elle rentrée ?

— Vers minuit, je crois.

— Vous croyez ? le reprit-elle.

— Environ, corrigea-t-il. Je n'ai pas fait attention, j'étais pris par mes dossiers.

— Votre femme n'est pas ici présentement ? demanda Judith en arpentant le salon, à la recherche d'une photo de famille.

— Jocelyne ? Non. En fait, c'est assez délicat à expliquer. Elle est en cure durant la semaine et nous visite les samedi et dimanche. Le lundi matin, je la ramène à son centre.

Le changement de ton n'avait pas échappé à Judith. Un filet de vulnérabilité dans la voix.

— Si jamais j'ai des questions à poser à votre épouse...

— Je préférerais qu'on l'inquiète le moins possible avec les affaires de Julien. Elle travaille très fort actuellement pour s'en sortir.

Le témoin avait ouvert une brèche. Judith regagna sa place, en face du psychologue, et défia son regard.

— Monsieur Gariépy, que connaissez-vous de la vie de votre fils ?

— Je ne comprends pas le sens de votre question ? dit-il, interloqué.

— Saviez-vous qu'il sortait avec une fille ?

— Vous m'en apprenez toute une, se détendit-il. Je prends ça plutôt comme une bonne nouvelle. Je commençais à douter de son succès avec les femmes.

— La nouvelle est plus mauvaise que bonne quand on sait que cette fille est portée disparue depuis dimanche dernier.

Gariépy quitta son air désinvolte et rétorqua avec autorité.

— Vous soupçonnez Julien ? Il n'a rien à voir là-dedans.

— Nickie Provost, c'est un nom qui vous dit quelque chose ? demanda Judith en lui tendant un portrait de la jeune fille.

Gariépy prit ses lunettes de lecture et examina le cliché. Il parut perplexe. Comme si un détail ne cadrait pas avec l'image qu'il s'attendait à voir.

La photo avait été prise il y a plus d'un an. La couleur rousse des cheveux de Nickie adoucissait ses traits. Elle affichait un large sourire.

Judith retira doucement la photographie des mains du psychologue.

— Vous avez l'air troublé. Avez-vous déjà vu cette fille quelque part ?

— Non, s'empressa de répondre Gariépy. À la télévision, bien sûr. Toutes les chaînes nous repassent *ad nauseam* la nouvelle de sa disparition. Mais en personne, jamais. Julien n'a pas l'habitude de nous présenter ses copains, encore moins ses copines, si jamais il en a.

Il se leva, fit quelques pas en se passant la main dans les cheveux.

— Je suis un peu bouleversé. J'ai du mal à imaginer que Julien ait pu faire du mal à cette enfant. Mon gars perd les pédales quand on se moque de lui, mais c'est un doux qui ne toucherait pas à une mouche.

— Si on vous demandait de témoigner, vous seriez donc prêt à confirmer qu'il était avec vous toute la soirée et la nuit du dimanche 23 août.

— Absolument.

Carl réapparut dans le salon.

— Ce sera tout pour l'instant, dit Judith. Merci de nous avoir reçus et excusez-nous encore pour le dérangement.

— Si je peux vous aider, n'hésitez pas. Voici ma carte. Comme père, je peux facilement imaginer ce que doit vivre celui de la disparue. J'ai déjà aidé des parents dans des situations semblables. Je vous serais reconnaissant de lui remettre mes coordonnées. Je peux le rencontrer chez lui, à Tingwick. Ça me ferait plaisir de pouvoir me rendre utile.

— Je n'y manquerai pas, promit Judith.

Gariépy les reconduisit à la porte. Dès qu'ils furent sortis, Judith prêta l'oreille. C'est alors qu'elle l'entendit. Le « clic » du verrou. Elle figea sur la première marche de l'escalier, sous le regard interrogateur de Carl. En fermant les yeux, elle tenta de se rappeler l'anecdote que Denise Cormier leur avait racontée. Cette façon dont le doute s'installe, souvent par un détail. Une porte s'était cadenassée derrière elle. Luc Gariépy lui avait signifié de ne plus revenir, car il avait quelque chose à lui cacher.

***

— Je l'ai trouvé nerveux, nota Judith en roulant vers Victoriaville.

— Normal, son fils est soupçonné.

— Tu penses qu'il couvre son gars ?

— Quel père ne le ferait pas ?

— Tu devrais interroger les voisins pour vérifier si Nickie a été vue dans le coin, la semaine dernière, ajouta Judith.

— Le père affirme que son Julien ne reçoit personne à la maison.

— Il a sa propre entrée.

— C'est vrai.

— Tu as trouvé quelque chose dans la chambre ? s'enquit Judith.

— Rien d'intéressant. Le jeune a dû apporter tout son attirail avec lui à l'école. Cellulaire, portable…

— Rien dans son panier à linge ?

— Je n'ai pas regardé.

— Tu n'as pas fouillé ?

— Non ! Je n'ai pas mis les mains dans ses caleçons sales, s'emporta Carl. Tu m'as demandé de jeter un œil, pas de perquisitionner. Arrête de me reprendre sur tout ce que je fais. Une mère, j'en ai déjà une et je m'en tiens loin.

Le reste du trajet se déroula en silence. Judith se défendit de mordre dans le ressentiment qu'elle éprouvait pour son collègue. Une colère inutile, improductive, se répéta-t-elle. Elle se concentra sur le paysage qui défilait. Ce n'était pas le moment de forcer le difficile passage qui s'était de nouveau refermé entre eux.

44

Vendredi 28 août, 18 h

Son coupe-vent encore sur le dos, Denise Cormier était assise, immobile, dans le salon. Le soleil avait pénétré tout l'après-midi par sa baie vitrée et avait transformé le petit bachelor en véritable sauna.

Elle avait oublié. Oublié de vérifier la météo, de tirer les tentures, d'arroser ses plantes qui suffoquaient dans ce désert. Toute à sa propre détresse, elle demeura sourde à leur soif.

En se levant ce matin, elle avait dû ramasser ce qui lui restait de courage pour se rendre à l'université. Elle y était attendue pour y donner son premier cours de la nouvelle session d'automne. L'odeur de l'édifice, le bruit de fond des couloirs, les rires excités des nouveaux étudiants. Cela lui avait rappelé sa dernière année avec Judith.

Elle avait été déçue par sa nouvelle cohorte d'étudiants. Il lui avait suffi d'un rapide tour de table sur leurs motivations à devenir enquêteurs pour mesurer à quel point sa protégée tranchait du lot. Une session qui s'annonçait aussi morne que son entraînement au gym. Pour la première fois en cinq ans, elle en avait écourté la séance. Et la piscine ? Quel intérêt de s'y rendre sans l'espoir d'y retrouver la silhouette effilée de sa bien-aimée. Vide. Le campus était si vide. « Comme ma vie », pensa-t-elle.

Denise se sentit désemparée. La dépression la guettait-elle à nouveau ? Elle en reconnut le goût de fer dans sa bouche. Pourquoi ce soudain coup de déprime ? Elle devait se reprendre. Ne pas sombrer dans la nuit noire qu'elle avait connue à la fin de sa carrière.

Les quelques aliments qu'elle avait achetés sans vraiment les choisir étaient encore dans leur sac sur le comptoir. Elle se força à enlever son manteau et à ranger ses provisions.

Quelques instants plus tard, accroupie devant le tiroir à légumes du réfrigérateur, elle échappa son sac de pommes. Sans faire un geste, elle les regarda rouler sur le plancher dans toutes les directions. « Chaque pomme a son parcours. » Et moi ? Qui me ramassera ?

Tous les efforts qu'elle avait déployés, et pas le moindre signe d'attention de Judith. Jamais elle ne pourrait la serrer dans ses bras. Sa protégée mettait de plus en plus de distance entre elles. Elle l'avait bien senti, hier. Un autre vendredi soir, seule.

Des larmes roulèrent sur ses joues. Elle laissa échapper une plainte. Le nom de sa bien-aimée, comme un appel à l'aide. Le cri de sa chair était si fort. Une désespérance jusqu'alors inconnue qui n'avait rien à voir avec une envie sexuelle. Quelque chose au-delà de l'attirance. Une nécessité. Le besoin implacable d'avoir Judith près d'elle.

Elle se releva du tapis de sa cuisinette où elle avait échoué et ferma la porte du réfrigérateur avec l'envie de tout plaquer.

La sonnerie de son portable brisa le silence. Un texto, signé de sa mère, en provenance d'un appareil qu'elle ne connaissait pas : « Viens vite à la résidence. Alexandra Provost a besoin de ton aide… »

45

Vendredi 28 août, 19 h

Paul Décotret l'avait mise à la porte de la cuisine. Seule, debout sur le quai, en maillot de bain, Judith savourait l'instant. Enfin une soirée de congé ! Elle avait passé l'après-midi à rédiger les rapports de ses entrevues avec Rémi, Julien et Luc. Cette paperasse leur faisait perdre un temps précieux.

Malgré le frisquet seize degrés et l'apéro qui lui faisait déjà tourner la tête, elle ne put résister à l'envie de plonger. Aucun vent pour briser l'immobilité de ce moment suspendu. L'eau du lac Nicolet était un vrai miroir. Le soleil couchant y traçait son reflet comme un chemin à suivre vers l'infini. En avançant à grands coups de brasse dans cette lumière, la nageuse plissa les yeux. En se brouillant ainsi la vue, l'illusion était parfaite. Elle pénétra dans cet horizon magique sans terre ni ciel. Un jeu auquel elle se prêtait depuis qu'elle était toute petite. Particulièrement depuis la mort de sa mère. Une façon de la rejoindre peut-être, l'espace d'un court instant, là où le monde peut enfin s'effacer et laisser croire qu'au-delà il y a autre chose. Une fois bien éloignée de la rive, elle s'allongea sur le dos pour goûter cette sensation d'apesanteur que lui procurait l'eau fraîche. Judith se laissa dériver en fixant le ciel. Quelques nuages empruntaient un peu de rose au soleil qui se noyait à l'autre bout dans la décharge du lac. Malgré tout l'effort qu'elle y mit, le vide ne vint pas. L'enquête la préoccupait, plus encore que la soirée qu'elle s'apprêtait à passer avec Paul Décotret.

De là où elle était, elle pouvait voir le chalet et la Mazda sport noire. Le bel homme avait déjà allumé les lampes. À travers la façade fenêtrée, elle distingua sa silhouette qui s'affairait aux fourneaux. Au menu, une lasagne qu'il avait juré avoir cuisinée lui-même. Comment savoir ? Était-ce important ? Son besoin d'enquêter sur tout ne la quittait donc jamais ? Comme un psychologue qui analyserait toujours tout. Cela irritait ses partenaires. Et Luc Gariépy ? L'avait-il auscultée pendant leur entretien ? Qu'avait-il pensé d'elle ? Avait-il percé son mystère ? Sa peur de s'engager ? Son besoin, mais aussi sa réserve à l'idée d'aimer ? Est-ce que cela se voyait ? S'entendait ? Un psychologue pouvait-il se comprendre lui-même ? Luc n'avait pas l'air d'un homme heureux. Elle le devinait à la façon dont il s'était enlaidi quand il avait ri. Il avait parlé de sa femme en l'infantilisant, faisant allusion à un être dépressif, sujet à une dépendance. Drogues ? Alcool ? Médicaments ? Ce serait facile à découvrir. Pourquoi avait-elle besoin de connaître cette Jocelyne ? Elle s'aperçut que ce n'était pas tant « la mère » de Julien qui l'intéressait, que « la femme » de Gariépy. Quel type de relation de couple avait-il ? Le profil du psychologue lui échappait.

On l'appela. Elle pivota et aperçut Paul au loin, debout sur le quai, qui balançait une bouteille de vin en guise d'invitation.

Le temps lui avait échappé. Les ténèbres avaient déjà pris possession du fond du lac. Tantôt si claire, l'eau était redevenue sombre. Ses pensées aussi. Avait-elle bien fait de venir ici ? Serait-elle capable d'oublier Nickie pendant quelques heures ?

46

Vendredi 28 août, 20 h 30

Denise trouva sa mère dans la chambre d'Alexandra Provost. La porte était entrouverte. Elle eut un choc. Les deux femmes étaient allongées et se tenaient serrées l'une contre l'autre. Pendant quelques secondes, elle fut incapable d'y voir autre chose qu'une maman qui consolait sa fille. Sa propre mère se lovant contre une enfant endormie. Elle avait beau fouiller dans son passé, aucun souvenir ne lui permettait d'imaginer avoir vécu quelque chose d'aussi intime avec Gabrièle.

Elle fit brutalement irruption.

— Je suis là, maman, lança-t-elle avec autorité. Si tu as affaire à moi, c'est tout de suite. Je t'attends dans ton appartement.

Gabrièle l'y rejoignit.

Denise écouta d'une oreille son récit, encore trop choquée par la scène à laquelle elle venait d'assister. Alexandra avait pété les plombs en lisant les grands titres du journal que Gabrièle lui avait apporté par mégarde. Jusqu'à ce soir, la jeune Provost n'était visiblement pas encore au courant du signalement de la disparition de sa sœur. Le choc avait été terrible. Elle avait tenté sans succès de joindre son père. Elle s'était alors confiée à Gabrièle. Elle voulait raconter tout ce qu'elle savait à la police. Leur remettre son roman.

— Un roman ? s'exclama Denise.

— Un roman et des papiers. Je ne sais plus trop. Elle a peur, mais je n'ai pas compris de quoi. Je lui ai dit que tu pourrais l'aider.

Une flambée d'adrénaline balaya la détresse de Denise.

— Tu es dans la police, non ? Pour une fois que tu ferais une B.A.

— Je vais m'en occuper.

— Si tu lui parles, ne la brusque pas. Laisse-lui le temps de taper les réponses sur son ordi.

Denise quitta sa mère en ravalant la peine que lui causait cette vieille dame dont elle n'arrivait pas à s'affranchir. Juste avant de frapper à la porte d'Alexandra, elle fit une courte pause. Des effluves d'urine lui parvinrent. Même les foyers les mieux organisés demeuraient des foyers et les vieux, des vieux. Elle se jura de tout faire pour ne pas se retrouver dans cette situation. Comment allait-elle vieillir ? C'était une question trop vaste. Tant qu'elle était en action, Denise se donnait le droit de ne pas se la poser. Pour le moment, la réponse qu'elle cherchait se trouvait de l'autre côté de cette porte. Comment allait-elle procéder ? Les sœurs Provost étaient ses clientes, mais elle ne les avait jamais rencontrées. Un lien de confiance s'était tout de même tissé autour du mandat qui lui avait été confié. Elle leur avait remis ce qu'elles cherchaient sur le passé douteux de Luc Gariépy. À Alexandra, maintenant, de lui fournir les pièces dont elle avait cruellement besoin.

Après une profonde inspiration, elle frappa doucement à la porte puis l'entrebâilla. Alexandra se tenait assise bien droite dans son fauteuil roulant. D'une main timide, l'infirme l'invita à entrer.

***

Une demi-heure plus tard, Denise tenait le journal intime de Marie-Paule Provost dans ses mains. Elle le glissa dans son sac. Alexandra avait cédé à ses arguments.

— La police aurait fait traîner l'affaire, répéta-t-elle. Gariépy est un récidiviste. Ça prend des preuves solides pour l'arrêter. Laisse-moi examiner ce qu'on a entre les mains. Tu dois tout m'envoyer : le manuscrit, les fichiers audio, tout ce que Nickie a numérisé.

Denise fouilla dans son sac, à la recherche d'une carte professionnelle.

— Je savais que j'en avais une quelque part, dit-elle en la déposant sur la table. Tu m'envoies tes textes à cette adresse courriel. Dès que ton dernier chapitre est terminé. Demain matin au plus tard.

Alexandra acquiesça. Pressée de partir, Denise s'était levée.

— Avec ça, je vais pouvoir monter un dossier solide et l'envoyer en dedans pour le reste de ses jours. Mais il me faut encore un peu de temps pour consolider la preuve.

Denise était déjà sur le pas de la porte. Alexandra émit un gémissement. Elle tapa « Nickie » sur son portable. L'enquêtrice revint sur ses pas.

— Les espoirs de la retrouver vivante sont minces, répondit-elle. On a affaire à un tueur. Les recherches n'ont encore rien donné. Il n'y a que lui qui peut nous dire ce qu'il a fait de ta sœur. Je vais lui faire cracher le morceau à ce salaud ! Mais pas un mot à la police. Je les informerai en temps et lieu. Sinon, tout peut nous échapper. Si Luc Gariépy est arrêté trop vite et qu'on n'a rien de solide contre lui, il sera relâché et on va le perdre dans la nature.

***

Alexandra resta longtemps sans bouger. Après que Denise Cormier eut quitté sa chambre, elle encaissa le choc. La détective ne semblait pas se préoccuper de sa sœur. Elle n'en avait que pour Gariépy sur lequel elle voulait mettre le grappin. Elle avait laissé entendre qu'elle croyait Nickie morte. Comme un papillon, sa sœur s'était approchée trop près de l'Ogre et s'était brûlée. Alexandra se sentit coupable. Les risques, Nickie les avait pris pour elle.

L'éventualité qu'elle soit disparue à jamais la bouleversa. Sa peine céda la place à de la haine. Après avoir gâché la vie de Marie-Paule, l'Ogre lui avait ravi Nickie. C'était trop pour elle. Sa tête ne tiendrait pas. Pouvait-elle compter sur Denise Cormier ? Elle n'avait pas d'autres choix.

Alexandra entendit le babillage de la préposée dans le couloir. On allait la préparer pour la nuit. Elle s'empressa de ranger les billets que Denise lui avait remis. Elle avait insisté. Elle ne voulait pas être payée pour son travail des derniers mois. L'argent lui serait plus utile pour payer le loyer. Qu'est-ce qui motivait tant de générosité ?

47

Samedi 29 août, 6 h

Judith ouvrit les yeux et sentit le corps chaud de Paul tout contre elle. Ils s'étaient couchés passablement ivres et heureux. Son compagnon avait réfréné ses avances en promettant qu'au matin il serait plus dispos pour faire l'amour. Elle avait accédé à son souhait de dormir simplement « en tendresse » côte à côte.

Un coup d'œil à la fenêtre lui apprit que la journée serait pluvieuse. Samedi. Mais la visite à Alexandra Provost ne pouvait plus attendre.

Paul se colla sur elle sans se réveiller. Elle sentit la chaleur de son sexe contre sa jambe. Il était tendrement dur. Elle ne put résister à l'envie de bouger légèrement la cuisse. Le membre effleuré répondit avec un mouvement de pulsation. « On dirait le cœur qui bat dans la queue », pensa Judith, amusée. La verge se mit à durcir avec plus d'aplomb. Impossible de renoncer à cette offrande de plaisir à quelques centimètres de son vagin. Elle cessa de réfléchir, glissa sa main sous le drap et empoigna le sexe de son amant. À moitié endormi, il lui prit les seins par-derrière. Elle avait les mamelons sensibles. Ses gémissements la trahirent. Il en profita pour l'exciter davantage. Quand il la sentit bien mouillée, il eut un geste pour la pénétrer. Elle freina son élan et coinça son pénis entre ses cuisses. Par un mouvement du bassin, elle entraîna son partenaire dans une valse de va-et-vient qui le cloua au lit. Il était entièrement livré à son bon vouloir. Judith retardait son plaisir pour mieux le goûter. La diversion désarçonna Paul. Son membre se ramollit. Pour sauver la mise, Judith embrassa du mieux qu'elle put l'organe qui rétrécissait à vue d'œil. Gêné de sa piètre performance, l'homme tira le drap vers lui et fit mine de se rendormir.

— Je ne suis pas encore réveillé, bouda-t-il.

— Ce n'est pas grave. On se reprendra plus tard.

Elle regretta aussitôt ce qu'elle venait de dire. Rien de pire qu'une promesse, surtout en matière de baise. Cela mettait de la pression là où il fallait justement savoir s'en passer. Elle quitta le lit.

— Où tu vas ? s'inquiéta-t-il.

— Traverser le lac, lui répondit-elle en l'embrassant furtivement.

En sortant de la chambre il lui cria :

— Tu prends un ou deux œufs ?

— Une omelette !

***

Tout était calme. Une légère brume glissait à la surface de l'eau. En dix minutes, Judith réussit à nager jusqu'à l'île au milieu du lac. Par chance, les propriétaires n'y étaient pas. Elle parcourut le petit sentier à son aise et se rendit de l'autre côté, là où elle pouvait être à l'abri des regards. Quand elle enleva son maillot et plongea toute nue dans l'eau soyeuse, elle fut subjuguée par une telle sensation de bien-être qu'elle en resta émue. C'était si bon, presque aussi bon qu'un orgasme. Meilleur en tout cas que la baise de ce matin. Son plaisir inassouvi la tenaillait.

Après quelques brasses, elle revint vers la berge, s'étendit sur le rocher et commença à se masturber. Le vent frais lui caressa le ventre. Du sol où elle était couchée, elle avait une vue magnifique sur deux grandes épinettes qui se balançaient dans le vent au même rythme que les doigts de sa main droite. De l'autre, elle s'affaira à se pincer les mamelons et à se frotter le corps. En caressant de plus en plus fort son clitoris mouillé, elle visualisa le pénis de Paul. Au moment où elle imagina la longue verge la transpercer, un orgasme violent la saisit. Elle se cambra sur le rocher en laissant échapper un cri qui résonna sur tout le lac.

Alors qu'elle reprenait son souffle, un long rire étouffé se fit entendre. Elle se redressa d'un coup. Le rire de nouveau. Dans sa panique, elle n'arrivait pas à en cerner la provenance. Puis elle l'aperçut enfin. À cinquante mètres environ de l'île, dans les marais, un vieux pêcheur et sa chaloupe. Il avait profité d'un bon spectacle gratuit. Au lieu de continuer de se cacher derrière son costume de bain, elle fut prise d'une envie qu'elle s'expliqua difficilement. Elle se leva, fixa l'homme et laissa tomber à ses pieds le mince linge qu'elle tenait devant elle. Le vieillard, en guise de reconnaissance sans doute, hocha légèrement la tête. Après quoi, elle enfila rapidement son maillot et replongea pour regagner le chalet.

48

Samedi 29 août, 10 h

Malgré l'air frais du matin, Judith roulait avec sa vitre baissée. La vue était magnifique. Pour se rendre à Warwick depuis Saints-Martyrs-Canadiens, elle avait emprunté les chemins de terre. Par moments, l'absence de fils électriques créait l'illusion d'une autre époque.

Judith repensa au déjeuner qu'elle venait de prendre sur la petite terrasse extérieure du chalet et sourit. La compagnie de Paul l'apaisait. Il était quelqu'un de simple et d'enjoué. Avec lui, rien n'avait de poids. Mais leur soirée était sans lendemain. Au retour de la baignade, elle l'avait trouvé à la cuisine déjà habillé. La porte de la chambre était fermée. Avec son omelette espagnole, il avait réussi à détourner le sujet de leur relation au lit.

***

En arrivant à la résidence La Rose blanche, Judith appela au labo de Montréal. Pour toute réponse, un message l'informant que les bureaux étaient fermés. Elle ne recevrait pas avant lundi, peut-être même mardi, les résultats des empreintes relevées sur les pièces à Deschaillons, mercredi dernier. D'ici là, ses avancées ne pouvaient compter que sur les témoignages recueillis. Ceux de Réjean, de Rémi, de Julien, de Luc. Les comparer entre eux, voir les recoupements, faire des déductions. C'était souvent le chemin le plus riche. Peut-être, mais elle aurait donné cher pour savoir qui avait pris une bière avec Nickie le soir de sa disparition. Dave Saint-Cyr ne l'avait pas contredite lorsqu'elle l'avait confronté à Wôlinak. Mais elle voulait une preuve. Le labo trouverait-il des empreintes sur les espadrilles de Nickie ? Qui l'avait déshabillée ? Qui avait replacé ses vêtements ? Julien Gariépy avait-il quelque chose à voir dans cette histoire ? Son alibi était en béton. Elle devait attendre les résultats d'analyse des indices prélevés à Deschaillons avant de le réinterroger. Tout traînait. Elle haïssait faire du sur-place. Il fallait absolument que cet entretien avec Alexandra Provost lui ouvre une nouvelle porte.

À l'accueil, Judith montra sa carte et on la laissa entrer. Elle emprunta l'escalier pour se rendre au deuxième étage. Elle connaissait le numéro de la chambre. La porte était ouverte. Alexandra était assise dans son lit avec son ordinateur installé sur une petite tablette mobile placée devant elle. Judith fut désarçonnée. Elle s'était imaginé la tétraplégique beaucoup moins autonome. Judith chassa son malaise et s'approcha. Alexandra parut plus apeurée que surprise. Elle voulut appeler. La policière s'empressa de la rassurer.

— Je suis Judith Allison, sergente-détective à la police d'Arthabaska. Je ne veux pas te déranger longtemps. J'ai rencontré ta sœur Nickie avant qu'elle disparaisse. Je tiens beaucoup à la retrouver. Mais pour ça, j'ai besoin de ton aide.

Alexandra tapa quelques lettres à l'ordi. Judith se pencha pour les lire.

— « trop tard ».

— Tant qu'on ne l'a pas retrouvée — par pudeur Judith omit d'ajouter « morte ou vivante » —, on ne peut rien conclure. J'ai des questions toutes simples à te poser. Tu réponds si tu en as envie. Je ne peux pas te forcer.

Le visage d'Alexandra resta impassible. Mais les doigts de sa main droite se décrispèrent lentement.

— Réjean m'a dit que Nickie était passée te voir dimanche soir dernier, vers 20 h 30. Pour me le confirmer, tu peux simplement hocher la tête.

Alexandra répondit par l'affirmative.

— Dans cette même soirée et les jours qui ont suivi, as-tu revu Nickie ?

Alexandra fit signe que non.

— T'a-t-elle téléphoné ou écrit ?

Non encore. Des larmes montèrent aux yeux d'Alexandra.

— Nickie a peut-être pris peur. A-t-elle pu se réfugier chez des amis ?

Alexandra s'approcha de son portable et se mit à taper à une vitesse qui surprit Judith.

— « Ne me parlait pas de sa vie privée. Avait beaucoup d'amis. Ne les connais pas. »

— A-t-elle des ennemis ?

— « Non »

— Des problèmes à cause de son commerce de dope ?

La force qu'Alexandra employa pour frapper chaque touche fit comprendre à Judith qu'elle venait de choquer son interlocutrice.

— « Ma sœur était clean. Vendait un peu pour nous aider. Mon père ne nous donne plus rien depuis des années. Ma mère est morte. Nickie est ma mère. Nickie est m… »

Alexandra se laissa tomber sur son lit et tourna la tête. Une préposée entra avec un plateau.

— Bon ! Elle est encore à son ordi ! Il faut manger aussi. J'ai une note dans le cahier de bord : vous n'avez rien avalé depuis hier soir. Si ça continue, on va être obligés de vous la confisquer, votre bébelle, madame Alexandra. Rappelez-vous, on a une petite entente là-dessus.

— Elle en a besoin pour communiquer, justifia Judith.

— Je suis Solange, sa préposée. Vous êtes de la famille ? C'est la première fois que je vous vois.

— Une amie, mentit-elle.

— Vous devriez essayer de lui faire entendre raison, continua Solange qui parlait d'Alexandra comme si elle avait été absente de la chambre.

— Je vais faire mon possible, promit Judith pour mettre fin à ce désagréable entretien.

— Faites-la manger pendant que c'est chaud. Ce ne sera pas de trop, dit-elle en sortant.

Alexandra grimaça. Judith se mordit pour ne pas rire.

— Pas très sympathique, la madame. Mais elle a raison, il faut que tu manges. Tu veux que je t'aide ?

Alexandra hocha la tête. Judith plongea la cuillère dans un liquide beige qui hésitait entre une soupe aux pois liquéfiée au robot culinaire et un bouillon de bœuf noyé dans du lait. Quand Judith approcha la soupe des lèvres de la malade, sa bouche demeura fermée.

— Tu l'as entendue : tu manges ou tu perds ton ordi. Je ne pourrai pas t'aider si on retourne le plateau plein.

Au sourire que lui fit Alexandra, Judith comprit son stratagème. Par « oui, tu peux m'aider » elle entendait « manger à sa place ».

« Elle me teste », pensa Judith. La première gorgée de bouillon s'avéra acceptable. Mais lorsqu'elle attaqua le poisson tiède et la macédoine de légumes en conserve, le cœur lui leva. Sous l'air ahuri d'Alexandra, Judith prit son sac à dos, ouvrit une section vide et y versa les restes de son assiette. Elle se plaça en face de la jeune femme, mit le portable devant elle et lui assena sa question suivante avec fermeté.

— On n'a pas beaucoup de temps avant que la matrone rapplique. Alors tu vas me répondre en un paragraphe clair et précis. Est-ce que Nickie t'a déjà parlé d'un Julien ?

Le poing d'Alexandra se referma. Elle nia de la tête. « Trop », pensa Judith.

— Julien Gariépy ? fit-elle en insistant sur le nom de famille du jeune homme.

Un moment désarçonnée, Alexandra se jeta sur son clavier.

— « connais pas... »

Judith sentit le mensonge. Comment pouvait-elle ne pas être au fait des fréquentations de sa sœur ? Elle tenta un ultime coup.

— Ton père Réjean était-il au courant du commerce de Nickie ?

La colère gagna Alexandra.

— « père ? définition s.v.p. ? »

Avant que Judith puisse répondre à cette étonnante question, Solange revint avec son air faussement enjoué.

— Oh ! On a fini son assiette ! Ça, c'est beau ! Et maintenant, autre chose ? Café, thé ? Tisane ?

— ane... marmonna avec difficulté Alexandra, à la grande surprise de Judith qui entendait pour la première fois le son de sa voix. Une voix jeune et douce.

— Je vous sers ça tout de suite, répondit Solange en plaçant une petite théière d'eau chaude sur la tablette de lit et un sachet dans la tasse vide. De la camomille. Après, il va falloir faire une belle sieste. La nuit a été courte.

Elle jeta un regard à Judith pour l'inviter à quitter la chambre.

— J'allais partir, de toute façon.

Solange sortit dans le couloir avec le plateau sale. Judith en profita pour glisser sa carte dans la main d'Alexandra. Elle lui chuchota un message à l'oreille.

— Je ne crois pas un mot de ce que tu m'as dit. Nickie a fait comme toi. Elle a choisi de se taire. Je n'ai pas pu l'aider. Je ne sais pas ce que tu me caches ni pourquoi, mais si tu persistes à me mentir, je ne pourrai pas la retrouver. Je te laisse mon adresse courriel. Ne tarde pas trop.

***

Alexandra resta seule avec la carte au creux de sa main. Cette jeune enquêtrice, Judith Allison, qui croyait encore sauver Nickie... Comment pouvait-elle l'imaginer vivante ? Elle ne connaissait visiblement rien du dangereux psychologue. Denise l'avait prévenue de ne pas se confier à la police. Elle avait donné sa parole. Elle jeta la carte de Judith à la poubelle.

Avant que Solange réapparaisse pour la mettre au lit comme une enfant, Alexandra fit l'ultime geste qui allait lui permettre de se regarder en face pour le reste de ses jours : elle écrivit l'adresse courriel de Denise Cormier, y joignit une série de fichiers et cliqua sur « envoyer ».

Son travail était terminé. Elle pouvait enfin se reposer. Comme un rituel longuement réfléchi, elle approcha la petite théière de métal de son ordinateur. Elle déplia sa main droite et la déposa, ouverte, sur les touches de son clavier. S'aidant de sa bouche et de sa tête, elle renversa l'eau bouillante sur sa main et son portable. À son réveil, six jours plus tard, en essayant de se remémorer « l'accident », elle n'aurait aucun souvenir de la douleur au moment où elle s'était mutilée.

49

Dimanche 30 août, 9 h 30

Luc examina sa femme qui dormait à ses côtés. Elle ne se réveillerait pas avant midi, comme d'habitude. Les calmants qu'il avait glissés dans sa tisane étaient assez forts pour assommer un cheval et la laisseraient perdue pour une bonne partie de la journée. Il aurait amplement le temps de vaquer aux affaires urgentes qui l'appelaient. Il se redressa sur son lit et regarda de nouveau sa compagne.

Il tenta de se souvenir d'elle, jeune, au moment où ils s'étaient rencontrés, peu après sa séparation d'avec Marie-Paule. Autant cette dernière lui avait tenu tête, autant celle-ci lui avait été soumise. « Un agneau », pensa-t-il en s'attendrissant. À l'aube de la quarantaine, il avait souhaité se ranger, en apparence du moins, et fonder une famille. Il souhaitait un enfant et Jocelyne était apparue dans sa vie. Une mère idéale. Une femme dévouée, souriante et assez belle pour lui assurer une vie sexuelle régulière. Contrairement à Marie-Paule, elle acceptait de fermer les yeux sur ses écarts, ce qui lui avait permis de s'accommoder pendant des années du meilleur des deux mondes : la sécurité d'un foyer et l'excitation des nouvelles aventures. Mais depuis cinq ans, la dépression de Jocelyne et la crise d'adolescence de Julien étaient venues compliquer sa vie. Il se demandait encore comment alléger son existence de ces deux poids. Julien quitterait bientôt le domicile familial. Il s'arrangerait pour lui payer des études à Montréal ou à Québec. Cela lui donnerait un certain répit. Il pourrait alors penser à se départir de Jocelyne qui, il le savait depuis longtemps, ne retrouverait jamais son équilibre. Heureusement, sa fragilité mentale n'avait pas affecté la perfection de ses traits. Beaucoup plus jeune que lui, elle avait encore ce corps si particulier qui l'avait séduit : une carrure fragile à la Jane Birkin, des traits anguleux, une peau diaphane dans laquelle on pouvait se perdre. Peu de femmes aujourd'hui savaient s'abandonner et se laisser faire au lit comme sa Jocelyne. Elles croyaient toutes, et combien à tort, qu'il les préférait actives et prenant les devants. Toute cette agitation sexuelle le lassait. Il s'était découvert un véritable univers de plaisir dans la passivité féminine. Rien ne l'excitait davantage que cette position que Jocelyne savait prendre, allongée sur le dos, le bras replié sur ses yeux, la tête légèrement tournée vers le côté comme pour échapper à un supplice. Il glissait en elle, allait et venait comme bon lui semblait sans qu'elle ose le moindre geste. Quand, repu et encore lourd de sa jouissance, il reprenait son souffle à ses côtés, elle lui caressait doucement les cheveux. Aussi déviant qu'il puisse paraître aux yeux des autres, il s'était promis que, à la fin de la cinquantaine, il assumerait ouvertement ses préférences sexuelles.

Jocelyne eut un mouvement dans son sommeil. Elle lui tourna le dos en se dégageant de ses draps. Luc y vit une invitation. Les fesses de sa femme étaient magnifiques, larges, à la fois rondes et légèrement encavées.

Il se pencha à leur hauteur. Avec ses doigts, il écarta légèrement son anus. Il banda aussitôt. L'envie de la pénétrer le prit. Il lui avait déjà fait l'amour la veille, alors qu'elle était endormie. Elle était sur la fin de sa médication. Une sodomie risquait de la réveiller. Il opta pour la masturbation.

Quelques minutes plus tard, pressé tout contre elle, le visage enfoui entre ses omoplates, il éjacula. Il essuya avec tendresse le sperme qui avait jailli entre les fesses de son amante endormie, puis s'habilla rapidement en regardant l'heure. 10 h déjà. Son travail l'attendait à la ferme. Il devait faire vite afin d'être de retour pour le souper.

50

Lundi 31 août, 9 h

Judith entra en coup de vent dans la salle de réunion. Tout le monde avait déjà pris place autour de la table: Carl et Alain d'un côté, Métivier à l'écart, au bout le plus éloigné de la porte, et sa place à elle, qui l'attendait, isolée, à l'autre extrémité. La prochaine fois, elle arriverait la première pour déconstruire cette configuration qui renforçait la tension de leurs rapports. Elle se dépêcha de s'installer. Métivier, qui avait convoqué cette réunion matinale, sirotait son café en grimaçant. Sa mine renfrognée n'annonçait rien de bon. Jusqu'à présent, la Division des stups de Drummondville avait accepté de délier sa bourse pour couvrir les frais de l'équipe technique sur le terrain. Elle avait aussi assumé les coûts des chiens policiers, de l'hélicoptère et des plongeurs, mais comme l'ensemble des recherches menées depuis quatre jours n'avaient toujours rien donné…

Métivier se racla la gorge.

— Avant de commencer, j'ai pensé qu'il serait important que vous sachiez que j'ai eu l'inspecteur Érik Morneau au téléphone, ce matin. Les stups se retirent de l'affaire. Ils ont évalué que la saisie au chalet n'est pas assez importante pour poursuivre les recherches sur Nickie Provost. Son cas nous retombe donc dans les mains comme une simple affaire de disparition.

— Une simple affaire de disparition ! s'exclama Judith en se levant. Il y a de fortes chances que ce soit un règlement de comptes ! On parle ici de la possibilité d'un meurtre par des fiers-à-bras de la plus grosse gang de dealers du coin. Qu'est-ce qu'il lui faut de plus à Morneau ? Qu'on lui ramène le corps noyé sur son bureau ?

Carl ne put réprimer son fou rire. Alain lui donna un coup de pied sous la table. Irritée, Judith les toisa du regard. Elle était de moins en moins convaincue de la piste d'un règlement de comptes, mais voulait la garder ouverte pour bénéficier de l'appui de la DME.

— Il lui faut des preuves un peu plus étoffées que ce que vous avez perdu votre temps à ramasser depuis mercredi dernier, dit Métivier. Je veux bien être compréhensif et prendre en considération que c'est ta première enquête, mais je ne peux pas non plus mettre toutes nos ressources...

— Toutes ? On est juste trois ! coupa Judith.

— S'il te plaît... poursuivit Métivier. J'apprécierais qu'on me laisse terminer. Je dois établir des priorités ! Là, on met beaucoup d'énergie sur une affaire qui, en fin de compte, va peut-être nous apprendre que la petite est tout simplement rendue à Montréal, en train de quêter avec ses amis squeegees de la rue Sainte-Catherine.

Judith prit une grande respiration afin de réattaquer plus calmement.

— Son père et sa sœur sont très inquiets pour elle. Ils ne comprennent pas qu'elle ne donne pas de nouvelles.

Métivier répandit le contenu de sa serviette sur la table.

— Voici les fiches des adolescentes disparues cette année. Il y en a même une de la région de Trois-Rivières. Noëlla Bélanger. Ses parents sont aussi inquiets que ceux de Nickie. Ils appellent au poste tous les jours. Personne ne l'a vue depuis le début de l'été. La dernière fois, c'était sur notre territoire il paraît, mais on n'en est pas certains. Pourquoi Nickie ? Pourquoi pas Noëlla ? Julie ? Jessica ? Ce ne sont pas les disparitions qui manquent, c'est le temps. Il faut faire des choix et c'est à moi de les faire.

Judith était atterrée. On ne pouvait pas clore l'enquête sur Nickie Provost. Ils approchaient du but, elle le sentait. Si on arrêtait maintenant, tout serait foutu. À sa grande surprise, Carl vint à sa rescousse.

— Je suis d'accord avec toi, Claude. Il s'agit peut-être juste d'une fugue. Mais je suggère quand même qu'on poursuive, moi, Alain et Judith, jusqu'à mercredi soir comme tu l'avais autorisé. Quand on transférera le dossier, on aura au moins des conclusions et des rapports plus fignolés. Il ne faudrait pas qu'on nous reproche d'avoir bâclé l'enquête.

— Bon, d'accord pour mercredi soir. Je veux voir le rapport complet sur le serveur et une copie sur mon bureau. Je vous laisse continuer sans moi.

Métivier sortit en ne se préoccupant pas de ramasser les photos des jeunes filles qui gisaient, éparses sur la table. Judith se leva pour mieux les examiner. Elle resta hébétée devant leur jeune âge. Certaines ne devaient pas avoir plus de quatorze ans. Les fugueuses étaient de plus en plus jeunes. Elles fuyaient souvent leur famille, un cadre trop répressif ou violent. Nickie n'avait pas à craindre ceux qu'elle aimait. Elle aurait pu vouloir se cacher, mais aurait donné des nouvelles à son père ou à sa sœur. Peut-être que ces derniers la protégeaient en prétendant ne pas savoir où elle était. Comme Gariépy qui couvrait son fils. Judith se demanda jusqu'où John Allison irait pour la protéger? Jusqu'au bout. Un parent allait nécessairement jusqu'au bout. Elle devait interroger Jocelyne, la mère de Julien.

Alain brisa le silence.

— Il nous reste trois jours. On commence par où?

Judith sortit de sa réflexion et déploya le plan qu'elle avait préparé.

— Toi, tu montes à Montréal. Tu te rends au laboratoire, tu campes devant la porte s'il le faut, mais tu ne reviens pas ici avant d'avoir eu les rapports d'analyse de la scène de Deschaillons.

— Je vais essayer de passer par Bolduc. Il a l'air d'être connecté avec le médecin légiste. Le seul problème, c'est le kilométrage, Métivier a insisté pour limiter les dépenses.

— Je m'en occupe. S'il refuse, je paierai ton essence.

Carl se leva comme si la réunion était terminée.

— C'est bon. Moi, je vais aller cogner à la porte des voisins de Gariépy. Ils ont peut-être vu une petite Suzuki blanche traîner par là, dimanche dernier.

Judith encaissa le coup. Elle se précipita vers la porte de la salle et la claqua avec grand bruit.

— Un instant, Carl. On n'a pas tout à fait fini.

— Qu'est-ce qu'il y a encore?

Alain tenta de se faufiler.

— Bon, je vais y aller, moi.

— Au contraire, ça te concerne aussi.

Alain et Carl reprirent leur place comme deux étudiants gardés en retenue. Judith n'avait pas prévu ce face-à-face. Elle devait trouver les mots pour nommer le malaise et crever l'abcès. Si elle ratait son coup, la situation continuerait de se dégrader.

— Bon, on va faire ça simple et court. Il nous reste à peu près trente heures de travail pour résoudre une affaire qui se complique chaque fois qu'on soulève le couvercle de la marmite. Il faut travailler ensemble, pas les uns contre les autres.

— On fait notre travail, qu'est-ce que tu veux de plus ? dit Carl en dissimulant mal son agressivité.

— Ton travail, c'était d'aller interroger les voisins de Gariépy. Tu m'apprends, ce matin, que ce n'est pas encore fait !

— Je ne peux pas être à deux endroits en même temps. Depuis que tu es « enquêteur chef », tu ne remarques plus ma présence. As-tu oublié que, vendredi, on a visité ton Julien que « je » t'ai trouvé, avant de rendre visite à son paternel. En après-midi, je me suis fait chier à rédiger tout seul le rapport de la rencontre avec la petite De Serres. Ensuite, j'ai fait celui de la rencontre avec Dave Saint-Cyr, qu'Alain et moi on avait organisée « à ta demande », en prenant le risque de se faire prendre par Morneau qui ne voulait surtout pas qu'on approche le suspect avant l'opération Boutures. C'est sûr que j'aurais pu faire du zèle, samedi matin, et aller faire du porte-à-porte à Trois-Rivières. Mais non, j'ai préféré baiser ma femme, ce qui m'a fait le plus grand bien. D'ailleurs...

— D'ailleurs quoi ? fit Judith qui devinait son allusion.

— Rien.

— Je comprends que je vous en demande beaucoup, mais c'est justement parce que je sais que vous êtes capables d'en mener large. Je veux peut-être trop et trop vite. C'est bon de me le rappeler. Mais je pense qu'on peut se parler et se dire ce qu'on a sur le cœur au fur et à mesure. J'aime mieux savoir ce qui vous chicote que de me faire jouer dans le dos.

Judith meubla le silence en calant sa gourde d'eau. Les deux gars échangèrent un regard.

— Je n'ai pas de problème avec ça, répondit Carl.

— Moi non plus, renchérit Alain.

— Ce que tu seras capable d'entendre, je serai capable de te le dire, conclut Carl en défiant Judith.

Elle se contenta de lui répondre par un hochement de tête.

La réunion se termina sur un ton plus neutre. Alain leur fit part de ses recherches auprès des vacanciers, dans le voisinage du chalet des Provost à Deschaillons. Personne n'avait remarqué quoi que ce soit de suspect. Le dimanche, la majorité d'entre eux partaient vers 18 h pour regagner leur domicile. Quant au téléphone de Nickie, il n'avait rien obtenu de concluant. La jeune fille devait utiliser un cellulaire à carte prépayée. Judith les informa de sa rencontre avec Alexandra et de son impression que la malade leur cachait quelque chose. Elle écouta avec attention l'avis de ses collègues. Ils en vinrent finalement à une conclusion. Avec le peu d'effectifs dont ils disposaient, il fallait arrêter de s'éparpiller et concentrer les recherches autour des deux témoins principaux.

***

Une fois ses collègues partis, Judith s'obligea à prendre un moment seule dans la salle déserte. Pour mieux se ramasser elle-même, elle fit ce que font les femmes depuis toujours dans pareil cas : du ménage. Elle jeta les verres de café à la poubelle et classa les dossiers des filles disparues. Plus personne ne s'occupait d'elles. Noëlla Bélanger s'était retrouvée par hasard sur le dessus de la pile. Par curiosité, Judith lut les quelques notes inscrites sous sa photo : dix-huit ans, disparue en mai 2009. Aperçue le 28 mai vers 22 h traversant le pont Laviolette, à pied.

Le pont, le fleuve encore… La jeune fille se serait-elle jetée à l'eau ? Pourtant, aucune allusion dans le dossier à une possibilité de suicide. L'enquête avait été menée en juin, alors que Judith peinait sur ses examens finaux à l'UQTR. Dossier fermé au bout de trois semaines. Transféré à la SQ. Remis dans le pool des dizaines de disparitions survenant chaque année au Québec. Quand les jeunes étaient majeurs, on s'en préoccupait moins. Est-ce le sort qui attendait Nickie ? Être reléguée à une vignette sur le site d'Info-Crime ?

Judith cessa de s'apitoyer. Il fallait envisager autrement le temps qui lui était imparti. Il lui restait trois jours. Assez pour trouver des éléments de preuve pour faire flancher Métivier. Elle décida de concentrer ses efforts sur le plan qu'ils avaient élaboré ensemble ce matin : resserrer leurs recherches autour de Julien Gariépy et de Dave Saint-Cyr, leurs deux suspects numéro un. Avant de réinterroger le plus jeune, elle devait parler à sa mère, Jocelyne Saint-Gelais. Il était 10 h. Elle avait tout juste le temps de se rendre à la Maison Béatrice, au Cap-de-la-Madeleine, où la femme avait accepté de la recevoir après qu'elle l'eut jointe, très tôt ce matin.

51

Lundi 31 août, 11 h

En traversant le pont de Trois-Rivières pour se rendre au Cap-de-la-Madeleine, Judith eut un pincement au cœur pour toutes les Nickie de ce monde. Combien de personnes pensaient encore à leur disparition ? Leurs parents, sans doute. Pour Judith, il était inconcevable qu'un jeune puisse être cruel au point de ne donner aucune nouvelle. Elle-même se rapportait pour chaque repas. C'était excessif, mais elle ne pouvait imaginer son père tranquille sans qu'elle lui donne signe de vie.

Des travaux routiers l'obligèrent à ralentir au beau milieu du pont. De la voie de droite où elle se trouvait, il était impossible de voir le fleuve. Un parapet de ciment décourageait toute manœuvre de saut dans le vide. Judith nota l'absence de trottoir piétonnier. Aucune tentative de suicide ne pouvait passer inaperçue. Le pont Laviolette était achalandé à toute heure du jour et de la nuit. Ce n'était plus un endroit facile pour mettre fin à ses jours.

À l'adresse où l'avait conduite son plan Map Quest, Judith se gara. La Maison Béatrice était, de fait, une vraie petite maison située dans un quartier résidentiel.

Jocelyne Saint-Gelais avait eu le temps de lui expliquer qu'il s'agissait d'un centre ouvert. Les femmes avaient le droit de sortir, d'aller faire des emplettes, bref d'y séjourner comme dans toute famille normale. La seule règle, à part bien entendu la sobriété, était l'obligation de se présenter aux réunions quotidiennes dans le grand salon, au sous-sol. Au premier, une pièce plus petite était réservée aux rencontres individuelles avec les intervenantes. Les résidantes pouvaient y recevoir leurs visiteurs, à condition qu'elle ne soit pas déjà occupée.

Judith préféra attendre à l'entrée de la petite pièce. Elle examina la frêle femme qui traversait le couloir pour venir à sa rencontre. Sa jeunesse et surtout sa pâleur surprenaient. Jocelyne Saint-Gelais était habillée d'une robe d'été un peu trop grande qui lui donnait une allure romantique. Ses longs cheveux bruns étaient ramassés de façon négligée par un peigne. Des mèches pendaient sur son front et encadraient ses joues creuses. Une petite fente entre ses deux incisives supérieures apparut lorsqu'elle lui dit bonjour. Cette imperfection la rendait encore plus belle. « Dommage qu'elle ne sourie pas davantage », pensa Judith en acceptant la chaise que Jocelyne lui offrait.

— C'est beau ici, commenta Judith en voulant briser la glace.

— J'y suis bien, fit Jocelyne pour toute réponse.

« Mieux que chez vous ? » se demanda la policière.

— Désirez-vous que je récapitule pourquoi je voulais vous rencontrer ?

— Je suis dépendante, pas alzheimer. J'ai compris tout ce que vous m'avez expliqué au téléphone.

— Très bien. Pourriez-vous me donner votre emploi du temps pour la soirée du dimanche 23 août ?

— Comme chaque fin de semaine, mon mari vient me chercher le samedi matin. Après, je ne le vois plus. Il va à l'université. Il vaque à ses affaires. Moi aussi.

— Pourquoi ?

— Pourquoi quoi ?

— Pourquoi le samedi matin ? Pourquoi pas le vendredi soir ?

— Il a beaucoup de travail. Depuis deux ans, sa thèse lui prend énormément de temps.

Jocelyne semblait être derrière son mari et sa carrière. Pas un seul reproche à son égard.

— Vous étiez donc à la maison le dimanche soir en question ?

— Non. Je suis allée souper chez ma sœur.

— C'est vous qui conduisiez ?

— Bien sûr que oui. Pourquoi me demander ça ? Ça fait des années que je conduis ! s'offusqua la femme en repoussant une mèche rebelle.

— Je ne voulais pas vous blesser, mais on n'a repéré que deux voitures chez vous, celle de votre mari et celle de votre fils.

— J'utilise la berline de Luc. C'est suspect de ne pas avoir d'auto, maintenant ?

— Pas du tout, dit Judith en tentant de la calmer.

Tout de même étrange, cette dépendance dans laquelle la femme était confinée. Son dossier indiquait qu'elle avait passé ses dix dernières années de travail comme fonctionnaire à Emploi Québec, sans jamais acquérir sa permanence. Il y a deux ans, elle avait dû quitter son poste pour des raisons de santé. Elle devait probablement posséder une voiture, à cette époque.

— Je suis restée toute la soirée chez ma sœur, réattaqua Jocelyne avec une fermeté qui tranchait avec ses airs fragiles. Donc, comme je vous l'ai déjà dit au téléphone, je suis incapable de vous renseigner sur les allées et venues de mon fils Julien. Je n'étais pas là.

— Vous êtes rentrée chez vous à quelle heure ?

— Il devait être minuit, minuit et quart.

— La voiture de Julien était dans l'entrée ?

— Bien sûr qu'elle y était, dit-elle.

— Et votre mari ?

— Quoi mon mari ?

— Vous l'avez vu ?

— Il travaillait dans son bureau. Il a pris l'habitude d'écrire jusque tard dans la nuit. Moi, j'ai perdu celle de l'attendre pour me coucher, si c'est ça que vous voulez savoir.

— Je veux juste essayer d'éclaircir certains faits. Votre mari a dû vous informer que Julien sortait avec Nickie Provost, la jeune fille que l'on recherche.

Cette fois-ci, le visage de Jocelyne se crispa et trahit sa surprise. Luc Gariépy ne se confiait donc pas à elle. Pour la protéger peut-être ? Il serait sans doute très en colère d'apprendre que cet entretien avait lieu.

— Avec mon gars, ce n'est plus comme avant. C'est difficile. Je...

Judith laissa le silence s'installer entre elles avant de poursuivre.

— Ça arrive souvent à l'adolescence. Ils ont besoin de prendre un peu leurs distances.

— Ce n'est pas ça. Je ne le reconnais plus.

— Avez-vous peur de lui ?

Jocelyne se mit à rire, laissant entrevoir ses dents magnifiques et deux jolies fossettes.

— Comment pourrais-je avoir peur ? Il m'a déjà tuée.

— Je ne comprends pas.

— Il m'a effacée. Je n'existe plus pour lui. Quand je vais à la maison, il passe à côté de moi comme si j'étais une patère. Il ne m'adresse jamais la parole. On dirait qu'il me punit pour une faute atroce que j'aurais commise.

— Vous en veut-il pour quelque chose en particulier ?

— Exister. Il m'en veut d'exister, d'être sa mère, d'être la femme de son père.

— Est-ce qu'il se comporte de la même façon avec votre mari ?

— Non. Deux coqs. Ils s'engueulent dès qu'ils se croisent. À propos de n'importe quoi. Une chicane perpétuelle. Au début, j'étais incapable de vivre dans tout ce bruit, mais peu à peu j'ai laissé aller parce qu'au moins…

Un sanglot l'empêcha de poursuivre. Elle se moucha et reprit en essayant de maîtriser son émotion.

— … Au moins, pendant ce temps-là, j'entends sa voix, je l'entends crier, comme quand il était petit et… en fermant les yeux, j'arrive parfois à imaginer que c'est à moi qu'il s'adresse. Excusez-moi, dit-elle en se mouchant de nouveau.

Judith se demanda si elle devait continuer. Les odeurs de poisson et la filée de pensionnaires qui se rendaient à la cuisine lui indiquaient que c'était l'heure du repas.

— Vous pouvez me téléphoner n'importe quand si vous avez le goût de poursuivre cette conversation, lui dit-elle en lui tendant sa carte.

— Merci, fit Jocelyne en se levant.

Au moment où Judith vint pour quitter la pièce, Jocelyne la rattrapa par la manche avec empressement.

— Une dernière chose. J'aimerais mieux que vous ne disiez rien à mon mari de votre visite ici. Il s'inquiète pour moi.

— Je comprends, la rassura Judith. Une dernière chose, moi aussi. Pouvez-vous me donner le nom et le numéro de téléphone de votre sœur, celle chez qui vous êtes allée souper.

— Élise Saint-Gelais, lui répondit froidement Jocelyne. Son nom est dans l'annuaire.

Elle la quitta et marcha avec grâce, sans se retourner, vers la queue de la file d'attente qui s'était formée à la porte de la salle à manger.

52

Lundi 31 août, 12 h

Judith se dirigea vers sa voiture stationnée dans l'entrée des visiteurs de la Maison Béatrice. Carl avait essayé de la joindre plus tôt sur son cellulaire. Elle le rappela.

— Je suis à Trois-Rivières, à un coin de rue de chez Luc Gariépy. On a une confirmation pour une Suzuki qui aurait été vue dimanche soir le 23.

— Ton témoin a une bonne mémoire, dit Judith en s'installant derrière son volant.

— Le monsieur se nomme Jules Charest. Il se souvient surtout d'avoir ramassé la bouteille vide que notre suspecte a jetée par la fenêtre alors qu'il sortait ses poubelles. Notre chance, c'est qu'il a pris ça comme une insulte personnelle et porté plainte à la municipalité pour pollution de la voie publique. Ça nous a permis de retracer l'identité de la voiture et de sa propriétaire.

Judith était irritée. Ils auraient obtenu ces détails plus tôt si son collègue avait bougé plus vite,

— Prends sa déposition et essaie d'obtenir une copie officielle de la plainte.

— C'est déjà fait, la coupa-t-il avec le ton de celui qui ne tolérait plus qu'on lui remette sous le nez toute insinuation de laxisme.

Judith nota sa susceptibilité et décida de l'aborder autrement.

— C'est bon. Grâce à ça, j'ai tout ce qu'il faut pour obtenir un mandat d'arrestation contre Julien Gariépy. On va enfin pouvoir l'interroger en lui mettant plus de pression. J'ai encore un petit truc à régler et je te rejoins au poste.

Judith se pressa de faire un dernier appel. Elle n'eut pas de difficulté à joindre Élise Saint-Gelais, mais ce que la femme lui apprit la laissa perplexe. Il lui fallait vérifier cette nouvelle information le plus rapidement possible. Tant pis pour l'heure du dîner, Jocelyne devrait encore lui accorder un peu de son temps.

***

Lorsqu'elles furent de nouveau assises l'une face à l'autre dans le petit salon, Jocelyne Saint-Gelais s'était refermée sur elle-même. « En me donnant les coordonnées d'Élise, elle savait très bien que je trouverais la faille dans sa version des faits. À quoi joue-t-elle ? Que veut-elle me dire ? » s'interrogea Judith.

— Selon votre sœur, vous avez quitté son domicile vers 22 h 30. Vous m'avez dit être arrivée chez vous à minuit quinze.

— J'ai dit « à peu près ».

— Presque deux heures de différence. C'est beaucoup. Où étiez-vous, tout ce temps-là ?

Jocelyne leva ses yeux vides vers Judith.

— Dans ma voiture. Stationnée quelque part. J'ai dû dormir.

— Dormir ?

— Je prends des calmants. Ce n'est pas un secret. Mon mari a dû vous en parler. Quand je mange ou que je bois un peu, il m'arrive d'être somnolente. Je préfère ne pas prendre de risques et me reposer avant de continuer ma route.

Devait-elle la croire ? Malgré les efforts qu'elle y mettait, Judith était incapable de discerner si Jocelyne Saint-Gelais disait la vérité. Elle décida de prendre congé de la malade.

Durant le trajet de retour vers Victoriaville, l'enquêtrice tenta de placer les nouvelles pièces du puzzle dans le portrait troué de la scène qu'ils essayaient de reconstituer depuis une dizaine de jours. Que faisait Nickie près de chez Luc Gariépy le dimanche de sa disparition ? Avait-elle rendu visite à Julien ? Si oui, ce dernier leur avait menti en affirmant ne pas l'avoir revue depuis le Rodéo Mécanic. Pourquoi ? Dans quelle intention aurait-il dissimulé ce fait ? Et Jocelyne Saint-Gelais ? Était-elle mêlée d'une façon ou d'une autre à la disparition de l'adolescente ? Judith avait de la peine à imaginer cette faible femme s'en prendre à qui que ce soit. Par contre, il n'était pas impossible qu'elle ait été témoin malgré elle d'agissements incriminants de son fils. Quelque chose d'important s'était passé entre 22 h et minuit, ce soir-là. Quoi ? Et avec qui ? D'abord interroger le jeune homme, puis confronter la mère. Chaque minute comptait. Les suspects étaient sur les dents, fragiles. Il fallait travailler la pâte avant qu'elle durcisse.

Sans s'arrêter, Judith prit son cellulaire et appela Carl pour lui dire de la rejoindre au palais de justice. Ils devaient procéder à l'arrestation de Julien Gariépy très tôt demain matin. En fragilisant sa mère, qui ne s'attendait pas à ce scénario, ils auraient des chances de la faire craquer. Cela, bien sûr, à condition de tenir à distance le mari qui s'évertuerait sans doute à discréditer le témoignage de son épouse.

Judith réalisa qu'elle n'aimait pas Gariépy. Une antipathie qui s'était installée dès la première entrevue. Cela pouvait-il nuire à son objectivité professionnelle ? Elle eut tout à coup une pensée pour Denise Cormier. C'est le genre de discussion qu'elles avaient si souvent tenues après les cours, en prenant un café à la cantine de l'université ou dans un petit bistro au centre-ville de Trois-Rivières. Ces moments d'insouciance lui manquaient. Une présence féminine aussi. Sa mère. La douceur de sa mère. Le monde était si épineux. Où pouvait-elle trouver refuge ? « Je dois me trouver un abri », pensa-t-elle.

53

Mercredi 2 septembre, 9 h

Judith était fébrile. Julien Gariépy se tenait assis en face d'elle dans la pièce vide et impersonnelle qui leur servait de salle d'interrogatoire. Ses droits lui avaient été lus, ainsi que l'information et les procédures d'usage.

La veille, tout s'était mis en place très rapidement. Le mandat avait été accordé sans problème. Julien Gariépy était le suspect principal. Métivier trépignait. Il souhaitait que toute cette affaire aboutisse dès que possible. À ses yeux, un cas facile à mettre en boîte, avec les faits incriminants qui s'accumulaient.

À la nouvelle de l'arrestation de son fils, Luc Gariépy avait décidé de lui payer le meilleur avocat de Trois-Rivières, Bertrand Lavigne. Mais Julien refusait toute aide de son père. Il tenait à se défendre seul. « Il veut punir son père », songea Judith. Pourquoi ? Le punir de quoi ? Cette étrange question s'imposa à elle. Judith la chassa comme on repousse une mèche de cheveux. Pour l'instant, la seule chose qui comptait était cet interrogatoire. Son issue serait déterminante.

Les plis de la chemise indiquaient que Julien croisait ses bras avec trop de force. Son regard était rivé sur le bord de la table, devant lui. « Une huître fermée », pensa Judith. Elle était nerveuse, mais sûrement moins que lui.

La présence de Carl et de Métivier, qu'elle devinait derrière la vitre teintée, l'intimida. Elle fit un effort pour ne pas y penser et décida de s'adresser au jeune homme avec douceur, comme s'ils étaient seuls et surtout dans un autre endroit.

— Je ne la connais pas, Nickie. Je lui ai parlé juste une fois. Mais mon travail, c'est de la protéger. Je pense que tu peux m'aider. Tu lui dois ça. Tu étais important pour elle. Si elle est allée te voir, le lendemain du Rodéo, c'est parce que…

— Vous ne savez rien d'elle, coupa Julien. Vous parlez comme si c'était votre amie. Nickie n'aimait personne.

— Pourquoi tu parles d'elle au passé ?

Julien poursuivit sans tenir compte de la question.

— Ce n'est pas le genre de fille qui s'attache.

— Tu savais qu'elle avait d'autres chums ?

— Ce n'était pas important.

— D'après ce que ses amis nous ont raconté, ça avait plutôt l'air de te mettre en colère.

Julien se cabra sur sa chaise, Judith venait de le perdre. Elle changea d'approche.

— J'ai rencontré le père de Nickie. Comme la plupart des parents, il ne connaît pas beaucoup sa fille. Il croit qu'elle a été assassinée par les Bad Ones. D'après toi, elle se serait suicidée. Tu es le seul à nous dire ça. Si c'est ce qu'elle a fait, c'est donc qu'elle n'en aurait parlé qu'à toi. Quand ?

— Elle ne m'aimait pas, mais… elle m'a dit qu'elle avait besoin de moi.

— C'est important que quelqu'un ait besoin de toi ?

Julien Gariépy s'essuya les yeux avec le revers de sa manche. Judith hésita. Devait-elle lui tendre la boîte de mouchoirs ? Le risque de briser le fil entre eux était trop grand.

— Julien, tu dois me dire ce qui s'est vraiment passé entre vous deux la dernière fois que tu l'as vue. Prends le temps qu'il faut.

Après un léger silence, Julien déplia les bras et leva les yeux vers Judith.

— Mon père est un trou de cul. Celui de Nickie aussi. Le sien alcoolo, le mien pas mieux. Trop pris par lui-même pour voir que j'existe. On avait ça en commun, Nickie et moi, pas de père. Elle avait besoin de moi, moi d'elle. Comme un frère avec sa sœur, mais comme un chum aussi, des fois. C'est elle qui décidait. Le lendemain du Rodéo, le dimanche soir, elle est venue me retrouver dans ma chambre. Elle n'était jamais venue chez nous. C'était la première fois, la seule fois. Elle avait promis de repasser en fin de soirée. Je n'ai pas compris qu'elle faisait ça parce que tout était fini pour elle. Je me suis endormi. Je dormais pendant qu'elle se jetait à l'eau.

— Tu me dis que tu n'es pas allé la reconduire à Deschaillons ?

— Si j'y étais allé, je l'aurais empêchée, s'énerva-t-il.

— Tu l'aurais empêchée de faire quoi ?

Julien baissa la tête.

— Tu veux de l'eau ? Du café ?

— Vous avez du pepsi ?

— Je vais aller voir.

Judith se leva.

— Je reviens tout de suite.

Malgré la nervosité qui la tenaillait, Judith s'efforça de marcher lentement vers la sortie. Elle fut accueillie par Métivier qui s'impatientait.

— C'est quoi, cet interrogatoire-là ? Qu'est-ce qu'ils vous enseignent à l'école ? Ce n'est pas de l'intervention sociale qu'on fait ! On est ici pour lui tirer les vers du nez, pas pour le border.

— S'il te plaît, Claude, je sais très bien où je m'en vais. Laisse-moi faire. On évaluera plus tard. Là, ce n'est vraiment pas le moment.

Judith lui fit l'affront de n'adresser sa prochaine question qu'à son coéquipier.

— Carl, tu en penses quoi ?

Insulté, Métivier quitta le duo en se dirigeant d'un pas ferme vers son bureau. Un claquement de porte se fit entendre.

— Difficile à imaginer, répondit Carl. Trop feluette. Pas assez de *guts* pour passer à l'acte.

— Des fois, les refoulés sont les pires, dit Judith. En tout cas, il ne tient pas son père en haute estime.

— Qu'est-ce que ça a à voir avec notre histoire ?

— Je ne sais pas, mais chaque fois que je me rapproche de Julien Gariépy, l'image de son père s'interpose entre nous deux. C'est quand même drôle que je lui pose des questions sur Nickie et qu'il me réponde par « mon père est un trou de cul ».

— Il aura beau raconter ce qu'il veut… J'ai relu le rapport. Les preuves s'accumulent contre lui : les menaces de mort, le dernier à avoir vu la disparue…

— Il sait qu'on risque de le garder, mais il refuse l'avocat que son père lui propose.

Christiane, la réceptionniste, vint interrompre leur conversation.

— Il y a une dame qui veut absolument te voir, Judith. Elle dit que c'est urgent. Jocelyne Saint-Gelais.

— Quel timing ! s'exclama Carl. Je continue avec le jeune pendant que tu travailles la mère ?

— D'accord, concéda Judith. On se donne quinze minutes et on se revoit ici.

Elle faillit donner un conseil à Carl, mais elle le ravala aussitôt. C'était une habitude dont elle devait absolument se départir.

***

Judith retrouva Jocelyne Saint-Gelais debout dans le hall d'entrée. Elle examinait avec une attention toute sérieuse l'exposition derrière la vitrine, un ramassis de vieux costumes et de documents des premiers états-majors de la police de Victoriaville. Judith toussota pour s'annoncer. Jocelyne sortit de sa rêverie.

— On sera plus à l'aise dans mon bureau, lui suggéra l'enquêtrice.

Jocelyne la suivit comme une automate. Dès qu'elle eut pris place sur la chaise que Judith lui offrait, elle se répandit en explications comme on vide sa sacoche.

— C'est lui... c'est mon fils... je suis certaine que c'est lui. C'est terrible de dire ça, pour une mère. Parce que je suis sa mère. Je suis sa mère et je l'accuse. Mais s'il a fait quelque chose de mal, il doit être puni. Je ne l'ai jamais puni, pas assez. C'est de ma faute. Son père lui passe tout. Moi, il ne m'écoute pas. Même petit, il ne m'a jamais écoutée. Si vous saviez tout ce qu'il m'a dit. De l'eau de vaisselle, il m'a traitée d'eau de vaisselle. Mais il y a eu pire.

Elle reprit son souffle. Judith hésita à la questionner. Elle choisit de la laisser poursuivre. Le témoin détricotait sa vie de façon emmêlée, mais cela pouvait conduire à un nœud intéressant.

— Le dimanche soir où je suis rentrée plus tard que prévu à la maison, j'étais allée voir un des fournisseurs de drogue de Julien. Mon fils consomme une bonne partie de ce qu'il est censé vendre. Il a aussi de la difficulté à se faire payer. Ce n'est pas la première fois qu'il se ramasse avec une grosse dette. Le gars a mon numéro. Quand ça tarde trop, il m'appelle. C'est l'entente qu'on a. Comme ça, les motards le laissent tranquille. Je le couvre depuis des mois pour son petit commerce de « bonbons », mais pour la fille je ne peux pas. S'il lui a fait du mal, il faut l'arrêter avant qu'il aille trop loin.

Jocelyne Saint-Gelais fit une pause. Elle en sortit deux flacons de son sac et les tendit à Judith.

— Je prenais trois comprimés, soir et matin. J'ai tout arrêté depuis deux semaines. Mon mari ne le sait pas, le centre non plus. Il faut que je reprenne ma vie en main. Ça commence par « recouvrer mes esprits ». J'aime mieux être insomniaque et angoissée que légume. Je vous dis ça pour que vous sachiez que ce que je vous raconte est vrai. J'avais toute ma tête. Quand je suis arrivée chez moi, le dimanche soir, il était minuit et quart. La voiture de Julien n'était pas là. Je le sais parce que j'avais décidé de leur parler. Je voulais leur annoncer que… que je partais.

— Vous ne l'avez pas fait ?

— J'ai vu le mot de Luc sur la table de la cuisine : « Ne pas déranger. Suis en haut, travaille. Bonne nuit. » Le lendemain et les jours d'après, j'ai manqué de courage. J'attends toujours le bon moment, mais il ne vient pas. Là, avec ce qui se passe… Je ne peux plus… je ne peux pas abandonner ma famille. Je dois aider mon fils. Je me suis dit que si je dois le dénoncer pour qu'il arrête…

Elle se cacha la figure dans les mains.

— Vous avez bien fait. On va s'occuper de lui, la rassura Judith.

— C'est un bon petit gars, plaida Jocelyne.

Pour la première fois, elle fixa la policière dans les yeux. Judith fut atterrée. Un abîme de détresse.

— Julien souffre. C'est ça qui le rend méchant. Il est né avec un volcan dans le ventre. J'ai peur qu'un jour il nous explose en pleine face. Quand vous êtes venue me voir au centre, j'ai tout de suite su que vous pouviez nous aider. Vous n'êtes pas comme les autres. Votre façon de me regarder... On aurait dit que vous étiez capable de me trouver belle... réelle... de me voir autrement que je me vois.

Jocelyne Saint-Gelais tendit ses mains jointes. Judith demeura imperturbable derrière son bureau. Elle attrapa une plume, sortit son calepin et se mit à griffonner.

— Vous êtes aussi un témoin très précieux pour nous. Vous affirmez donc que la voiture de Julien n'était pas là quand vous êtes rentrée chez vous le dimanche soir 23 août?

Jocelyne acquiesça. Judith sentit une légère hésitation. Le courage de son témoin vacillait. Il fallait faire vite pour officialiser sa déposition.

— Je vais vous présenter à une agente qui va prendre votre déclaration par écrit. Tenez-vous-en aux informations au sujet de la voiture de Julien. Le reste ne concerne pas l'enquête.

Jocelyne la suivit en silence jusqu'au bureau d'accueil. Judith s'apprêtait à repartir lorsque la femme l'attrapa par le bras.

— Je sais que Julien est ici.

— Pour l'instant, ce ne sera pas possible de... dit Judith en la repoussant délicatement.

— Je ne veux pas le voir. Lui non plus ne voudra pas. Un jour, il comprendra peut-être. Tout ce qu'il doit savoir, c'est que... je l'aime.

— Je le lui dirai.

— Merci.

Judith se dirigea vers le couloir qui menait à la salle d'interrogatoire. Comment allait-elle porter ce mot d'amour à un jeune qui venait d'être trahi par sa propre mère ? Elle qui ne disait jamais « je t'aime » s'était engagée à porter cet odieux message. Elle croisa Carl au moment où il sortait de son entretien avec Julien.

— Rien de nouveau, déplora-t-il. Il continue de nier s'être rendu à Deschaillons. Il a vraiment la tête dure.

— Sa mère vient de me confirmer que la voiture de son fils n'était pas là quand elle est rentrée vers minuit.

— Parfait ! Il est encore tout chaud. Je retourne le confronter avec cette info.

Judith l'arrêta.

— Vas-y mollo. Ne lui dis pas que notre source d'information est sa mère. Ça pourrait mêler les cartes. C'est un émotif. On en apprendra plus si on n'allume pas de mèche.

En se dirigeant vers le bureau de son patron, Judith vit Alain Dessureaux foncer vers elle. Il l'attira dans son bureau et referma la porte.

— On est dans la marde !

Sans prendre le temps d'enlever sa veste, il sortit des documents d'une enveloppe et les étala sur sa table de travail.

— J'ai les résultats du laboratoire.

— Enfin !

— Les empreintes de Dave Saint-Cyr sont sur une des bouteilles de bière.

— On a fait semblant d'avoir cette preuve quand on l'a rencontré jeudi à Wôlinak. Il a reconnu avoir commis le saccage de la serre, mais jure n'avoir jamais touché à un cheveu de la petite.

— Le problème, c'est que Dave Saint-Cyr est le seul visiteur à avoir laissé sa trace.

— Pas vrai ! fit Judith, découragée.

— On avait déjà les traces des pneus de sa Dodge, dit Alain. Ça s'accumule, tu ne trouves pas ?

— Beaucoup d'indices, mais pas de mobile. Et les espadrilles de Nickie ?

— Rien.

Judith se laissa tomber sur une chaise. Julien Gariépy venait d'être arrêté et voilà que les seuls éléments de preuve dont ils disposaient pointaient vers Saint-Cyr !

— Ça veut dire que si Julien s'est rendu au chalet, comme on le croit, il aurait pris soin d'effacer les empreintes derrière lui, supposa-t-elle.

— C'est rarement le cas pour des crimes passionnels. Il faut être expérimenté pour ne pas en échapper une.

— Sa comparution devant le juge a été retardée à vendredi. Ça nous donne le temps de passer sa vieille Cadillac et sa chambre au peigne fin, se consola Judith.

Elle se dirigea vers la sortie. Alain l'interpella.

— Tu penses qu'ils vont le garder ?

— Je ne sais pas. Les gros doigts de Dave Saint-Cyr changent la donne. On va se faire taper dessus.

L'ombre du procureur traversa l'esprit de Judith. Il les renverrait sûrement faire leurs devoirs avant de porter des accusations.

— On a bougé trop vite, se reprocha Alain.

— C'est Métivier qui nous presse, chiala Judith.

— Pour Dave Saint-Cyr, on fait quoi ?

— Sa réponse, il nous l'a déjà donnée, soupira Judith. S'il avait voulu se débarrasser de Nickie, il n'aurait jamais laissé ses traces sur une bouteille de bière. Les empreintes peuvent dater de samedi ou d'avant. Son histoire se tient. Pour l'instant, je propose qu'on se concentre sur Julien. Si la perquisition de ses affaires ne donne rien, on avisera.

— C'est comme tu veux. Mais je peux au moins avoir une petite conversation avec Saint-Cyr, au cas où il nous en dirait un peu plus que l'autre jour.

Judith devina l'insinuation d'Alain. Il prenait ce détour pour critiquer la façon dont leur premier entretien avec le motard s'était déroulé. Carl et lui avaient pris des risques qui n'avaient pas été assez payants à leur goût. Ils étaient restés sur leur appétit après qu'elle eut bousillé leur plan de match. Pour se faire pardonner, elle acquiesça à sa proposition.

— Si tu restes discret, je ne vois pas pourquoi on se priverait d'en apprendre un peu plus de ce côté-là.

Alain lui sourit. Judith se dit qu'elle ne savait rien de lui. Il était si effacé qu'elle n'avait jamais vraiment prêté attention à son allure physique. À ses yeux, il était l'enquêteur Alain Dessureaux, un homme dans la jeune trentaine, une tête, c'est tout. S'il se démarquait, c'était par ses habiletés en nouvelles technologies. Il était un élément précieux de son équipe et c'est ce qui comptait. Lui-même prenait soin d'effacer les contours de son frêle squelette sous des vêtements amples, qui n'attiraient jamais le regard. Il était aussi discret sur sa vie personnelle que les criminels qu'il traquait.

Judith lui rendit son sourire. Content, il s'esquiva.

54

Mercredi 2 septembre, 19 h

Quand elle se releva de sa chaise d'ordinateur, Denise Cormier avait des fourmis dans les jambes. Elle dut se rasseoir pour se dégourdir. Elle n'avait pas encore soupé. L'idée de cuisiner un bon plat pour elle seule ne la motivait pas. Elle se résigna à réchauffer des pâtes à l'ail et aux olives qu'elle avalerait en écoutant la télé, une façon comme une autre de partager son repas en bonne compagnie.

Elle venait de se laisser choir sur le divan lorsque le téléphone sonna. Elle déposa sa coupe de vin et mit ses lunettes pour lire l'afficheur. Son sang ne fit qu'un tour.

— Salut, c'est moi. Je ne te dérange pas, j'espère ?

— Voyons, Judith, tu sais que tu ne me déranges jamais.

— Je ne vois plus clair. J'ai besoin de parler.

— Veux-tu qu'on se rencontre quelque part ? proposa-t-elle, empressée.

— Je suis déjà dans mon lit. Je suis complètement crevée.

Denise pressa la main sur son ventre.

— Ça avance, ton enquête ?

Qu'allait lui apprendre sa protégée ?

— On a arrêté un suspect. Un jeune. Un revendeur de Nickie. Julien Gariépy.

— Oui, j'en ai entendu parler.

— Métivier est content, dit Judith. Mais je ne suis pas certaine qu'on soit sur la bonne voie. Si on ne trouve pas d'autres preuves pour l'incriminer, le juge va le laisser aller. On n'a rien de solide. Tout ce qu'on sait, c'est que Nickie Provost est allée chez lui le soir de sa disparition…

Denise se figea.

— Attends. Tu dis que Nickie s'est présentée à la résidence de Julien Gariépy. Vous en avez la preuve ?

— C'est ce que le jeune nous a avoué. La veille, il lui avait fait des menaces de mort. Selon le témoignage de sa mère, sa voiture n'était pas chez lui le dimanche soir en question, mais il s'entête à dire qu'il n'a pas quitté son lit. Qui dit vrai ? Julien Gariépy ou sa mère qui passe sa vie sur les pilules ?

— Vous avez trouvé des traces sur les lieux de la disparition, à Deschaillons ?

— Oui, mais pas de notre suspect.

Denise fit un effort pour maîtriser son anxiété.

— Vous l'avez identifié ?

— Oui. Mais je ne peux pas brûler ma source. C'est un témoin qu'on utilise comme indicateur. Je viens tout juste de recevoir le compte rendu de l'entrevue qu'Alain Dessureaux a eue avec lui. C'est un peu pour ça que je t'appelle. Je ne sais plus trop quoi en penser.

— Je t'écoute. Parfois, c'est en parlant de nos doutes qu'ils se dissipent.

— Notre gars nous a dit qu'il avait rendu visite à Nickie Provost pour l'avertir de se faire oublier pour un bout de temps avant que Pichette, la tête des Bad Ones, lance un contrat contre elle. Elle lui a ri au nez en prenant une bière avec lui. Il prétend l'avoir toujours bien aimée. Je n'ai pas de misère à le croire. Tout le monde a juste envie de la protéger, cette fille-là.

— Toi aussi, fit Denise avec une légère pointe de jalousie.

— Le motard a voulu la prévenir. Ça expliquerait ses empreintes sur la bouteille, les seules trouvées sur place.

Denise ne s'étonna pas. Luc Gariépy était plus habile. Il avait su nettoyer derrière lui.

— Un peu facile, releva-t-elle. Ta source est fiable ?

— C'est ça, le problème. Comme on ne peut pas l'amener au poste, ça va être difficile de savoir s'il dit la vérité. C'est peut-être juste un os qu'il nous jette pour qu'on le laisse tranquille. Pendant ce temps-là, on s'acharne sur le jeune Gariépy. Tout a beau être contre lui, ma petite voix me dit qu'on fait fausse route.

— Pourquoi tu ne l'écoutes pas, ta petite voix ? lui glissa Denise avec douceur. Cherche là où te mène ton instinct.

— Mon instinct me ramène aux deux pères, celui de Nickie, celui de Julien. Pourtant, ils n'ont rien en commun, je te le jure.

Denise ressentit une bouffée d'admiration pour Judith.

— Pendant une enquête, il ne faut jurer de rien. L'indice fait souvent son lit dans ce qui apparaît le moins probable.

— Tu as raison. Ça me fait du bien de te parler.

— N'importe quand. N'hésite jamais.

— Bon, je te laisse, je dors debout.

Judith vint pour raccrocher puis se ravisa.

— Denise, tu es toujours là ?

— Toujours, fit celle-ci en riant.

— J'ai oublié de te dire. J'ai rencontré Alexandra Provost, samedi dernier. J'ai l'impression qu'elle sait quelque chose. Mais tu avais raison, c'est très difficile de la faire parler.

— Et ce sera encore plus difficile. Tu as appris ce qui lui est arrivé ? Elle est aux soins intensifs à l'hôpital d'Arthabaska. Elle a fait une sévère crise d'épilepsie.

— Personne ne m'a avertie ! C'est arrivé quand ?

— Samedi dernier, quand elle s'est ébouillantée.

Judith se rappela la boisson chaude sur la table.

— Elle va s'en sortir ? s'inquiéta-t-elle.

— Son médecin est optimiste. Ce n'est pas la première fois que ça se produit.

— Je passerai faire un tour.

— Ne perds pas ton temps. Seule la famille est admise.

— Son père Réjean Dubé, tu veux dire ! C'est à ça que se résume sa famille.

— Tu n'as plus beaucoup d'espoir pour Nickie, à ce que je vois.

— Le temps passe. « Après la première semaine, les chances diminuent. » Ce n'est pas ce que tu nous as enseigné ?

— Il y a la règle, mais il y a aussi les exceptions.

— Je m'en souviendrai. Bonne nuit.

Judith reposa son cellulaire à la tête de son lit. Malgré sa fatigue, elle n'arrivait pas à s'endormir. Elle se retourna dans son lit pendant deux heures avant de se décider à se lever et à s'habiller. Une marche nocturne lui ferait le plus grand bien. Elle trouva dans la poche de son pantalon la carte professionnelle de Luc Gariépy. Il lui avait demandé de la remettre à Réjean Dubé. Il voulait se rendre utile. Étrange. Pourquoi Luc Gariépy souhaitait-il entrer en contact avec le père de la disparue ? Julien Gariépy venait d'être arrêté comme suspect. Jamais Dubé n'accepterait de rencontrer le père. Et pourquoi un psychologue de Trois-Rivières offrirait-il ses services à un client de Tingwick ? La distance était quand même importante. Une bonne heure de route. Judith réfléchit. La carte, le psychologue, Réjean... Tingwick. Sa sonnette d'alarme se déclencha. Réjean de Tingwick. Gariépy prétendait ne rien savoir de Nickie Provost, mais il s'était dit prêt à aller rencontrer Réjean à « Tingwick ».

Judith se pressa. La nuit au poste serait longue. Elle se fit un petit sac de provisions et un gros pot de café.

55

Jeudi 3 septembre, 7 h 30

La cérémonie d'investiture était prévue pour ce soir, à 19 h, dans le Grand Salon à l'UQTR. Luc avait pris congé de ses étudiants pour se donner tout le temps de se préparer à cette grande fête : passer chez le nettoyeur chercher son veston, terminer son allocution de présentation et ramasser Jocelyne en fin d'après-midi. Rien ne devait interférer avec la victoire qu'il s'apprêtait à célébrer, l'œuvre de toute une vie. Il s'assombrit tout à coup. Une tache salissait le tableau parfait de sa réussite. Julien était détenu. Son fils avait refusé son aide et sa visite. Il s'était encore organisé pour ternir son image. Heureusement, son arrestation avait été discrète. Aucun de ses collègues universitaires n'avait eu vent des démêlés de son fils. Il aurait le temps de savourer sa victoire avant que la nouvelle s'ébruite. Un doute le reprit au sujet de la présence de Jocelyne à la cérémonie. Elle était si imprévisible. Dernièrement, il l'avait sentie lui échapper. Il ne pouvait pas la mettre sous médication en public, surtout avec le cocktail qui suivrait. Il se promit de réfléchir encore un peu avant de prendre sa décision. Depuis quelques années, on s'était habitué à le voir se présenter seul à différents événements du département. Par ailleurs, cela lui permettait de faire des rencontres intéressantes. Là-dessus, ses pairs étaient très discrets. Chacun se protégeait en couvrant son voisin. Mais cette fois-ci, il voulait ses proches à ses côtés.

***

Judith avait volontairement emprunté une autopatrouille pour rendre visite à Gariépy. Elle avait choisi d'y aller seule, à une heure matinale, de façon à alerter les voisins de la présence suspecte des forces de l'ordre chez l'interrogé. Est-ce que cette manœuvre réussirait à le déstabiliser ? Elle stationna son véhicule bien en vue devant la résidence de la rue Berthelet.

Quinze minutes plus tard, Judith frappait un mur. Son plan de match n'avait pas eu l'impact escompté. Depuis son arrivée, elle poireautait, assise bien droite sur une chaise du bureau de Gariépy, incapable de contrôler l'entretien qui tournait autour de l'imminente nomination du professeur à l'UQTR. Judith s'impatienta et attaqua de front.

— Professeur, votre fils Julien risque gros. Vous devriez le convaincre de prendre un avocat.

— J'ai essayé, se justifia Gariépy en sirotant son expresso, mais il a besoin de se prouver qu'il est capable de se dépêtrer sans moi. De toute façon, vous n'avez que des preuves circonstancielles. Je doute que le juge retienne des accusations lors de sa comparution. J'ai déjà préparé son souper de retour pour vendredi.

— J'admire la confiance que vous avez en lui. À propos, j'ai remis votre carte à monsieur Dubé. Il a accepté de vous rencontrer.

— Qui ?

— Le père de Nickie Provost. Réjean Dubé. Vous m'aviez demandé de lui offrir votre aide.

Gariépy marqua une courte hésitation.

— Bien sûr. Ça me ferait plaisir, répondit-il.

Son sourire parut faux à Judith.

— Ce n'est pas à la porte, Tingwick. Vous y êtes déjà allé ?

— Non.

— Vous saviez pourtant que c'est là que Nickie Provost habite.

— Heu... non... peut-être... hésita Gariépy. Je réchauffe votre café ?

— Volontiers.

Il fit volte-face.

— Ça me revient ! J'ai dû entendre ça à la télé, dans un des reportages.

Judith jubila. Le poisson avait mordu.

— Je viens de passer la nuit au poste. J'ai revu tout ce qu'on a diffusé sur les grandes chaînes. Les seules images de Réjean Dubé ont été prises à Deschaillons, sur la scène de la disparition. À aucun moment on ne mentionne le nom de Tingwick, ni pour lui ni pour Nickie. On parle parfois de la région de Victoriaville, mais le nom du village n'est jamais cité. Si vous avez conclu que Réjean était de Tingwick, c'est que vous saviez que Nickie Provost y habitait.

Un silence s'installa.

— Je reviens avec votre café, dit-il.

Gariépy s'éloigna vers l'escalier qui menait à la cuisine. Judith réalisa sa maladresse. Elle lui avait tout balancé d'un coup. Ne s'était réservé aucune bille. Luc revint avec la cafetière et une chopine de crème.

— C'est de la vraie. Je la prends à la campagne. On en était où, déjà ? Ah oui... Tingwick. C'est Julien qui m'en avait parlé.

— Vous m'aviez dit qu'il était plutôt discret sur ses petites amies.

— On en a discuté après, bien sûr. Le nom de Tingwick est sorti au cours de la conversation.

Luc mentait. Il avait offert ses services avant d'avoir pu parler à son fils et Julien détestait trop son père pour s'être confié à lui. Deux choix s'offraient à Judith : confondre le psychologue ou battre en retraite. Elle opta pour le second et demanda la salle de bain.

Assise sur le siège, elle tenta de se concentrer. « Je dois quitter cet endroit le plus vite possible. » Une étrange peur la tenaillait. Elle se dépêcha de changer de serviette sanitaire. En la jetant dans la petite poubelle, elle s'aperçut qu'un tampon hygiénique souillé y était déjà. Sans prendre le temps de réfléchir, elle l'enroula dans du papier de toilette. Dans un autre papier, elle plaça avec dégoût une touffe de cheveux de Luc. Rien ne lui levait le cœur comme une brosse à cheveux sale.

56

Jeudi 3 septembre, 9 h

Du vieil édifice, on n'avait conservé que la façade. Un écriteau rappelait aux passants qui voulaient bien le lire qu'il datait du XIXe siècle. Chacun des six étages avait été transformé en une série de condos de luxe. Dans l'aile droite, on avait aussi aménagé des appartements de plus petite superficie pour les personnes seules et moins fortunées. C'est là que logeait Denise Cormier, au cinquième. Judith ne l'avait visitée qu'une seule fois. Elle avait aimé l'endroit et s'était prise à rêver d'habiter dans un logement semblable un jour. Mais Victoriaville n'avait pas le charme historique de Trois-Rivières.

En appuyant sur la sonnette, Judith mesura l'incongruité de la situation. Elle ravala la poussée d'orgueil qui l'envahissait. Elle n'avait pas le choix. Il fallait laisser son ego de côté et servir l'enquête.

Une voix enrouée grésilla un frêle « oui » dans l'interphone.

— C'est Judith.

Un court silence suivit.

— Je t'ouvre.

Judith monta les cinq étages à pied. Elle n'eut pas besoin de frapper, Denise lui ouvrit aussitôt la porte et l'accueillit d'une chaude accolade. Sa professeure lui joua la scène de celle qui était debout depuis longtemps mais qui n'avait pas pris encore le temps de s'habiller. À son haleine du matin, Judith devina qu'elle sortait du lit.

— Je ne resterai pas longtemps.

— Un café, quand même.

— Merci, j'en ai déjà pris deux. J'ai un important service à te demander.

— Tu m'intéresses.

Denise débarrassa le divan des couvertures qui l'encombraient et invita sa visiteuse à prendre place près d'elle.

Judith sortit deux sachets de plastique d'une pochette de son sac à dos et les déposa sur la desserte du salon. Elle avait pris soin de protéger les preuves pour ne pas les contaminer.

— Le labo de Montréal met toujours un temps fou à nous donner des résultats. J'ai besoin de tests d'ADN sur ces deux éléments. Le cheveu est à un dénommé Luc Gariépy.

— Est-ce le père de Julien Gariépy ?

— Oui. Tu dois le connaître. On le voit régulièrement à la télévision. Il enseigne à l'UQTR. Mais comme il n'est accusé de rien pour l'instant, je dois me faire discrète. Quant au tampon hygiénique, j'ai des raisons de croire qu'il s'agit de celui de Nickie Provost. Je t'enverrai son profil ADN.

— Et tu l'as pris où ?

— Dans la salle de bain du bureau de Luc Gariépy. Si les experts sont capables de me donner une date approximative, je pourrais prouver que Luc a reçu la visite de la petite le soir même ou peu de jours avant qu'elle soit portée disparue.

— Le père et le fils, dit sentencieusement Denise.

Judith s'étonna de la voir palper les deux petits sacs avec tant d'excitation.

— Tu veux que je les envoie à mon nom à un laboratoire privé, reprit Denise.

— Ça nous aiderait. Je vais payer, bien sûr.

— Je peux avancer l'argent.

— Ce n'est pas à toi de…

— Laisse faire, la coupa Denise en posant sa main sur celle de Judith. J'ai encore des amis. Ce n'est pas ça qui va nous mettre dans la rue.

Elle avait employé le « nous ». Judith ne savait plus si elle devait s'en réjouir ou pas. Denise était généreuse de son temps et de son aide. Pourquoi voyait-elle de la mesquinerie partout ? Sa méfiance envers les gens qui lui voulaient du bien allait finir par l'isoler complètement.

— Merci. Penses-tu qu'on peut avoir les résultats demain ?

— Je vais m'arranger. Mieux que ça. Je t'invite à souper. Je me suis remise à la cuisine indienne et mon cari de poulet n'est pas trop mal. Mais si tu as autre chose…

Judith n'avait rien prévu pour le week-end. Dans le feu roulant de l'enquête, Paul Décotret lui était sorti de la tête. Comme elle s'y attendait, il n'avait pas redonné signe de vie. Elle n'était pas certaine de vouloir le relancer.

— C'est une bonne idée. J'apporte du rouge ou du blanc ?

— Rien. Juste ton maillot de bain. Ils viennent d'installer un jacuzzi sur le toit de l'immeuble. Le soir, quand il n'y a pas de nuages, c'est magnifique. Les lumières du pont se reflètent dans le fleuve. Avec les étoiles, on ne sait plus où finit l'eau ni où commence le ciel.

Judith imagina Denise savourant son apéro sur les toits de Trois-Rivières. Sa solitude était pathétique. Elle y reconnaissait la sienne. Elle-même n'avait aucune amie, que des collègues de travail et un petit noyau familial qui se résumait à un père protecteur et à une sœur absente. Elle devait apprendre à créer des liens. Denise lui offrait son amitié. Elle décida de lui ouvrir son cœur.

— Merci, Denise, fit-elle en prenant congé de cette femme qui avait l'âge de sa mère. On se voit demain.

***

Dès que Judith fut hors de sa vue, Denise ferma sa porte et s'écroula sur son divan. Elle se mit à pleurer doucement en remerciant le ciel auquel elle ne croyait plus. Tout s'arrangeait au-delà de ses espérances. Elle observa sa cuisinette. Demain soir, sa bien-aimée serait assise avec elle à déguster la bouteille de Château Pradeaux 2005 qu'on lui avait donnée en cadeau pour sa retraite. L'occasion de l'ouvrir se présentait. Pour ne pas l'effaroucher, elle n'en ferait pas de cas et prétexterait son penchant pour les bons crus. Des chandelles. Elle devait acheter des chandelles. Non, ce serait trop romantique, trop évident. Il fallait laisser aller les choses. Car elle l'avait perçu. Son œil de détective ne la trompait pas. Judith avait changé d'attitude à son égard. Elle avait senti le mur de sa méfiance tomber. La voie de son cœur était ouverte. Elle avait eu tort de se décourager.

C'est elle qui menait le jeu, à présent. Elle avait en main plus de preuves qu'il n'en fallait pour incriminer Gariépy. Denise palpa les sacs contenant le tampon et les quelques brins de cheveux. Elle ressentit un coup de fierté pour son élève. Par un autre chemin, sa Judith aboutirait à la même conclusion qu'elle : Luc Gariépy était l'Ogre qui s'en était pris à Nickie Provost. La ligne d'arrivée était proche. Judith était sur le point de coffrer l'homme qu'elle traquait pour venger Marie-Paule et ses filles. Les autres victimes aussi méritaient réparation. Cette dernière étape de la compétition l'excitait autant que la perspective de leur souper en tête-à-tête.

Malgré l'heure matinale, Denise se versa à boire. Elle fixa le fleuve. Un dernier doute l'assaillit. Le criminel était rusé. Même avec des preuves aussi solides, réussiraient-elles à obtenir le mandat d'arrestation ? Il n'était pas question que Gariépy lui échappe une autre fois.

Denise posa son verre vide sur le coin de son bureau. Elle ouvrit son ordinateur. Si jamais Judith échouait, elle n'aurait d'autre choix que de s'en charger elle-même. Elle passerait au plan B. Elle ouvrit son dossier. Encore une heure ou deux et le piège auquel elle travaillait depuis quelques jours serait au point.

57

Jeudi 3 septembre, 10 h

Les deux fesses bien appuyées sur sa voiture, Judith ferma son cellulaire en poussant un cri de joie. Décidément, tout se mettait à débouler en ce jeudi matin radieux. Jocelyne venait de lui rire au nez et cela l'avait ravie. C'était en effet assez incongru de se faire demander par une étrangère la date de ses dernières règles. Sa réponse n'avait pas tardé : en 2001, l'année où elle avait subi une hystérectomie. Cette information l'élimina de la liste des propriétaires du tampon hygiénique trouvé dans la salle de bain du bureau de Luc. Le psychologue l'avait informée n'avoir reçu aucune cliente depuis juin. Cet indice les rapprochait de Nickie.

Judith eut une pensée pour la jeune fille. Était-elle toujours vivante ? Elle se força à le croire. Pour l'instant, il fallait attendre. Si les résultats du labo privé de Denise étaient concluants, elle ferait part de ses doutes à son équipe : Nickie Provost connaissait Luc Gariépy et se serait retrouvée dans son bureau peu de temps avant sa disparition.

Il était encore tôt, mais le soleil se faisait insistant. Elle avait beaucoup travaillé. Pourquoi ne pas s'accorder une pause, là, tout de suite ? De Trois-Rivières, trente minutes suffiraient pour se rendre au Lac aux Chevaux, un coin perdu à l'entrée du parc de la Mauricie, un petit paradis qu'elle avait découvert par hasard l'été dernier en randonnée pédestre. Judith sentit l'appel de l'eau. Rien de mieux qu'une saucette en pleine nature pour se replacer les idées.

Arrivée au point d'observation du lac Bouchard, Judith se gara dans le petit stationnement. Aucune autre voiture. À cause de son auto-patrouille, on l'avait laissée passer sans lui faire payer les frais d'entrée. Sa culpabilité fut vite dissipée par l'odeur de la forêt. Cela sentait déjà les feuilles mouillées, un avant-goût de l'automne. La nature était immobile comme une peinture. Aucun vent, pas le moindre bruissement d'arbre. Les épinettes étaient figées, au garde-à-vous. Un sentiment de solitude s'en dégageait. « On dirait qu'elles savent que l'hiver s'en vient. » Le lac Bouchard était un véritable miroir dans lequel se reflétait la forêt. Elle eut envie de se laisser tomber, tout habillée, dans la perfection de cette image. Mais elle ne le fit pas. Elle était si raisonnable. Au pas de course, elle s'attaqua au sentier qui s'enfonçait dans le bois.

Au bout de dix minutes, elle reconnut l'enseigne qui indiquait la piste de portage vers le Lac aux Chevaux. Il était là, bien enclavé entre deux falaises abruptes. Aussitôt débarrassée de ses vêtements, elle plongea du haut du rocher. Elle ne s'arrêta qu'après avoir traversé deux fois le petit lac. Elle reprit son souffle en se laissant flotter sur le dos. La chaude caresse du soleil sur son ventre contrastait avec l'eau glacée qui lui mordait les fesses. Elle en ressentait les pincements, comme des aiguilles sur sa peau. Cette sensation l'enivrait.

Dans la lumière du matin, Judith tenta de mettre de l'ordre dans les éléments qu'elle détenait. Jusqu'ici, l'enquête ressemblait à ce lac sans fond. À la surface flottait Fernand Morin, suicidé par amour pour Nickie. Un peu plus creux, Dave Saint-Cyr qui trempait dans le commerce de drogue avec les Bad Ones. Si on descendait encore, Julien Gariépy, sa relation avec Nickie et son trafic de stups, des menaces de mort incriminantes, l'aveu d'avoir accueilli Nickie chez lui juste avant sa disparition. Autre élément à ne pas négliger, Jocelyne Saint-Gelais qui confirmait l'absence de la vieille Cadillac bleu pâle de son fils, le soir du 23 août, alors que ce dernier niait avoir quitté le domicile familial.

Et dans la zone la plus profonde ? Qui s'y cachait ? Luc Gariépy ? Nickie serait allée chez lui le soir même, la veille ou l'avant-veille ? Pourquoi ? Quel lien entretenait-elle avec cet homme ? Le sang menstruel retrouvé dans la salle de bain du bureau suffirait-il à éclairer ces eaux troubles ? Judith imagina un remous. Chaque acteur du drame aspirait Nickie dans un gouffre. Qu'est-ce qui l'y avait attirée ? Qui l'avait fait couler ?

Judith n'était qu'à quelques brasses de la rive. Elle décida d'étirer son plaisir en piquant dans les profondeurs du lac. Elle s'immergea, les yeux ouverts dans l'eau claire. Puis elle les vit. Elles étaient une vingtaine, attroupées autour d'elle, se tortillant de toute leur longueur. Certaines faisaient vingt centimètres au moins. Jamais elle n'en avait observé d'aussi longues. La panique la prit. Judith remonta à la surface comme une balle. Elle reprit son souffle et poussa un cri d'horreur. Elle regagna la rive à toute vitesse. Dès qu'elle sortit de l'eau, elle s'examina les jambes. Elle fut d'abord soulagée. Puis, en s'essuyant, elle l'aperçut. La sangsue avait réussi à s'agripper à l'arrière de son mollet. Il fallait lui pisser dessus pour qu'elle décolle. Judith joignit ses mains pour recueillir sa miction qu'elle déversa sur sa jambe. La bestiole se contracta. Judith en profita pour l'enlever avec un bâton.

Cet incident la laissa complètement dépourvue. Elle tenta de se raisonner. « C'est leur habitat, c'est moi qui suis l'étrangère. Elles me disent que je ne suis pas bienvenue chez elles… leur arme est la laideur ». Elle se prit à maudire le lac, à se promettre de ne jamais y revenir. « Je suis chassée du paradis. » Judith se sentit trahie. Comment l'horreur pouvait-elle réussir à se masquer derrière tant de beauté. Les monstres sont partout. Elle ramassa ses affaires et partit sans se retourner.

58

Jeudi 3 septembre, 11 h 30

Judith emprunta le pont Laviolette pour rentrer à Victoriaville. Le signal lumineux de la jauge à essence clignota. Le réservoir était presque vide. Elle se gronda de ne pas y avoir prêté attention plus tôt, lorsqu'elle avait traversé Trois-Rivières. Sur la 162 Sud, il était moins probable de rencontrer une station Shell, où il leur était fortement recommandé de s'approvisionner à cause des réductions de 0,02 $ le litre négociées par leur bureau. Elle prit la sortie vers Sainte-Angèle sur la 132 Est. Dès qu'elle aperçut le Olco, Judith décida d'arrêter. L'aiguille oscillait dans le rouge et il n'était pas question de risquer une panne sèche. Le jeune pompiste s'empressa de la servir.

— Mettez-en pour 20 $.

Judith se dirigea vers l'intérieur pour payer. Le petit garage puait l'huile. Quelques minutes plus tard, l'employé se précipita pour recevoir le paiement.

— Est-ce qu'il y a un Shell dans les environs ? s'inquiéta-t-elle.

— On est le seul garage avant Deschaillons. Pour le Shell, il faut retourner vers Nicolet.

— Merci.

Elle lui tendit un 20 $. Il la dévisagea, mal à l'aise.

— Ça monte à 54 $.

— Je ne vous avais pas demandé de faire le plein.

Irritée, Judith lui tendit sa carte de crédit.

— Excusez, j'ai mal entendu. Je viens de faire la nuit. L'autre n'est pas entré.

— Ce n'est pas grave, soupira-t-elle.

Elle retourna à sa voiture en pestant contre Métivier. Un jour, il faudrait bien lui faire comprendre que, une fois sur le terrain, les choses ne se passaient pas toujours comme on le voulait. Parfois, il n'y avait qu'une seule station-service ouverte et on n'avait pas le choix. Sa clé resta figée dans le démarreur. Elle sortit de la voiture et se dirigea si prestement vers le pompiste qu'il recula d'un pas.

— Vous travaillez la nuit?

— Oui, fit-il comme s'il avouait une faute grave.

— Vous avez un agenda?

— Un quoi?

— Vous souvenez-vous qui travaillait à la pompe le dimanche 23 août dernier, en fin de soirée?

— C'est moi.

— Vous en êtes certain?

— C'est facile à se rappeler. Je fais toujours la nuit du dimanche.

— Une vieille Cadillac El Dorado bleu pâle, ça doit se remarquer. Vous rappelez-vous en avoir vu passer une, dernièrement?

Le jeune homme prit son temps. Il était interrogé. On recherchait sans doute un bandit. Cela l'excita.

— Il y a quelque temps, oui. Je l'ai remarquée parce que j'ai moi-même une vieille Buick 76 que je suis en train de remonter. Celle-là avait l'air encore en bon état.

J'ai voulu savoir si elle avait son moteur d'origine, mais le monsieur n'était pas jasant.

— Le monsieur ? Quel âge ?

— Hum… soixante, peut-être. Ça m'a surpris. D'habitude, c'est des plus jeunes qui trippent sur ces gros modèles-là.

— Vous êtes certain de ce que vous dites ?

— Oui. Même que ça m'a choqué, l'homme a demandé 10 $ de gaz, pas plus. Je l'ai trouvé pas mal gratteux. 20 $, on voit ça, mais 10 $, c'est assez rare merci.

— Ça veut dire que ce serait assez facile de vérifier la date exacte du paiement, dans les états de compte.

— Probable. Avec le dépôt de caisse.

Judith s'emballa. Elle s'en voulut de ne pas avoir une photo de Gariépy avec elle.

— Vous avez un fax ?

— Quoi ?

Elle s'impatienta.

— Vous travaillez jusqu'à quelle heure ?

— Midi. Il faut vraiment que j'aille dormir.

— Je repasse tantôt avec une photo du conducteur de la Cadillac.

Judith le laissa en plan et sauta dans sa voiture. Elle téléphona aussitôt à Christiane Landry et lui demanda de trouver une photo de Luc Gariépy sur Internet. Avec les nombreuses conférences qu'il donnait, cela ne poserait pas de problème. Elle lui suggéra de communiquer avec le bureau de poste de Sainte-Angèle-de-Laval qui n'était pas loin et d'y télécopier le portrait de l'homme.

59

Jeudi 3 septembre, 13 h 30

Judith arriva la première au poste et prit place au centre de la table qui occupait quasi tout l'espace de leur salle de réunion. Lorsqu'elle vit Carl passer le cadre de porte avec son panini au jambon fromage, la faim la prit. Trop préoccupée par ce qu'elle venait de découvrir, elle avait oublié de manger.

— Tu en veux un morceau ?

— Non, non…

— Sers-toi, j'en ai trop.

D'un geste large, Carl fit glisser vers elle la serviette de papier où trônait la moitié de son sandwich. Judith l'avala en quelques bouchées, en grommelant un merci la bouche pleine.

Elle se leva pour se servir un café et fonça sur Alain qui entrait.

— J'ai les résultats d'analyse de la voiture et de la chambre de Julien, dit-il pour excuser son retard.

Judith regagna sa place. Alain sortit de sa mallette un rapport qu'il déposa sur la table comme s'il s'agissait d'une véritable carte au trésor. Il attira leur attention sur les faits saillants.

— Dans la chambre de Julien, on a des cheveux de Nickie et ses empreintes un peu partout. Ça correspond à son profil ADN.

— On s'y attendait. Ce n'est pas une grosse surprise. Rien d'autre dans la chambre ? s'impatienta Carl.

— Malheureusement, non. Mais, pour la Cadillac, les résultats sont surprenants. Sur la photo, ici, vous avez un cheveu qui a été retrouvé sur l'accoudoir du siège du conducteur.

— Julien ? demanda Judith.

— C'est ça, la beauté de l'affaire. Le cheveu n'appartient ni à Julien ni à Nickie. Un autre conducteur s'est servi de la voiture.

— Ça ne nous mène nulle part, s'impatienta Carl. Ton indice peut dater de quelques semaines, même plus.

— Alain a raison, confirma Judith. Il y a eu un autre conducteur. J'ai une piste sérieuse qui nous porte à croire que ce n'est pas Julien qui était au volant de sa voiture, le dimanche de la disparition de Nickie.

Les deux hommes se tournèrent vers elle, intrigués.

— J'ai parlé à un pompiste de Sainte-Angèle. Il se rappelle avoir vu une vieille El Dorado et semble se souvenir du chauffeur, un homme plutôt âgé. Les dates correspondent.

— Un pompiste ?

— Marc-André Charrette. Il est à l'accueil actuellement, en train de signer sa déposition. Il a tout de suite reconnu Luc Gariépy quand je lui ai montré la photo. On a tout ce qu'il faut pour convaincre Leclerc de lancer un mandat d'arrestation.

Ses deux collègues restèrent sans voix. Elle marquait enfin des points.

— Ouais, tu as travaillé fort, lança Alain, admiratif. Il ne faut pas attendre. Coinçons-le cet après-midi.

— Ce soir, ce serait encore mieux, imposa Judith. On le coffre à l'entrée du Grand Salon à l'UQTR, juste avant sa cérémonie de nomination.

— Quelle cérémonie ? s'enquit Carl.

— Tu ne lis pas les journaux ? dit-elle en lui tendant un article du *Nouvelliste.*

— Moi, il me semble que j'attendrais plutôt après, fit timidement Alain.

— Moi aussi, renchérit Carl. Ce ne sera déjà pas facile pour lui. J'éviterais de l'humilier devant ses collègues.

— Je vous ai déjà vus moins précautionneux avec un suspect.

— C'est un « suspect », justement, lui rappela Carl. Et un homme public. Il faut y aller mollo.

— Et Nickie ? Ce n'est peut-être pas une fille connue, mais c'est quelqu'un qui est probablement en danger, si elle n'est pas déjà morte ! s'emporta Judith.

— Ou en fugue ! rétorqua Carl sur le même ton. C'est une très bonne possibilité qui n'a pas encore été éliminée.

Son collègue avait raison. Elle se calma.

— Pour le savoir, on doit interroger à notre aise ce Gariépy.

Elle mesurait le risque, mais il fallait un traitement choc pour perturber son témoin.

— On se voit à l'UQTR à 18 h 30, avant la cérémonie, trancha Judith.

— Et Julien, on le relâche ? demanda Alain.

— Sa comparution est demain matin. S'il y a lieu, on retirera nos accusations devant le juge. Pour l'instant, ça met de la pression sur le père.

Judith ramassa ses affaires et sortit rejoindre son jeune témoin à l'accueil. Elle se donna raison d'avoir tenu son bout. C'est elle qui menait cette enquête, après tout. Ce n'était pas mauvais de le rappeler aux gars de temps à autre.

***

Quand elle eut terminé, Judith reconduisit le pompiste à l'entrée puis retourna dans son bureau prendre son dossier. Elle devait se hâter si elle voulait obtenir son mandat pour ce soir. La déposition du jeune Charrette était assez convaincante pour autoriser une arrestation et faire une perquisition plus large chez Gariépy.

Avant de ranger le rapport qu'Alain lui avait remis, Judith eut le réflexe d'y jeter un dernier coup d'œil. En revoyant la photographie du cheveu, elle eut une pensée coupable pour la mèche volée à Gariépy qui était présentement dans un laboratoire privé. Judith fut prise de remords. Elle reprochait à ses collègues de ne pas jouer franc-jeu, mais de son côté elle leur dissimulait des informations. Quand ils connaîtraient l'existence du tampon hygiénique, ils lui remettraient au centuple la monnaie de sa pièce. Elle devait en glisser un mot à Denise, demain soir.

Son amie ne voulait pas qu'elle apporte du vin. Peut-être de la bière alors ? Est-ce que Denise connaissait la Buck de Tingwick ? La microbrasserie était au cœur du village, à cinq cents mètres à peine de la maison de Nickie. Mais où était Nickie Provost ?

60

Vendredi 4 septembre, 8 h 30

Judith ne se rappelait pas avoir vu Métivier dans un tel état de colère. Entourée par Carl et Alain, elle se tenait debout bien droite, les fesses serrées, pendant que leur patron allait et venait devant la grande fenêtre de son bureau.

— À quoi avez-vous pensé ? J'ai été réveillé à 6 h 30, ce matin, et je ne vous dis pas par qui. En haut, on n'est pas content et je reste poli. Il me semble que ça ne prend pas beaucoup de jugeote ! Gariépy est un homme public influent, prêt à défendre son image et sa réputation. Si on ne sait pas mener notre affaire en gens civilisés, il va nous poursuivre. Le coffrer en plein événement médiatisé ! Si vous aviez envie de passer aux nouvelles, vous êtes servis parce qu'on est partout ce matin. Dans *Le Nouvelliste, La Nouvelle,* même *La Tribune* de Sherbrooke, et pas pour les bonnes raisons !

— Ce n'était pas ça l'idée, fit Judith.

— Ah ! parce qu'il y avait une idée derrière tout ça ! Vas-y, je t'écoute.

— Comme on avait ton accord…

— Mon accord pour aller chercher un mandat, pas pour se donner en spectacle sur la place publique! la coupa Métivier en assenant un coup de poing sur la table.

Judith poursuivit en s'efforçant de garder son calme.

— J'ai décidé d'arrêter le suspect dans un moment important pour lui, question de le mettre un peu sur les nerfs. J'ai déjà eu à l'interroger. Ce n'est pas un témoin facile. Il se défile, nous manipule aisément. Je voulais le prendre dans un état de fragilité. C'est l'homme en lui que j'ai d'abord visé, pas le psychologue.

— Discrets comme vous l'avez été hier, il n'y a plus de psychologue. Même s'il est reconnu non coupable, la carrière de ce gars-là est finie. S'il décide de nous poursuivre pour atteinte à sa réputation, ça va coûter cher, très cher.

Judith n'avait jamais imaginé que Gariépy puisse être blanchi des soupçons qui pesaient contre lui. Elle mesura à quel point ses présomptions sur sa culpabilité étaient bien ancrées, trop peut-être pour mener objectivement la suite de l'enquête.

— Si vous voulez me relever de l'enquête, je ne m'y opposerai pas.

— Ah! parce que tu penses me remettre ton merdier entre les mains quand tout risque de foirer? Pas question! Vous allez finir ce que vous avez commencé. Et j'espère que vous aviez de bonnes raisons de le mettre sous les verrous. Parce que, croyez-moi, si je me retrouve dans l'eau chaude, je ne serai pas le seul à me faire ébouillanter.

Les trois policiers quittèrent piteusement le bureau sous l'œil inquiet de Christiane, la réceptionniste. Il valait mieux attendre un peu avant de les informer que l'avocat de Luc Gariépy était arrivé.

***

Maître Gilbert Lavigne avait eu tout le temps nécessaire pour s'entretenir avec son client. Il avait avisé les policiers que Luc Gariépy avait décidé de plaider coupable aux accusations d'actes de négligence criminelle qui seraient probablement retenues contre lui. Son client regrettait ses gestes et voulait à tout prix éviter un procès pour épargner sa famille. Pour cela, il était prêt à sacrifier ce qui lui restait de carrière.

Judith n'en crut pas un mot. Tout ce scénario sentait l'invention à plein nez. Pour garder une distance critique, elle avait confié le premier interrogatoire à Carl. Il y avait vu une preuve de confiance.

Judith se tenait debout derrière le miroir sans tain et observait son collègue, assis posément en face du suspect. Alain Dessureaux pénétra dans la salle d'interrogatoire avec le café. Luc Gariépy en but une gorgée. Puis il prit une grande inspiration, se redressa sur sa chaise et fixa Carl dans les yeux.

« Trop calculé, évalua Judith qui trépignait sur place. Il vise quelque chose. »

— Si j'avais pu l'en empêcher, je l'aurais fait, commença Luc. Je vous jure que…

Sa voix s'étrangla. De l'endroit où Judith était postée, la scène n'était pas crédible, mais en voyant la réaction de Carl, elle comprit que le psychologue avait réussi à mystifier son interlocuteur.

— Je me suis rendu à Deschaillons, le dimanche soir du 23 août, parce que Nickie Provost m'avait lancé un appel de détresse. Quand je suis arrivé sur les lieux, j'ai retrouvé ses vêtements au bord du fleuve. Elle ne m'avait pas attendu comme je le lui avais demandé. Elle était… passée à l'acte.

« Laisse-le parler. Il va finir par se pendre avec sa propre corde. »

Carl sembla capter le message de Judith. Il résista à la perche que lui tendait le suspect. Luc Gariépy poursuivit.

— J'ai croisé Nickie Provost une seule fois, en février dernier, lors d'une conférence au cégep de Trois-Rivières. Elle a insisté pour devenir ma patiente, mais j'ai refusé. J'étais en train de réduire ma clientèle en vue de prendre ma retraite. Elle m'a harcelé à plusieurs reprises. C'était quelqu'un d'obsessif, de déséquilibré. J'ai essayé par tous les moyens de la convaincre de consulter un de mes collègues, mais elle refusait.

— Vous n'avez pas pensé en avertir la police, pour sa propre sécurité ou la vôtre ? attaqua enfin Carl.

— Je ne savais rien d'elle. Elle utilisait un faux nom… Justine… téléphonait à partir de cabines téléphoniques.

— Pourquoi être allé la rejoindre, alors que les autres fois vous l'aviez simplement ignorée ?

— C'est la première fois qu'elle me parlait ouvertement de suicide. Qu'elle en parlait sérieusement.

— Comment avez-vous pu en être si certain ?

— Elle m'a expliqué son plan très froidement, calmement. Elle avait déjà pris sa décision.

— Pourquoi ne pas avoir envoyé des secours sur les lieux ?

— J'aurais dû. Mais j'ai voulu la protéger. Elle m'avait confié avoir une serre hydroponique dans son chalet. Une plantation de pot. J'ai pensé que c'était préférable d'agir seul. Je croyais réussir à la dissuader de commettre le pire et la convaincre de me suivre à l'hôpital.

— Quand vous avez vu ses affaires au bord de l'eau, vous n'avez pas pensé à déclarer sa disparition ?

— Ça aurait donné quoi ? Il était trop tard, de toute façon. Je me suis senti tellement inutile, tellement coupable de ne pas être arrivé plus tôt, que je suis allé me cacher chez moi.

Carl ne semblait plus trop savoir dans quelle direction poursuivre l'interrogatoire. Il proposa une courte pause et quitta la salle. Judith le rejoignit.

— Une vraie couleuvre. Je pense le tenir, puis il me file entre les doigts.

— Tu l'as bien réchauffé, le rassura-t-elle.

— Tu le veux ou je continue de le travailler ?

— Je vais m'essayer.

***

Quinze minutes plus tard, Judith avait réussi à impatienter Gariépy avec les mêmes questions que Carl lui avait adressées. Elle sentit son suspect se détendre. « Il relâche sa garde. Il est convaincu que la police n'a rien de plus contre lui. C'est le moment de passer en mode attaque. »

— Vous dites vous être rendu à Deschaillons vers 23 h 30 et être revenu une heure et demie plus tard, fit Judith en feuilletant son carnet de notes.

— Exact, soupira Luc d'un air ennuyé.

— Avec la voiture de votre fils ?

— Ma femme n'était pas rentrée. Je n'ai pas voulu réveiller Julien. J'ai pris ses clés. Il y a toujours un trousseau accroché dans la cuisine.

— Julien dormait.

— Oui, Julien dormait.

— Vous l'avez vu endormi dans son lit ?

Le suspect hésita.

— Pas exactement, mais je suis certain qu'il est resté dans sa chambre. Il ne pouvait pas aller loin, c'est moi qui avais sa voiture.

Judith laissa tomber son carnet et appuya ses mains jointes sur la table. Elle offrit à Luc un sourire compréhensif.

— M. Gariépy, vous qui êtes un psychologue de grande expérience, diriez-vous qu'un bon père aurait tendance à mentir à la police pour protéger son enfant ?

— C'est probablement ce que la majorité des parents feraient.

— C'est ce que vous avez fait la première fois que je vous ai rencontré. Vous avez affirmé que la voiture de Julien n'avait pas bougé de l'entrée.

— Je voulais le protéger, en effet, en dissipant les soupçons qui pouvaient peser sur lui.

— Le protéger lui ou « vous » protéger ? Vous aviez la preuve qu'il n'avait pas pu prendre la voiture. Vous avez gardé le silence... Je n'appelle plus ça de la protection, mais de l'incrimination.

— Vous m'attaquez, sergente Allison ? Si j'étais vous, je m'en tiendrais aux questions. Les accusations viendront plus tard, s'il y a motif à accusation, bien sûr, ce dont je suis de moins en moins certain.

Judith lui sourit et se reprit.

— Vous avez raison, monsieur Gariépy. Je vais me concentrer sur les questions. En fait, je n'en ai qu'une seule : pourquoi ?

Judith s'appuya de nouveau sur la petite table qui la séparait du suspect et s'avança légèrement vers lui pour le défier. Ce dernier ne broncha pas et accueillit sa requête avec le même sourire stoïque qu'il arborait depuis la dernière demi-heure.

— J'aimerais que vous m'expliquiez pourquoi un homme qui prétend agir en bon père de famille a laissé son fils croupir deux nuits en prison sans accourir au poste pour faire la déclaration qu'il dépose aujourd'hui ?

Luc fixa Judith avec intensité. Elle reconnut aussitôt l'homme qui l'avait terrorisée la semaine dernière. Cette fois-ci, elle ne pouvait se lever et éviter son regard. Elle devait l'affronter.

— Ce sont des choses difficiles à comprendre pour quelqu'un qui n'a pas d'enfants, dit-il en posant doucement les yeux sur son ventre plat. Aimer son enfant, c'est aussi, parfois, savoir le laisser à sa souffrance. C'est l'histoire de la chenille. Elle ne peut devenir un papillon qu'à la condition de briser elle-même son cocon.

— J'ai une autre hypothèse, si vous me permettez, dit Judith.

L'interrogatoire prenait la tournure d'une joute et cela sembla amuser Gariépy.

— J'adore les psychologues en herbe, surtout quand je suis le sujet d'étude et que mon analyste est une jeune et belle femme, fit-il en la gratifiant de son plus beau sourire.

— Ma version, le coupa Judith, c'est plutôt que vous ne vous faites absolument aucun souci pour votre fils, encore moins pour votre femme, parce que votre petite personne occupe déjà toute la place. Mais vous avez peur. C'est la peur qui vous fait agir. Vous passez aux aveux, non pas pour protéger qui que ce soit, mais pour sauver vos fesses. Sans le témoignage du pompiste qui vous a reconnu au volant de la Cadillac, vous n'auriez jamais levé le petit doigt pour disculper Julien. Ce que je vois devant moi, c'est un père qui, hier, était prêt à sacrifier son propre enfant pour sauver sa carrière.

Et mon intuition me dit que c'est sûrement plus que votre titre honorifique qui est en jeu ici.

— Bravo ! la félicita Luc. Vous avez un véritable talent oratoire. Que faites-vous dans la police ? Vous auriez dû être avocate, comme le grand John Allison.

En entendant le nom de son père dans la bouche de Gariépy, Judith se raidit.

— Nous parlons de vous, pas de moi.

Judith mit fin à l'interrogatoire. Dès qu'elle sortit de la salle, elle fut interpellée par maître Lavigne.

— Est-ce que cette comédie est bientôt terminée ? Je ne vois pas tellement quelle accusation vous allez être en droit de porter. Mon client a tenté de porter secours à une jeune femme qui s'est enlevé la vie. Du point de vue criminel, à moins que vous n'ayez une carte dans votre poche...

— On va garder monsieur Gariépy avec nous. Quand il passera devant le juge demain matin, j'aurai en main le rapport d'analyse d'une preuve qui risque de l'incriminer.

— Une preuve ? Quelle preuve ? On ne m'a parlé de rien.

Judith poursuivit sur le même ton autoritaire.

— On doit aussi attendre les résultats de la perquisition qui sera menée chez lui cet après-midi. On devrait obtenir le mandat d'ici quelques heures.

L'avocat sourit.

— Il n'y aura pas de perquisition. J'ai obtenu la suspension des procédures de la part de votre patron. Tant que vous n'aurez pas de soupçons plus étoffés contre mon client, vous ne pourrez pas débarquer chez lui au vu et au su des voisins. Ça porterait atteinte à sa réputation. Deux gaffes dans la même semaine, ce ne serait pas très bon dans votre dossier, sergente Allison.

— Je vais en discuter avec mon capitaine, rétorqua Judith, inquiète.

— Vous pouvez essayer, mais disons que c'est déjà tout discuté.

Judith se dirigea rapidement vers son bureau. Au passage, elle donna quelques brèves directives à Carl. Ils pouvaient recommander à la Couronne de laisser tomber les accusations contre le fils, mais pas question de libérer le père. Son collègue voulut la questionner sur la nature des « preuves à venir » qu'elle avait mentionnées durant l'interrogatoire, mais Judith coupa court à leur entretien. Elle était trop en colère pour discuter. Métivier lui mettait encore des bâtons dans les roues au lieu de la soutenir comme l'aurait fait tout supérieur sensé, surtout à ce stade de l'enquête. Ils étaient à deux doigts de trouver le responsable de la disparition de Nickie.

Gariépy n'était pas net dans cette histoire. Il couvrait quelqu'un ou quelque chose. Durant l'interrogatoire, il avait mis trop d'énergie à détourner l'attention, à contrôler le ton de la discussion, à chercher à la troubler. Pourquoi ? La réponse était dans le mobile. Qu'avait-il à perdre, à gagner ou à cacher dans cette affaire ? Si elle arrivait à soulever le voile sur ses intentions, toute la scène de l'enquête s'éclaircirait. Ce n'était pas le moment de lâcher. Ce soir, au souper, avec l'ADN révélé par le tampon hygiénique, Denise lui apporterait la preuve que Nickie Provost s'était retrouvée dans le bureau de Luc Gariépy quelques heures seulement avant sa disparition. Elle pourrait alors coincer le psychologue avec son faux témoignage et obtenir des aveux. Elle chassa les derniers restes d'apitoiement qui l'avaient envahie après le sermon de Métivier et vérifia que ses clés étaient bien dans la poche de sa veste.

En sortant de son bureau, elle vit les policiers amener Luc Gariépy au bloc cellulaire. Elle fit marche arrière pour ne pas le croiser. Des cris lui parvinrent de l'autre bout du corridor. Elle reconnut la voix de fausset de Julien qu'on escortait au palais de justice. Personne ne s'était préoccupé d'éviter le face-à-face explosif qui était en train de se produire. Judith se replia dans son bureau. Elle s'immobilisa, ferma les yeux et prêta l'oreille au drame qui se jouait à quelques mètres d'elle.

— T'es plus mon père ! Arrête de me regarder, tes yeux me salissent. Si je te crache pas dessus, c'est juste parce que t'es trop loin. T'es rien qu'un lâche. Moi aussi, je vais la faire ma valise. Tu me reverras plus jamais. Jamais ! Pour moi, t'existes même plus.

Le brouhaha, ponctué par les invectives des policiers, s'estompa. Judith fut surprise du silence de Luc Gariépy. Probablement une autre de ses fameuses techniques de gestion de crise. Comment pouvait-il rester impassible alors qu'il s'agissait de son propre enfant ? Julien lui en voulait et cela dépassait l'agressivité commune à tout adolescent. Pourquoi ?

Judith sortit de sa cache et passa en vitesse devant le bureau de Métivier. Du coin de l'œil, elle vit son chef se lever pour l'intercepter. Elle hâta le pas. Les portes battantes se refermèrent sur l'appel de son nom qu'elle fit mine de ne pas entendre.

Dehors, elle croisa Julien escorté par deux agents qui attendaient l'arrivée de la voiture de patrouille. Il lui jeta un regard accusateur. Judith ne put résister à l'envie de lui transmettre le message dont Jocelyne l'avait chargée.

— Quoi que tu puisses penser, ta mère t'aime, Julien. Elle tient à ce que tu le saches.

— C'est elle, la maudite chienne qui m'a dénoncé aux bœufs ? C'est ça ?

Judith n'eut pas le temps de répliquer. Déjà on le menait au palais de justice où, elle en était certaine, il serait libéré. Pourquoi tant de colère contre ses parents ?

61

Vendredi 4 septembre, midi

Judith pénétra dans le petit chalet de Deschaillons. Pour revoir le déroulement de la scène que Luc Gariépy avait tenté de leur faire avaler, elle avait besoin de se replonger dans ce dernier lieu connu où la présence de Nickie avait été signalée. C'était ridicule. Les ombres ne lui apprendraient rien de plus. Tout avait déjà été ratissé par l'équipe scientifique.

En traversant la cuisine d'été, Judith fut saisie à la gorge par une odeur de putréfaction. La puanteur provenait du réfrigérateur que quelqu'un avait débranché. Elle prit un sac qui traînait et, avec des gestes rapides, y jeta tout ce qui lui tombait sous la main : du fromage durci, des sacs de viande qui avaient viré au vert, un bout de concombre tout ramolli, un reste de pain moisi. Elle brancha la fiche. Le bruit de l'appareil électrique la fit sursauter. Il ronronnait curieusement. C'était un vieux General Electric blanc aux formes arrondies. L'humidité était prenante.

Judith examina les quelques photos épinglées au mur d'une des chambres. Elle s'arrêta sur un portrait de Marie-Paule avec Réjean et les deux filles. La famille semblait unie. Nickie n'avait pas plus de deux ans et sa sœur, quatre. La photo avait été prise sur la petite plage derrière le chalet. En regardant par la fenêtre, Judith pouvait apercevoir le même paysage. Lui seul n'avait pas changé. Elle sortit. Elle avait besoin d'une bouffée d'air frais. La maison aussi. Elle laissa la porte arrière entrouverte et se posta sur la petite galerie de façon à faire face au fleuve.

Le Saint-Laurent scintillait. Les éclats de soleil qui perçaient l'eau étaient si ardents qu'elle dut plisser les yeux. Comment tant de beauté pouvait-elle dissimuler un cimetière marin ? Quelque part dans sa profondeur, le fleuve retenait peut-être celle qu'elle cherchait et combien d'autres encore. Des corps oubliés, ensevelis, décomposés par l'œuvre de l'eau et du temps. Était-ce le sort réservé à Nickie ? Comment Gariépy avait-il pu omettre de déclarer le suicide à la police ? S'il l'avait signalé, les plongeurs et les chiens auraient eu plus de chance de retrouver le corps. À moins que le psychologue n'ait justement souhaité mettre du temps entre lui et la découverte de la dépouille.

Si Nickie s'était vraiment jetée à l'eau, comme il l'affirmait, son corps aurait déjà refait surface. Qu'est-ce qui la retenait au fond ? Des branches d'arbre ? Toutes les rives avaient été inspectées, de Deschaillons à Sainte-Croix. Une roche à son pied ? Les plongeurs l'auraient alors découverte près de la berge. Plus le temps avançait, moins la thèse du suicide par noyade était plausible. Cela faisait déjà treize jours qu'on était sans nouvelles de la jeune fille.

Et si la disparue était retenue quelque part, empêchée de communiquer avec ses proches. Pour la première fois, l'enquêtrice envisagea cette option.

Le regard de Judith fut attiré par le vieux cabanon à l'extrémité de la cour. Sa proximité avec la maison voisine laissait croire qu'il était situé en dehors de la propriété des Provost. Mais les vieux bardeaux du toit étaient comme ceux de la cuisine d'été du chalet. Les deux constructions avaient le même âge.

Judith s'approcha de la remise. Sa toiture à moitié défoncée ployait sous le poids des lourdes branches d'un gros sapin. En raison de l'inclinaison du mur avant, la porte était coincée. Judith prit son élan et la poussa d'un solide coup de pied. L'idée que la police technique n'ait pas fouillé le lieu l'excita.

Son premier tour d'horizon la déçut. Dans la partie gauche du réduit, une vieille tondeuse et deux râteaux étaient couverts de toiles d'araignée. Ces instruments semblaient ne pas avoir quitté leur place depuis des années. Par contre, dans l'étroit passage entre la porte et la fenêtre du fond, les minces fils avaient été rompus. Quelqu'un s'était faufilé récemment dans le petit chemin que Judith emprunta avec précaution. Sur sa droite, d'étroites tablettes étaient fixées au mur. Des couvercles de pots de nourriture pour bébé contenant des clous et des vis y étaient rivés.

Judith se concentra sur le tableau immobile qui s'offrait à elle. Un léger désordre jurait avec le classement rigoureux de cette remise. Sur le large rebord de la fenêtre, deux tournevis non rangés traînaient, alors que la place qui leur revenait se trouvait sur la tablette du bas, dans le coffre de bois, avec les autres outils. À quoi avaient-ils servi ? Judith regarda autour d'elle. Rien ne lui apparut. Elle décida de retourner à la voiture pour prendre des sacs stériles d'échantillons en vue d'y consigner les outils. Malgré l'exiguïté des lieux, elle fit un tour sur elle-même. C'est là qu'elle la vit. Une « cannisse » de tabac « Fabrique Davidson ». Une antiquité qui ferait la joie de son père ! Oubliant toute précaution,

Judith se hissa sur la pointe des pieds et s'empara de l'objet posé sur le cadre supérieur de la porte. La vieille boîte de fer-blanc était parfaitement conservée.

Judith fut étonnée par son poids. Elle tenta de dévisser le couvercle, mais il lui résista. Par réflexe, elle chercha un outil pour s'aider et se vit tendre le bras vers un des tournevis. Judith se figea sur place. Elle posa la boîte en métal comme s'il se fût agi d'une bombe, délicatement, sur le bord de la fenêtre. Les tournevis avaient servi à l'ouvrir. En y regardant de plus près, Judith remarqua une encoche fraîche sur le bord du couvercle. On l'avait forcé.

62

Vendredi 4 septembre, 15 h

Dans le bureau de Métivier, la climatisation fonctionnait au maximum. Judith se leva et alla la fermer, mais cela ne réussit pas à la calmer. Son patron venait de lui apprendre qu'il avait suspendu les procédures. Il n'y aurait pas de fouilles à la résidence des Gariépy. Elle demeura debout pour l'affronter.

— Tu n'avais pas le droit de faire ça !

— J'ai tous les droits. C'est moi, le chef de police, au cas où tu l'aurais oublié.

— Et moi, la chargée de cette enquête !

— Plus maintenant, fit-il en baissant le ton.

— Qu'est-ce que tu dis ?

Métivier se balança nerveusement sur sa chaise pivotante.

— Je viens de refiler l'affaire à l'Escouade des crimes contre la personne de Québec. Bolduc est déjà en poste là-bas. Comme il connaît le dossier, c'est lui qui en hérite.

— Tu aurais pu m'en parler, dit Judith, interloquée.

La nouvelle lui scia les jambes. Elle s'effondra sur sa chaise. Comment avait-il pu lui faire cet affront ?

— J'ai déjà trop attendu, se justifia Métivier. J'aurais dû le faire bien avant. Deux semaines déjà et on ne sait rien de la fille. Suicidée, tuée, cachée, en fugue ? On n'a ni victime, ni arme, ni suspect sérieux.

— Je viens de trouver d'autres preuves contre Luc Gariépy !

Judith sortit la boîte de métal de son sac et en répandit le contenu sur le bureau encombré.

— Des reçus du psychologue faits au nom de Marie-Paule Provost, poursuivit-elle. Elle a été cliente de Gariépy de 1986 à 1987, si je me fie aux dates. Ça commence à sentir mauvais, tu ne trouves pas ?

— Je ne sens plus rien du tout. Je n'ai pas le choix. On n'a pas les moyens d'étirer ça plus longtemps.

— Laisse-moi interroger Gariépy une dernière fois, le supplia-t-elle.

Métivier baissa la tête pour ne pas croiser son regard. Judith explosa.

— Non ! Tu ne l'as pas laissé aller ?

— J'ai subi des pressions, avoua-t-il. Sa comparution a été devancée. On l'a relâché. On n'avait rien de substantiel pour le retenir et tu le sais.

Le feu monta au front de Judith.

— Et ça ? Ce n'est pas assez substantiel pour toi ! fit-elle en montrant les reçus.

Elle se rendit compte qu'elle gueulait. Elle imagina la face ahurie de ses collègues aux aguets derrière la porte close. Quand Christiane Landry lui avait dit que Métivier voulait la voir sans faute, toutes les têtes s'étaient tournées vers elle. Tout le monde était au courant. Elle était la dernière à apprendre sa destitution.

— Communique avec Bolduc, reprit Métivier en s'éclaircissant la voix. Je me suis entendu avec lui pour que tu puisses lui transmettre toute information qui fera avancer l'enquête. Mais à partir de tout de suite, c'est lui qui mène l'affaire.

Judith serra les poings et lutta contre l'envie de lui sauter au visage.

— Tu peux te consoler. Même si la police n'arrive pas à le coincer, l'ordre professionnel des psychologues a déjà lancé sa propre enquête.

Cette remarque de Métivier piqua Judith au vif. Gariépy méritait mieux qu'une simple réprimande de ses pairs. Elle tourna les talons.

— Tu vas où ?

— Me coucher ! Jusqu'à mardi au moins. J'ai beaucoup d'heures supplémentaires à reprendre.

Elle sortit en claquant la porte avec plus de force qu'elle n'avait eu l'intention de le faire. Elle traversa d'un pas rapide le couloir qui menait à la sortie sans se soucier d'essuyer ses larmes de rage.

63

Vendredi 4 septembre, 16 h 55

Luc Gariépy avait froid. Une odeur de sang caillé lui parvenait de la chambre adjacente, là où les carcasses des bêtes étaient entreposées. Martial avait accepté de fermer sa boucherie plus tôt. Les quelques clients qui s'approvisionnaient à sa bergerie le vendredi soir étaient déjà passés faire leurs emplettes. Des gens de l'extérieur, surtout. La clientèle locale de Saint-Grégoire boudait l'agneau et son prix trop élevé.

Pour la séance de thérapie, Luc avait, comme d'habitude, installé deux chaises derrière le comptoir. Il jeta discrètement un regard sur sa montre. Son patient ne le vit pas faire. Les aiguilles de sa Rolex indiquaient 17 h. Il entendait l'homme parler à voix basse, les yeux cloués au sol par la honte, mais il ne l'écoutait pas. Il connaissait son discours. Toujours le même. Il ne put s'empêcher de réprimer le bâillement qui le tenaillait. Plus que cinq minutes et cette ridicule consultation serait terminée. En tant que psychologue, il inciterait une fois de plus Martial à se rendre à Montréal pour affronter ses démons en se tenant pendant des heures dehors, devant le Casino. Et comme chaque fois, le pauvre boucher craquerait et lui reviendrait plus démoli qu'à la séance précédente. Des années de jeu compulsif lui avaient déjà ravi sa famille, ses enfants, et menaçaient à présent de lui faire perdre tout ce qui lui restait: sa petite fermette et sa boucherie artisanale qui faisait la fierté de la Corporation de développement touristique de Bécancour. Le troupeau d'agneaux bios qu'il possédait raflait tous les prix provinciaux. Pour Luc, ce n'étaient que des moutons qu'il serait obligé de nourrir soir et matin durant la fin de semaine. C'était la condition qu'il avait été contraint d'accepter pour éloigner le producteur et profiter une dernière fois de son précieux refuge.

Leur rencontre terminée, les deux hommes traversèrent le chemin Leblanc et se rendirent à pied à la bergerie dont les bâtiments avaient été érigés à un kilomètre du chemin. Le producteur lui avait déjà expliqué avoir acheté cette ferme en raison de la tranquillité de l'étable. À l'intérieur du bâtiment, comme dans les prairies derrière, ses moutons étaient protégés du bruit des voitures. La petite habitation adjacente avait été la sienne pendant vingt ans. Il y avait élevé ses enfants, mais avait dû se résoudre à la louer pour rembourser ses dettes de jeu. Depuis quatre ans déjà, Luc avait conclu une entente parfaite avec lui: hébergement contre thérapie. Comme le berger vivait seul, il s'était aménagé un petit logement dans l'arrière-boutique de sa boucherie. Il s'en contentait, du moins pour le moment, jusqu'à ce qu'il guérisse de sa compulsion du jeu.

Après que le pauvre homme lui eut donné toutes les instructions pour le bon soin de ses bêtes, Luc le regarda s'éloigner avec soulagement. Il serait enfin seul, toute la fin de semaine. Personne ne viendrait le déranger. Mais il irait dormir à la maison. Jocelyne avait besoin d'être rassurée. Son arrestation l'avait troublée, celle de Julien encore plus. Les calmants la détendraient. Quant à Julien, il s'emmurerait dans sa chambre ou irait se geler avec ses copains. Tant pis. Il devait s'occuper de lui-même d'abord. « Comme dans les avions », se prit-il à penser. Le masque à oxygène pour l'adulte en premier, et pour l'enfant ensuite.

Il était surtout préoccupé par sa carrière. Allait-on porter des accusations contre lui ? Les autorités l'avaient libéré sans même l'assigner à résidence. On n'avait rien de sérieux à lui reprocher. Pas encore. Il avait été prudent. Pourquoi ne réussirait-il pas à les berner encore ? Il y a vingt ans, il leur avait facilement filé entre les doigts. Mais la petite Allison semblait futée. Il se méfiait de la façon dont ses yeux disaient une chose pendant que son discours en racontait une autre. Il n'aimait pas être ébranlé, encore moins par une femme. Il les préférait soumises, passives, parfois même, inertes. Il n'arrivait pas à imaginer cette belle enquêtrice dans ses draps. Cela l'irrita. Il avait pourtant le fantasme facile. Rien ne l'excitait davantage que l'accueil total que le corps de l'autre pouvait lui offrir. Se dissoudre, plonger au plus profond du corps féminin était le seul baume à sa cuisante solitude. Peu de femmes savaient s'abandonner à ce point. Allison était une coquille fermée qui cachait ses perles. Il l'avait tout de suite senti. Elle attaquait la première pour mieux se protéger, pour ne pas souffrir. Elle se privait du meilleur. Avec son expérience, il aurait pu l'aider à surmonter ses résistances. Comme il avait réussi avec tant d'autres. « Tant pis, qu'elle sèche ! Avec l'âge, elle rejoindra la Cormier. C'est tout ce qu'elle mérite », songea-t-il avec mépris.

Et puis, il n'avait plus réellement besoin d'autres femmes dans sa vie. Un ange était apparu sur son chemin et lui avait offert l'occasion d'aller plus loin qu'il ne se l'était jamais permis. Elle avait chassé toutes les autres. L'élue, la choisie, celle avec qui il s'était rendu à quelques reprises déjà jusqu'aux portes du ciel. Cet absolu avait-il une limite ? Il espéra que non. L'idée de devoir renoncer au plaisir extrême, qu'il avait redécouvert après tant d'années, lui était plus douloureuse que tout.

Il ouvrit et pénétra dans la cuisine de la petite maison de pierre. Il grignota un bout de sandwich au jambon vite fait et se mit au travail.

64

Vendredi 4 septembre, 17 h 15

En sortant du bureau de Métivier, Judith s'était mise en route vers Trois-Rivières. Depuis une demi-heure, elle était stationnée à Saint-Wenceslas, dans la cour arrière de l'église. Elle écrasa son gobelet de mauvais café et le laissa tomber par terre. Une revanche bien mince pour toute la tristesse qui l'envahissait. Puis elle ragea contre Denise. Pourquoi avoir accepté ce souper ? Elle se verrait obligée de replonger dans l'enquête. À quoi cela servirait-il ? Elle avait été *dismissed.* L'affaire transférée à la Sûreté du Québec. Elle donna subitement un coup sur son volant. Elle avait oublié de passer à la microbrasserie.

Son cellulaire sonna. L'afficheur indiquait un numéro qu'elle ne connaissait pas. Après avoir hésité un moment, elle décrocha.

— Sergent Allison ?

Une voix d'homme qu'elle ne reconnut pas sur le coup.

— C'est Réjean Dubé, le père d'Alexandra.

« Et de Nickie. Il l'a déjà enterrée », pensa Judith avec horreur.

— Ça va ?

— Pas si mal. Je suis à l'hôpital. La petite est sortie des soins intensifs. Vous vouliez que je vous tienne au courant.

Elle se rappela lui en avoir fait mention. Elle se gronda de ne pas être allée aux nouvelles plus tôt.

— Alexandra va bien ?

— Elle nous revient. Il n'y a pas apparence de séquelles. Mais les brûlures mettent du temps à guérir.

— Elle va s'en sortir.

— Je la ramène à la résidence demain.

— Je passerai la voir.

— Je lui ferai le message.

— Il vaut mieux ne rien lui dire. Éviter de l'inquiéter.

— Si vous le dites. Bon, j'y retourne. Bonne soirée.

Il était sobre. C'était la première fois que Judith discutait avec lui alors qu'il n'était pas ivre. Elle regretta aussitôt de lui avoir menti. L'entrevue avec Alexandra allait devoir attendre.

Elle démarra et s'engagea vers la 955 Nord en direction de Trois-Rivières. Elle vérifia l'état de sa chemise sous ses aisselles. L'acrylique la faisait transpirer. Elle s'en voulut de ne pas être passée à la maison pour se changer. Affronter son père avait été au-dessus de ses forces. Il l'aurait questionnée sur sa mauvaise mine. Comment lui expliquer qu'on lui avait retiré l'enquête ? Et Denise ? Ce n'est qu'à elle qu'elle pourrait se confier. Une femme qui avait surmonté les mêmes embûches. Oui, Denise la comprendrait. Son besoin de parler avec quelqu'un lui fit soudain très mal. Elle appuya sur l'accélérateur.

65

Vendredi 4 septembre, 18 h

Tout était en place. L'eau débordait doucement de l'auge à bétail que Luc avait installée dans un coin de l'étable. Il contempla le bassin avec une certaine tristesse. Il regrettait d'avoir à se débarrasser de Nickie comme il avait été contraint de le faire avec d'autres. Mais il fallait effacer les dernières traces. Tout mettre en veilleuse jusqu'à ce que les gens oublient de nouveau. Il la rendrait au fleuve, là où chacun croyait qu'elle s'était jetée. Aurait-il encore la santé, la virilité nécessaire pour recommencer avec une autre ? Comment imaginer sa vie sans ces moments d'extase ? Nickie était venue à lui, s'était ouverte, offerte si facilement. Il ne pouvait rien regretter. Que d'avoir à mettre fin à sa vie pour sauver la sienne. Tout le monde s'accommodait déjà de sa mort. Il n'allait que confirmer ce qui était déjà. Et puis, personne ne méritait cet ange.

Le grand jeu qu'il s'apprêtait à officier allait être le dernier d'une longue série. Il songea une dernière fois à la possibilité de garder sa protégée ici, à Saint-Grégoire, bien cachée, à l'abri des regards, comme il le faisait depuis deux semaines déjà. Non. C'était beaucoup trop risqué. Même si la cave de la maison était un lieu sûr, Martial pourrait finir par avoir des doutes. Il devait la sacrifier, mais pas avant dimanche. Il profiterait de sa longue fin de semaine pour s'offrir un ultime voyage au pays des bergers.

Luc examina les lieux et se laissa pénétrer par l'ambiance du décor: deux bottes de foin en guise de rocher, la poutre centrale tenant lieu d'arbre. Cela ne l'excita pas autant que le sous-bois près du ruisseau tout au bout de la terre où il avait pris l'habitude de jouer avec d'autres partenaires. L'odeur du pâturage, le soleil sur sa peau, la caresse du vent sur ses couilles, tout cela lui faisait défaut dans cet espace humide où se promenaient librement la trentaine de brebis qui constituaient le troupeau du fermier. Les murs gris et défraîchis lui rappelèrent la prison qui l'attendait si jamais on découvrait sa véritable relation avec Nickie. La colère lui grimpa dans les jambes comme mille fourmis.

Il regagna en courant la maison de pierre. L'épaisseur des vieux murs ne laissait filtrer aucun bruit. Il se déshabilla en hâte dans la cuisine en investissant chacun de ses gestes de la rage qui montait en lui. Son personnage s'était transformé. Il n'était plus le gentil berger qui entraînait dans son bestiaire les corps perdus pour les révéler, avec mille soins, à leur animalité dormante. On l'avait trahi, on lui avait menti. Elle devait payer. La punir d'abord. Qu'elle lui remette un peu de tout ce plaisir qu'il s'était évertué à lui donner. Il la prendrait sans limites, sans précautions, en se servant d'elle, en ne pensant qu'à lui, pour une fois, pour la dernière fois.

Luc jeta sur son corps velu l'une des deux peaux de mouton dont Martial lui avait fait cadeau. Il pénétra dans sa cachette et examina sa proie recluse dans l'ombre. Ses yeux éteints le fixaient. Elle était plus maigre. « Déjà », pensa-t-il. Tant mieux. Sa faiblesse la rendrait encore plus vulnérable. Il avait réussi à la briser. Le jeu pouvait commencer.

Il n'eut pas de peine à la soulever. Elle se laissa prendre. Cela le fit bander. Il devait se raisonner pour faire durer le plaisir. Elle avait soif et faim. Il lui avait laissé des provisions pour la semaine, tout juste assez pour la maintenir en vie. Ces quelques jours de jeûne la garderaient dans un état de veille, entre la réalité et le rêve. Le GHB ferait le reste. Mais elle devait rester active. Avoir peur, courir, puis céder et enfin se donner corps entier au vainqueur.

Il la transporta jusqu'à l'étable et la déposa comme un bébé sur la nappe qu'il avait étendue sur le sol de ciment. Il ouvrit son panier à pique-nique et en sortit quelques victuailles et une bonne bouteille. Nickie se redressa aussitôt et s'empiffra de brioches. Il lui tendit une cuisse de poulet. Elle agrippa son poignet et approcha la viande froide de sa bouche. Ils la déchiquetèrent ensemble à grandes bouchées. Il sentit son sexe frémir. Le jeu était déjà commencé.

***

Luc avait beau tasser les brebis, les palper une à une, il n'arrivait pas à la trouver. Où se cachait-elle ? Elle ne pouvait être bien loin. Toutes les portes étaient fermées à clé. Il examina le troupeau qui se mouvait comme une masse informe dans l'enclos intérieur. Elle était à quatre pattes elle aussi, son sexe rouge, offert, parmi ceux des autres femelles. Elle était bien dissimulée sous une peau dont il l'avait couverte. Il adorait ce jeu. Lui, l'homme, le berger nu, se frottant aux flancs chauds des moutons énervés par les coups de son bâton. Elle était là, quelque part. Il devait la trouver, la chasser, l'attraper par la peau du cou et l'enfourcher, lui debout, elle ployant sous son poids et les jets de sa semence. Et après, après seulement, il céderait sa place à l'agneau mâle, l'aidant à s'unir à la femme animale.

Un gémissement attira son attention. Une grosse femelle avait repéré l'intruse et la serrait d'un peu trop près contre le mur de l'étable. Luc s'approcha. Il put reconnaître les jambes flageolantes de sa belle sous sa couverture bouclée. D'un coup de bâton, il chassa la bête et s'approcha de Nickie. Il réussit à la coincer entre ses deux cuisses en se postant à califourchon au-dessus d'elle. Lorsqu'il voulut la saisir, la peau de mouton lui resta dans les mains. Puis il ressentit une vive douleur à la tête et vit avec effroi le plancher se rapprocher de lui.

***

Nickie regarda le grand corps nu effondré au milieu du troupeau. Elle relança au loin l'agnelet amoché dont elle s'était servie pour frapper. Elle avait une chance. Une toute petite chance de se sortir de là. Il fallait faire vite.

Toutes les issues étaient cadenassées. Elle ne savait pas où étaient cachées les clés. Il ne restait que les fenêtres. Elle s'empara de la bouteille de vin. Son pas était chancelant, mais son esprit assez clair pour mesurer le danger qui la guettait. En simulant de vider la coupe que Luc lui avait offerte, elle avait évité d'ingurgiter la médication qui avait eu raison d'elle les autres fois. Des séances semblables à celle-ci, dont elle n'avait qu'un très vague souvenir. Elle lança la bouteille dans un des carreaux. La vitre céda. Elle tenta d'enlever les morceaux coincés, sans se couper. Elle força le cadrage.

Le bois était vieux et il finit par céder. Le deuxième carreau fut plus facile à enlever. Elle parvint à se hisser et à glisser son corps par la petite ouverture de la fenêtre. Quand elle atterrit dans l'herbe mouillée par la rosée, elle entendit la porte de l'étable claquer. Il était revenu à lui. Il la cherchait. Il allait la tuer. Elle le savait. Elle allait mourir. Elle ferma les yeux et sentit l'urine chaude lui couler dessus comme au matin de l'accident. Elle aurait dû cesser de vivre ce jour-là. Partir avec sa mère. C'était une erreur. La vie s'était trompée de cible. Marie-Paule vivante et elle morte. Les choses auraient été mieux ainsi. Elle était trop jeune pour s'occuper d'Alexandra. Tous ceux qu'elle aimait mouraient. Elle devait disparaître. Elle tourna la tête à droite, regarda la mort en face et la laissa s'approcher. Un homme nu qu'elle ne reconnaissait plus, avec une lampe de poche à la main.

66

Vendredi 4 septembre, 19 h

Judith était ivre. Elle avait bu trop vite et rien mangé encore. Les effluves de cari, de cumin et de cannelle emplissaient l'appartement.

— Pendant que ça cuit, on va continuer de savourer tranquillement notre apéro. Je te mets à jour sur mes recherches tout de suite ?

Judith n'avait pas encore osé apprendre à Denise sa destitution ni le fait qu'on avait relâché Gariépy dans la nature. Elle était trop fatiguée pour se concentrer. Elle était bien comme ça, assise à se bercer sur le petit balcon, à ne penser à rien, à se faire gâter par son amie. Pourquoi parler travail ?

— En fin de soirée. J'ai vraiment besoin de décompresser.

— D'accord, concéda Denise. Mais pour te mettre en appétit, je te confirme que l'ADN sur le tampon est bien celui de Nickie Provost. J'ai même une autre belle surprise en bonus.

— Là, tu en as trop dit. Continue !

— Non, non, tu mérites une pause. Je te ressers ? fit-elle, la bouteille de Pineau des Charentes à la main.

— Merci. Je vais attendre le repas. La tête me tourne déjà.

Denise rangea l'apéritif et prit l'enveloppe sur le buffet.

— Avec toute la preuve qu'on a réussi à monter contre lui, Gariépy ne sera pas difficile à coincer.

— C'est Léo Bolduc qui va décider, lâcha Judith. J'ai perdu l'enquête et mon suspect. Gariépy dort chez lui, ce soir. S'il est incriminé, ce sera par l'Escouade des crimes.

— Je ne peux pas le croire. Les salauds ! s'insurgea Denise. Ils auraient pu te faire confiance. Avec ce qu'on a, on est capables de faire cracher des aveux à Gariépy n'importe quand.

— Peut-être qu'on devrait appeler Léo Bolduc et le mettre au courant de tes recherches, insista Judith. Je n'avais pas de scrupules à travailler dans le dos de Métivier, mais avec Bolduc j'aimerais mieux jouer franc-jeu.

— Si ce n'est plus ton enquête, je ne sais pas si je vais laisser filer mes pistes. Je ne travaille pas gratuitement.

— Moi, tu ne me factures rien ?

— Toi, ce n'est pas pareil, expliqua Denise avec une tendresse mal dissimulée.

— Tu devrais quand même remettre à Bolduc les nouvelles informations que tu viens de trouver.

— Tu vas changer d'idée en lisant le rapport de la clinique médicale.

— Quelle clinique ?

— Je te raconterai ça au dessert. Là, c'est samedi soir, il est 19 h et les grillades sont prêtes.

Judith se laissa convaincre. Après tout, ce n'était plus elle qui menait.

***

Judith repoussa son assiette et félicita Denise. La viande était délicieuse, cuite à point. Elle proposa de consulter le « bonus » de l'enquête, mais Denise se reprit à insister pour un bain aux étoiles sur le toit. Judith argumenta mollement. Elle n'avait pas son maillot avec elle.

— On n'en aura pas besoin. À cette heure-ci, il n'y a jamais personne. Je te passe une robe de chambre.

Denise disparut dans la salle de bain. Judith se résigna. Elle n'aimait pas les jacuzzis et encore moins la sensation de l'eau chaude. Peut-être que, avec la fraîcheur de la nuit, cette saucette serait moins pénible et dissiperait l'effet du vin.

Personne effectivement sur le toit de l'immeuble. En principe, l'endroit était fermé, mais Denise avait la clé. Trois petites tables de jardin et quelques chaises longues invitaient à la détente. Judith se déshabilla à la hâte et entra dans l'eau. Elle apprécia la sensation de chaleur sur son corps alors que sa tête était caressée par un vent frais. Le contraste était bon. Son malaise de se retrouver nue dans un bain avec son professeur s'envola quand cette dernière activa les bouillons. En raison de son âge, Denise devait être la plus intimidée des deux. Judith avait eu le temps de jeter un œil sur les chairs encore fermes de sa collègue. Elle s'entraînait avec rigueur, activité que Judith se reprochait d'avoir délaissée.

— Tu viens souvent ? demanda-t-elle pour dire quelque chose.

— Pas assez. Toute seule, c'est plutôt triste.

Denise se rapprocha un peu et posa sa main sur l'épaule de son amie.

— Je suis contente que tu sois là.

— Moi aussi, se sentit obligée d'ajouter Judith. Ça me fait du bien de pouvoir parler.

— Ce n'est pas facile, hein ?

— Ça va aller.

— Je comprends tout à fait ce que tu traverses.

— Une mauvaise passe.

— Tu dois apprendre à mettre ta limite. À fermer la porte aux soucis et à te détendre. Viens. Approche. Je vais te masser un peu. Tu es toute crispée.

— Ça va.

— Je te l'offre. Apprends à accepter qu'on t'aide un peu. Sinon tu ne t'en sortiras pas.

Judith se laissa guider vers la marche la plus profonde du bain, de façon à faire dos à Denise. Celle-ci serra la jeune femme entre ses cuisses et se mit à lui pétrir les épaules.

— C'est bon ?

— Ça fait du bien.

— Tu vois. Il faut juste que tu acceptes de te laisser aller, de recevoir.

Denise continua de masser Judith dans le dos avec une adresse qui la rassura. C'est vrai qu'elle était tendue, particulièrement dans le cou. Denise savait trouver ses points de tension. Son stress l'abandonna peu à peu. Elle décida de profiter du moment qui passait, ballottée entre les jets d'eau chaude et la douce brise du soir.

Elle ne vit rien venir. D'abord cette sensation étrange dans son dos. Un léger frottement qui se fit de plus en plus insistant. Les seins de Denise. Ses tétines durcies malgré la chaleur de l'eau. En continuant de la masser, elle s'était rapprochée et avait collé sa poitrine contre son dos. Judith tenta de se dégager, mais les cuisses de Denise se refermèrent davantage sur elle. Quand elle força pour se retourner, l'étau se desserra. Cela lui fit perdre pied. Elle glissa dans le fond du jacuzzi. Denise la rattrapa par les poignets.

Une expression de douleur traversait son visage.

— Tu vois ? Tu as besoin de moi. Je ne te demande pas grand-chose en retour. Je vais faire attention. N'aie pas peur.

En disant ces mots, Denise resserra sa prise. Elle ramena Judith vers elle et la força à l'embrasser.

Ce n'est que lorsqu'elle sentit la langue de Denise se frayer un passage dans sa bouche que Judith prit la mesure de ce qui était en train d'arriver. Elle était agressée. Elle se trouvait nue dans un bain, sur le toit d'un immeuble, seule, avec une femme aussi forte qu'elle. Elle devait réagir rapidement. Elle se ramollit et céda aux avances de sa compagne. Encouragée, Denise lui libéra les poignets pour laisser errer ses mains tremblantes sur tout son corps. Elle était dans une transe qui lui déformait le visage. Judith évita de la regarder. L'effet de l'eau amoindrissait la sensation bizarre d'être caressée par une femme. Cela était moins désagréable qu'elle ne l'avait craint. Mais la peur la reprit quand elle aperçut le vibrateur déposé sur une des chaises de jardin. Denise avait tout planifié. Judith était tombée dans son piège, les yeux fermés. Il n'était pas question qu'elle se fasse pénétrer par cet engin de plastique. Attaquer la première pour mettre l'ennemie K.O.

Elle dirigea sa main dans l'entrejambe de sa compagne et fit bouger ses doigts en pinçant légèrement ce qu'elle devina être son clitoris. Denise se laissa dériver sur le dos en gémissant doucement. Le stratagème fonctionnait. Son agresseur avait jeté les armes et s'offrait à elle, sans défense. Judith avait tout l'espace à présent et le temps de sortir de l'eau, d'agripper sa robe de chambre et de s'enfuir. Une fois dans l'appartement, Denise n'oserait plus rien contre elle. Elle serait clouée dans le silence de la honte.

Judith observa Denise qui râlait de plaisir. Un sentiment de pitié pour sa collègue l'empêcha d'arrêter ses caresses. Elle ne pouvait l'abandonner à sa détresse, là, maintenant. Elle saisit le godemichet et l'enfonça avec des gestes répétés dans le vagin de la baigneuse. Au bout de quelques minutes, Denise manifesta sa jouissance par un long cri rauque. Judith sortit de la piscine lentement, endossa son peignoir et disparut derrière la porte de l'escalier. Denise ne la suivrait pas. Elle avait compris qu'aucune tendresse des corps n'était possible entre elles. Elle regagna l'appartement qu'elles avaient laissé ouvert et se changea en vitesse. En prenant sa veste, elle vit l'enveloppe sur le buffet. Elle s'empara du rapport d'enquête et le glissa dans son sac avec la désagréable sensation d'avoir payé très cher ces informations.

67

Vendredi 4 septembre, 22 h 30

Quand elle s'était réveillée en fin d'après-midi, Alexandra avait d'abord cru qu'elle était encore enfant. Elle avait pensé à l'école qu'elle allait manquer et à son amie Dania qui se demanderait pourquoi elle n'était pas en classe aujourd'hui. Puis elle s'était inquiétée d'être seule. Où était sa mère ? Ce n'est que lorsqu'elle avait pensé à sa sœur que la réalité l'avait rattrapée. Tout lui était revenu d'un seul coup : la mort de Marie-Paule, sa paralysie, le roman, la disparition de Nickie, la visite de Denise Cormier et celle de Judith Allison.

On venait de lui faire passer une batterie de tests. Demain matin, son médecin lui donnerait sans doute son congé. Elle avait pris sa décision. Elle ne voulait plus retourner à la résidence. Réjean l'avait compris. Il lui avait promis de la ramener à la maison. Il lui arrangerait une chambre, agrandirait la salle de bain, aménagerait une rampe pour accéder plus facilement à la galerie. Il lui achèterait un fauteuil roulant électrique qu'elle pourrait diriger elle-même pour se promener dans les rues du village. Réjean lui avait fait miroiter une nouvelle vie. Allait-il tenir parole, cette fois ? Encore ce soir, malgré ses efforts, il n'était même pas arrivé à lui apporter ses frites chaudes. Elle avait refusé le souper de l'hôpital. Il devait lui acheter une poutine à la fromagerie Victoria, sa préférée. Elle l'avait attendu jusqu'à 22 h. Il était resté un peu, puis s'était absenté pour aller fumer. Une demi-heure déjà et il n'était pas encore revenu. Elle avait sommeil. Il était tout ce qui lui restait. Mais elle ne voulait pas tomber dans le même piège que sa mère et l'attendre toute sa vie.

Elle pensa à la promesse de Denise Cormier. Elle espéra que Luc Gariépy serait bientôt condamné à vie pour tout le mal qu'il avait fait. Elle le poursuivrait également au civil pour les dommages causés à sa famille. Les revenus de la publication du livre aux Éditions À cœur ouvert ne seraient pas négligeables non plus. Elle aurait assez de sous pour se payer une infirmière à temps plein pour le reste de sa vie dans un bel appartement de son choix. Sherbrooke. Elle pourrait enfin s'éloigner d'ici. Et pourquoi pas, s'inscrire à l'université en création littéraire. Elle voulait vivre. La fin de son coma lui avait fait mesurer combien elle tenait à ses livres et à son monde.

68

Vendredi 4 septembre, 22 h 45

Judith régla sur-le-champ. 80 $. Pas si mal pour une chambre d'hôtel. En y ajoutant les frais de taxi, sa mésaventure venait de lui coûter une centaine de dollars. Mais c'était une aubaine pour fuir les avances de Denise. Ici, au Delta de Trois-Rivières, elle pourrait dormir en paix. Par automatisme, comme son cellulaire était à plat, elle s'était rapportée au poste d'Arthabaska. On devait savoir où la joindre en tout temps. Mais elle n'était pas en état de répondre à quelque urgence que ce soit.

Sa chambre était située au onzième étage. Elle savoura le calme que l'ordre et la propreté conféraient au lieu, un espace décoré simplement mais où trônait un lit *queen* envahi de coussins et d'oreillers qui sentaient le propre. Elle pensa à Denise, à la déception et à la honte qui l'envahiraient dès qu'elle aurait repris ses esprits. Elle ne voulait pas s'imaginer de quoi serait fait leur prochain face-à-face. Demain, elle devrait se lever très tôt pour aller reprendre sa voiture sans risquer de la croiser. Elle sortit le rapport de son sac. La tête lui tournait. Elle n'avait pas le cœur d'y jeter un œil tout de suite.

Pour chasser les dernières images de son atroce souper, Judith ouvrit les grandes tentures et décida de laisser les lumières de la ville comme unique éclairage des lieux. Elle prit sa douche puis se glissa sous les couvertures et sombra presque aussitôt dans un profond sommeil.

***

Métivier frappait à la porte de son bureau, mais Judith était incapable d'aller répondre. Son fauteuil roulant était coincé. Qui avait bougé le mobilier? Pourquoi ses jambes étaient-elles mortes?

Le martèlement se fit plus insistant. Elle s'éveilla en sursaut. Une nouvelle série de coups lui confirmèrent que quelqu'un était bien là, derrière sa porte.

Judith sauta du lit, enfila la grande serviette de bain qu'elle avait utilisée plus tôt et se dirigea vers l'entrée de sa chambre.

— C'est qui?

— C'est moi.

Elle reconnut la voix de Carl et lui ouvrit.

— Qu'est-ce que tu fais ici? Il est arrivé quelque chose?

— Je viens d'être appelé d'urgence chez les Gariépy, annonça Carl. Un incendie s'est déclaré. Christiane m'a dit que je te trouverais ici. Fais ça vite, je t'attends en bas!

Judith enfila ses vêtements, prit son sac et referma derrière elle. Dans son énervement, elle oublia le rapport de Denise sur la commode de la chambre.

69

Samedi 5 septembre, 1 h

Judith et Carl arrivèrent en catastrophe sur les lieux du sinistre. Ils stationnèrent à une centaine de mètres et se frayèrent un passage parmi la foule des curieux.

Dans la partie est du 324 Berthelet, les flammes menaçaient la maison voisine. Elles avaient pris naissance au deuxième. « Dans leur chambre », eut le temps de penser Judith avant que le pompier en chef lui fasse un bref compte rendu de la situation : incendie fulgurant, d'apparence criminelle, impossibilité de pénétrer aux étages supérieurs, aucun rescapé pour l'instant.

Cela faisait déjà une bonne trentaine de minutes que les secours étaient sur les lieux. Un périmètre de sécurité avait été érigé et les pompiers tentaient de maîtriser le brasier.

Carl accourut vers Judith, essoufflé. Il connaissait bien Gilles Huot, le chef de police de Trois-Rivières. Il venait de lui communiquer l'essentiel des témoignages recueillis chez les voisins.

— On aurait entendu trois coups de feu suivis d'une déflagration, puis la fumée et les flammes.

— Trois ? s'exclama Judith.

— Trois. Ils sont cinq à confirmer trois détonations. Il fait encore chaud, les fenêtres étaient ouvertes. On peut se fier.

Judith blêmit. Trois coups de feu. Ce n'était pas tant les coups de feu qui la troublaient que le fait qu'ils soient au nombre de trois. Sur qui avait-on tiré ? La voiture de Luc Gariépy était encore dans l'entrée et une remorqueuse s'acharnait à tenter de l'éloigner pour éviter qu'elle ne s'enflamme. On avait déjà retiré celle de Julien. Qui avait été blessé ou tué ? Julien ! Luc aurait-il tué son fils avant de s'enlever la vie ? Ce drame était probable. Mais la troisième personne ? Son cœur cessa de battre. Judith se rua vers une auto-patrouille. Assise sur la banquette, elle reçut la nouvelle quelques instants plus tard comme une claque.

— Jocelyne Saint-Gelais a pris congé pour la fin de semaine. Elle a quitté la Maison Béatrice aujourd'hui, en fin de journée, l'informa d'une voix laconique la standardiste.

Trois coups de feu. La famille au complet. Un drame familial. Une scène classique. Judith imagina la nouvelle imprimée en première page du *Journal de Montréal*: un père tue sa femme et son fils puis s'enlève la vie.

Carl revint la trouver avec d'autres informations. Mais elle n'écoutait plus. Elle pensait à Jocelyne, à Julien. Deux personnes avaient péri à cause de leur négligence.

— Judith ! lui cria Carl. Réveille ! Métivier est là, il veut te voir.

Elle se tourna vers son collègue qui lui indiqua l'endroit où était posté son patron.

— Vas-y mollo. Il n'est pas tout à fait content de la tournure des évènements.

Comme une automate, Judith se leva d'un trait et se dirigea vers son supérieur. Il la regarda s'approcher et recula d'un pas. Faisait-elle si peur à voir ? Elle se campa devant lui, le fixa longuement, en silence, puis repartit sans lui adresser la parole. L'effort qu'elle avait fait pour s'empêcher de le gifler lui tordait l'estomac. Elle devait quitter l'endroit avant de faire une gaffe. La tête lui tournait. Les grillades de poulet lui remontèrent dans la gorge. Elle se dirigea derrière une voiture stationnée à l'écart et vomit son souper et le litre de vin rouge qu'elle avait avalé. Elle se sentit mieux. De l'eau. Il lui fallait de l'eau. Sa bouteille était restée dans la voiture de Carl. En s'y rendant, elle faillit être happée par une des voitures de l'équipe de la SQ qui arrivait sur les lieux. La camionnette de l'identité judiciaire les suivait de près. Ils avaient mis moins d'une heure à descendre de Québec. Bolduc fut le premier à mettre les pieds au sol.

— Qu'est-ce qui te prend, Judith ? Ce n'est pas le temps de te casser une jambe. J'ai besoin de toi. Embarque ! Tu as cinq minutes pour me *briefer*. Et arrange-toi pour que j'y comprenne quelque chose.

En essayant de camoufler sa mauvaise haleine, Judith lui raconta tout ce qu'on venait de lui apprendre.

Un homme en combinaison blanche, accompagné du chef de police, Gilles Huot, s'approcha de la voiture. Il fit signe à Bolduc. Ce dernier sortit et écouta son rapport. Judith jugea plus sage d'attendre à l'intérieur du véhicule. Elle n'était pas en état d'en apprendre davantage. Bolduc se tournait vers elle, de temps à autre, au fur et à mesure que les nouvelles lui parvenaient. Puis son regard se déplaça vers la droite, là où une ambulance s'approchait de la maison fumante. L'équipe de pompiers venait tout juste de retirer trois cadavres des débris.

Instinctivement, Judith sortit de la voiture et se signa. Bolduc la rejoignit. Il la prit par les épaules et la retourna vers lui.

— Attelle-toi, ma petite, rien n'est simple. Le premier rapport nous confirme que le couple était bien dans la chambre. La femme avait une valise à la main qu'elle n'a jamais lâchée.

— Il l'a empêchée de partir ! Elle était venue prendre ses affaires et il l'a empêchée de s'en aller ! laissa échapper d'un souffle Judith.

Bolduc déclina les autres informations lentement, en tentant de ménager la sensibilité de sa collègue.

— Ce n'est pas Luc Gariépy qui a tiré. C'est le jeune qui a été retrouvé avec la carabine et les bidons d'essence. Il aurait descendu tout le monde et mis le feu avant de s'envoyer une balle dans la tête.

— Julien ! Pourquoi ?

C'en était trop. Ils avaient laissé trois personnes se faire tuer. Julien Gariépy devait savoir que son père avait commis quelque chose d'odieux. La police n'avait pas sévi, alors il avait décidé de se faire justice lui-même puisque la justice était incapable de châtier le coupable. Et Jocelyne ? Pourquoi l'avoir abattue ? Judith se reprocha d'avoir livré le message piégé au jeune homme. Il en avait déduit que c'était sa mère qui l'avait donné à la police. À cause de cette bévue, elle avait sa part de responsabilité dans ce drame. Mais elle n'était pas la seule. Métivier n'allait pas s'en sortir aussi facilement. Judith profita de l'inattention de Bolduc, qui parlait avec les ambulanciers, pour s'esquiver. D'un pas décidé, elle se dirigea vers son patron. Métivier lui faisait dos en sirotant son café.

— Claude !

En entendant son nom, il se retourna brusquement. Judith s'empara de son gobelet, renversa la moitié du contenu par terre et éleva le bras pour lui lancer le reste du liquide à la figure. Qu'il ressente un peu les brûlures de ses victimes ! Carl, qui avait senti venir le coup, l'intercepta. Il reçut la décharge de café sur sa main.

— Tu es malade ou quoi ! hurla-t-il.

Il attira Judith à l'écart.

— Je te ramène chez vous.

Elle se laissa conduire. Cela lui fit du bien de ne plus avoir à réfléchir ni à décider quoi que ce soit. En approchant de Victoriaville, elle vit pointer les premières lueurs du jour. Cette nouvelle journée que les Gariépy ne verraient pas. Elle pensa à Jocelyne Saint-Gelais, à cette autre vie qu'elle avait dû s'imaginer loin de sa famille. Un rêve qui avait pris feu. Elle était morte pour rien. Un dommage collatéral. Judith se jura d'éclaircir cette sordide histoire. Bolduc allait l'aider. Il avait raison, rien n'était simple.

Troisième partie

70

Lundi 7 septembre, 8 h

En stationnant sa voiture, Judith fut soulagée de voir que Claude Métivier était absent. Il serait plus facile de réintégrer le travail sans avoir à lui faire face. Il ne restait qu'à espérer qu'il ne lui tiendrait pas rigueur de son comportement agressif. Menacer de lancer du café à son supérieur n'était pas exactement l'attitude qui favorisait un sain climat de travail. Métivier avait tout entre les mains pour déposer une plainte à son dossier, mais quelque chose lui disait qu'il ne le ferait pas.

Dès qu'elle la vit entrer, Christiane Landry la gratifia de son plus beau sourire. Elle portait un nouvel ensemble veste pantalon de couleur ocre qui faisait ressortir son buste proéminent.

— La fin de semaine a été bonne ? insinua Judith.

La standardiste lui avait déjà confié sa relation avec un homme marié de Montréal qu'elle voyait de temps à autre. Ces derniers mois, elle s'était plainte de son manque de disponibilité.

— On a eu un petit congrès d'affaires au Vermont, si tu vois ce que je veux dire, fit-elle sur un ton lourd de sous-entendus.

À la fin de semaine cauchemardesque qu'elle venait de vivre, Judith aurait préféré, elle aussi, une partie de jambes en l'air en bonne compagnie. Le souvenir de la baignade avec Denise dans le jacuzzi lui donna un frisson.

Son samedi et son dimanche, elle les avait passés entre le lit et la piscine, à tenter de se vider la tête. Elle s'était tenue loin des journaux et de la télévision. Malgré cela, les derniers évènements ne cessaient de la tourmenter. Tout s'était écroulé, comme un château de cartes. Il n'était plus possible de deviner le jeu que chacun tenait dans sa main. Que savait Julien de si terrible pour mettre fin à ses jours et liquider ses parents ? Que son père l'ait laissé se faire accuser à sa place était-il un mobile assez solide pour commettre ce double meurtre ? Pourquoi avoir mis le feu ?

Judith se dirigea vers son bureau. La tâche qui l'attendait lui rappela des souvenirs qu'elle aurait préféré effacer. Elle ferma la porte et examina l'enveloppe sur son bureau. L'hôtel Delta la lui avait envoyée par autobus. Judith la plaça sur sa table de travail. Elle hésita à la manipuler. Mais quand elle s'était levée, ce matin, sa décision était prise. S'il y avait un mot de Denise à l'intérieur, elle ne le lirait pas. Elle décacheta l'enveloppe et en ressortit des photocopies de différents rapports médicaux.

Carl frappa à sa porte au moment où elle avait réussi à décoder la page qu'elle tenait entre ses mains.

— Je peux entrer ? fit-il avec sa voix des bons jours.

Judith désigna la chaise devant elle.

— Tu es mieux de t'asseoir pour entendre ça.

Carl s'installa face à elle sans poser de questions. Elle lui tendit un premier relevé d'analyse sanguine.

— La semaine dernière, quand je suis retournée chez Luc Gariépy, j'ai trouvé un tampon hygiénique dans les poubelles de la salle de bain de son bureau, avoua-t-elle.

Son collègue grimaça.

— Tu as dissimulé une preuve ! Bolduc est au courant ?

Judith poursuivit en cachant mal l'excitation qui la gagnait.

— Laisse-moi finir. C'est où ça nous mène qui est intéressant. Donc, il est clair que Nickie est allée chez Gariépy quelques jours avant ou peut-être le jour même de sa disparition.

— Ça, on s'en doutait, mais ça ne prouve rien. La déposition de Gariépy selon laquelle il est arrivé trop tard à Deschaillons tient toujours le coup. Pas de cadavre, pas d'arme, pas de traces, pas d'accusation.

— Là où ça se corse, c'est lorsqu'on fouille le dossier médical de Luc Gariépy.

— Judith ! Ne me dis pas que tu as fait ça dans le dos de Bolduc ? S'il faut qu'il s'en plaigne à Métivier... Tu ne trouves pas que la côte que tu as à remonter avec lui est déjà assez à pic ?

— Tu vas adorer ça ! fit-elle en savourant sa trouvaille. Mon contact m'a refilé une information « boni ». En mai dernier, notre homme s'est présenté dans une clinique privée.

— Tu as réussi à savoir ça comment ?

— Ce n'est pas important. Ce qui compte, c'est que, au lieu d'aller chez son médecin de famille, il s'est rendu à Longueuil pour passer un test.

— Accouche ! Quel test ?

— Un test de paternité.

Elle lui tendit les résultats. L'écriture du médecin était difficile à déchiffrer.

— Positif... lut Carl. Avec l'ADN de... Justine de Serres ! Un prête-nom. Une des amies de Nickie. Celle qu'on a rencontrée au bar Le Relais de Saint-Albert. Justine a dû refiler ses cartes à sa copine. Ou se les faire voler. Nickie Provost... la fille de Luc Gariépy !

— Et de Marie-Paule Provost. Une des clientes de Gariépy à l'époque, si on se fie aux vieux reçus de consultation que j'ai trouvés vendredi dernier à Deschaillons.

— Ça commence à faire plusieurs fils qui le rattachent à la disparition de la petite. Mais on n'a jamais obtenu de mandat, Judith ! Comment tu as fait pour aller fouiller dans ses affaires ?

Le rapport de Denise était extrêmement bien documenté. Elle avait fait du zèle. « Pour me séduire », pensa Judith avec malaise. Carl s'appuya sur le bureau de Judith en la fixant droit dans les yeux.

— Écoute, Judith. On n'est pas exactement ce qu'on peut appeler des amis, toi et moi… mais je tiens beaucoup à ce qu'il ne t'arrive rien. Les informations que tu as eues — je ne sais pas comment et je ne veux pas le savoir — vont donner à Métivier la raison qu'il cherche pour t'éjecter du beau royaume des enquêtes. Si tu veux garder ta place, laisse tomber. Qu'il soit coupable ou non de la disparition de Nickie Provost, Luc Gariépy n'est plus là. On ne pourra jamais le juger et personne, pour le moment, ne veut l'actionner pour dommages post-mortem.

— On ne peut pas enterrer Nickie tant qu'on ne l'aura pas retrouvée, s'offusqua Judith.

— Ça fait deux semaines et demie. Tu sais comme moi que les chances sont minces.

— Le fleuve ne l'a pas rendue. Ça aussi, c'est étrange, non ?

— Pense à ce que je t'ai dit. Pour le café, j'ai réussi à calmer Métivier. Mais pour le reste je ne pourrai pas te couvrir. C'est Bolduc qui a hérité de l'enquête. Il va falloir que tu l'acceptes et que tu arrêtes de conduire les recherches à sa place.

Judith regarda Carl quitter son bureau. Elle pouvait compter sur lui. Il ne la trahirait pas. De toute façon, elle avait décidé de s'ouvrir à Bolduc. Elle attendait le moment. Il lui restait encore une entrevue à mener, puis elle se plierait aux directives du nouveau maître de l'enquête. Elle était à deux doigts du but, elle le sentait. Un élément encore et tout finirait par s'éclairer. Cet élément, c'était Alexandra qui le détenait. La petite Provost allait devoir lui rendre des comptes. Elle avait beau jouer la victime dans l'histoire, le temps de se mettre à table se présentait. Judith prit son ordinateur portable avec elle et enfila sa veste.

71

Lundi 7 septembre, 9 h 15

À l'entrée du centre La Rose blanche, un couple se berçait doucement dans la grande balançoire aménagée sur les quelques mètres de gazon qui tenaient lieu de parterre à l'édifice. Judith connaissait le chemin et se rendit immédiatement au deuxième étage. Après avoir frappé, elle entra dans la chambre d'Alexandra Provost. Le lit était fait et la chambre empestait le détergent. Aucune trace de la jeune fille. Judith sentit un mouvement dans son dos. Elle se tourna brusquement.

— Elle est repartie hier soir, chez son père. Enfin, si on peut appeler ça un père.

Judith examina la vieille dame qui s'adressait à elle. Son visage lui était familier.

— Vous parlez d'Alexandra Provost ?

— Elle ne m'a même pas dit au revoir. Pas un mot. Pas un seul merci. Les jeunes sont si ingrats de nos jours.

— On se connaît ?

— Vous êtes la petite Allison. On s'est croisées une fois en compagnie de ma fille Denise.

La mémoire revint d'un coup à Judith. Cette dame était la mère de Denise Cormier. Elle occupait l'appartement voisin.

— Ça fait longtemps que vous habitez ici ?

— Trop ! Le temps va être long, maintenant que la petite est partie.

Judith voulut prendre congé. Elle devait se hâter pour aller interroger Alexandra à Tingwick avant de retourner au bureau. Son absence n'était pas justifiée. Léo Bolduc chercherait à la joindre. Au moment de prendre congé de madame Cormier, il lui vint une question.

— Vous avez dit qu'Alexandra ne vous a pas remerciée. À quel sujet ?

— Pas de merci, pas d'explications, rien. Pourtant, j'en ai mis des heures. Je n'ai jamais parlé d'argent parce qu'elle m'avait quand même laissé entendre que mon nom figurerait au début du roman, dans la liste des collaboratrices. Est-ce qu'elle va tenir parole ?

— Un livre ?

Cette révélation surprit Judith.

— Vous en avez une copie ? s'informa-t-elle.

— Vous pensez ! Elle m'a promis un exemplaire lorsqu'il serait publié, c'est tout.

Judith hésita. Devait-elle exiger que Gabrièle Cormier lui en fasse un résumé ? Elle se ravisa. Alexandra dissimulait nécessairement une copie quelque part.

Judith remercia madame Cormier et regagna sa voiture. Tingwick était exactement à huit minutes de Warwick.

***

L'enquêtrice stationna devant la maison de Réjean Dubé. Sa Ford était là. Alexandra prenait le soleil sur le perron. La jeune fille blêmit en la voyant arriver.

— Salut, fit Judith en lui tendant la main.

Alexandra lui tendit la sienne en retour. Les bandages étaient enlevés et des cicatrices rouges témoignaient encore de la gravité de la brûlure qu'elle s'était infligée.

— Ça va mieux ?

Alexandra opina un « oui » incertain de la tête.

— Ton père n'est pas là ?

La jeune fille pointa la fenêtre de la chambre.

— Tu n'as pas ton portable ? s'étonna Judith.

En guise de réponse, Alexandra tourna son pouce vers le bas et montra sa main blessée.

— C'est vrai qu'avec l'eau qu'il a reçue, il ne devait pas être récupérable. Tu me donnes une minute ?

Judith sortit le sien de son sac.

— Je te pose une question et tu prends tout le temps que tu veux pour me répondre. D'accord ?

Alexandra haussa les épaules comme si ce jeu ne l'intéressait plus.

— Tu savais que ta sœur connaissait Luc Gariépy ? Toi aussi, tu le connaissais ?

Alexandra ferma les yeux.

— L'avez-vous déjà menacé ? Qu'y a-t-il dans ton livre ?

Alexandra serra les lèvres et se mit à trembler. Judith avait visé juste. Le livre. Que contenait-il de si incriminant ? Elle se fit plus insistante.

— Je suis au courant pour ton roman.

Alexandra se précipita sur l'ordinateur.

— « J'ai essayé de terminer le dernier manuscrit que ma mère a laissé inachevé à sa mort. Je n'ai pas son talent. J'ai tout effacé. »

Judith comprit tout à coup l'eau chaude, la brûlure…

— Tu as dû en conserver une copie quelque part.

— « Non. »

Judith accusa le mensonge. Comment Alexandra pouvait-elle s'être débarrassée de la dernière œuvre de Marie-Paule ? Du précieux souvenir de sa mère.

Elle tenta un ultime coup.

— Tu savais que Nickie était ta demi-sœur, n'est-ce pas ? Qu'elle était la fille de Luc Gariépy et que…

Judith n'eut pas le temps de terminer sa phrase. Réjean Dubé sortit de la maison et se rua sur elle. Judith l'évita de justesse en dévalant les trois marches de la galerie.

— Allez-vous-en ! vociféra-t-il. Vous n'avez pas d'affaire ici. Nickie, c'est MA fille ! Compris ? Que je ne vous entende plus jamais dire des cochonneries pareilles !

Judith reprit son équilibre et son aplomb. Elle grimpa sur le perron pour récupérer son ordinateur. Réjean s'interposa entre elle et Alexandra comme un animal enragé prêt à mordre.

— J'ai déjà perdu une fille, que vous n'avez même pas été capables de retrouver ! Pas question que personne s'approche de celle qui me reste.

Réjean avait l'air piteux. Il portait de nouveau son vieux chandail délavé du Rodéo Mécanic. Cette guenille devait lui servir de pyjama.

— Je pourrais vous faire arrêter pour voies de fait sur un policier, le menaça Judith.

— Facile de passer les menottes aux innocents ! gueula Réjean.

Il se mit à gesticuler dans tous les sens.

— Et lui ? Vous étiez pas capable de l'enfermer ? Maintenant qu'il est calciné, on ne saura jamais ce qu'il a fait de Nickie ! Va falloir vivre toute notre vie avec des questions dans la tête !

Alexandra commença à geindre. Cela énerva davantage Réjean Dubé.

— Si je continue de chercher, c'est pour vous permettre de trouver un peu de paix, rétorqua Judith.

Réjean s'avança vers elle en grognant.

— La paix, on va l'avoir quand vous allez nous sacrer patience.

Alexandra râlait de plus en plus fort. Réjean se tourna vers elle et tenta de la calmer.

— Je m'en vais, parce que je n'ai pas le temps de rester, annonça Judith. Mais attendez-vous à ce que je revienne. On a encore besoin de vous interroger.

En montant dans sa voiture, Judith vit Réjean glisser le fauteuil roulant à l'intérieur. Cela allait-il devenir leur nouvelle vie ? Alexandra habitant dans sa maison et Réjean s'en occupant. Cet arrangement était beaucoup plus intéressant qu'une vie sans couleurs à La Rose blanche. Elle n'osa imaginer comment l'homme réagirait en apprenant qu'il n'était pas le père biologique de Nickie Provost.

***

En se dirigeant vers Victoriaville, Judith emprunta le rang des Buttes. Elle adorait le point de vue que cette petite route offrait sur la vallée. À la hauteur des champs du Verger des Horizons, elle immobilisa sa voiture sur l'accotement. Le vent frais et les pommiers lourds de leurs fruits lui rappelèrent qu'elle était encore partie très tôt ce matin sans prendre le temps de déjeuner. Comme une écolière séduite par l'idée de faire un mauvais coup, elle enjamba la clôture et cueillit quelques pommes. Puis elle s'installa derrière son volant, la portière ouverte. Le grand air l'aida à se calmer. Elle consulta sa montre. Déjà 10 h 15. Elle vérifia rapidement ses messages. Léo Bolduc avait téléphoné.

Elle lui retourna son appel. Il répondit à la première sonnerie.

— Salut, c'est moi. Tu es où ?

— Je suis en route vers Deschaillons, dit-il. J'aimerais que tu viennes me rejoindre. J'ai la boîte de métal et les reçus avec moi. Il faudrait qu'on révise toute l'affaire ensemble. On va mieux réfléchir, sur place.

— Je suis là dans quarante-cinq minutes. J'ai du nouveau.

— J'ai hâte de t'entendre. Ça a besoin d'être intéressant, ajouta-t-il en riant.

Judith aimait Bolduc. Elle eut honte de ne lui avoir encore rien révélé au sujet du test de paternité de Gariépy. Ça ne pouvait plus attendre.

72

Lundi 7 septembre, 11 h

Quand Judith pénétra dans la petite entrée de terre du *shack* des Provost, Bolduc était déjà stationné. Il l'avait attendue avant d'inspecter les lieux. Judith reçut cela comme une marque de confiance. S'il avait pu être son chef, la vie aurait été tellement plus simple et agréable.

— Ça va ? fit-il en lui tendant un café. J'en ai pris deux en route.

— Merci, c'est gentil.

— On y va ?

À travers les herbes mouillées, Judith guida Bolduc vers la remise à quelques mètres de la maison. L'enquêteur jeta un œil attentif à l'intérieur. Judith lui indiqua où elle avait trouvé la boîte de fer-blanc.

— Nickie avait dû la changer de place récemment. Elle a ouvert le contenant, l'a refermé, l'a replacé, observa-t-il.

— D'après les reçus, c'est clair qu'elle était au courant que sa mère était une cliente de Gariépy.

— Nickie Provost est donc liée à Luc Gariépy par deux cordes : elle sortait avec son gars, Julien, et sa mère a été sa patiente il y a une vingtaine d'années. Ça va être difficile à éclaircir, un témoin est mort et l'autre disparu.

— Les fantômes laissent des traces.

Bolduc se tourna vers Judith, mi-amusé, mi-intrigué.

— Tu parles en paraboles, maintenant?

Il s'approcha d'elle et la prit par les épaules. Judith se demanda si elle devait s'inquiéter de la tournure des évènements.

— Ça me fait plaisir de poursuivre l'enquête avec toi, la rassura Bolduc. C'est même moi qui ai insisté auprès de Métivier pour qu'il te libère. Je pense que je ne me suis pas trompé. C'est ta première affaire, normal que tu prennes ça un peu trop à cœur. Mais à part ça, je pense que tu as une faculté hors du commun pour mettre les pièces du casse-tête ensemble. Alors si tu sais quelque chose que je ne sais pas, c'est le temps de me le dire.

Judith saisit l'occasion.

— La clé de l'énigme est dans le roman.

— C'est quoi, cette histoire-là? Je n'ai rien vu dans le rapport qui mentionne un livre.

— Je viens de l'apprendre. La mère de Denise Cormier corrigeait un manuscrit qu'Alexandra Provost écrivait. J'arrive de Tingwick. La jeune me l'a confirmé.

Bolduc sursauta.

— Denise Cormier, l'enquêtrice de Trois-Rivières! Qu'est-ce que sa mère vient faire dans l'histoire?

— La petite Provost habitait la même résidence. Viens, tu vas comprendre, enchaîna Judith en l'invitant à la suivre à l'intérieur du chalet.

La porte arrière de la véranda n'était pas cadenassée. Rien n'avait bougé depuis sa dernière visite. Sur la galerie, les sacs de poubelle empestaient à cause de la viande. Judith se retrouva avec Bolduc dans la petite chambre du fond. Elle montra les photos de famille.

— Ça, c'est Marie-Paule Provost, la mère des deux filles, expliqua Judith. Au moment de sa mort, elle terminait un livre. Alexandra a essayé de le mener à terme.

— Et ce que ce livre raconte serait lié à la disparition de Nickie, supposa Bolduc en examinant la photo de plus près.

— J'ai toutes les raisons de croire que ce qu'il y a dans ce bouquin incrimine directement Luc Gariépy. Le mobile est dans le texte.

— Et le livre, il est où ? fit Bolduc, en glissant l'image dans sa poche.

— C'est ça, le problème. On n'arrive pas à mettre la main dessus. Alexandra a saboté son portable et jure n'avoir conservé aucune copie.

— Tu es en train de me dire que, à part tes intuitions, tu n'as rien ? Pas un seul bout de papier ? Un tas de soupçons ne font jamais une preuve, pontifia-t-il.

— Des preuves... on en a trouvé, bredouilla-t-elle.

Le regard de Bolduc se durcit. Judith s'assit sur le lit et cracha le morceau.

— On n'avait pas de mandat. C'est pour ça que je n'ai pas... Denise Cormier m'aidait dans l'enquête.

Judith révéla à Bolduc l'existence du tampon hygiénique trouvé dans la salle de bain du bureau du psychologue.

— Je le sais, je n'aurais pas dû, s'excusa-t-elle. Mais les résultats du labo de Montréal sont tellement longs à obtenir que j'ai envoyé le sang menstruel se faire examiner ailleurs, chez un consultant privé. Denise connaît plein de monde. Ça a été rapide. C'est grâce à elle que j'ai eu la preuve que Nickie est allée chez Luc, probablement la nuit même de sa disparition, sinon peu de temps avant, alors qu'il a toujours affirmé qu'elle n'était jamais entrée chez lui. Mais le gros lot, je l'ai gagné ce matin en prenant connaissance d'un rapport médical que Denise Cormier a réussi à dénicher, je ne sais pas comment : un test de paternité qui nous apprend que Nickie est la fille de Luc Gariépy. J'avais l'intention de t'en informer ce matin.

Bolduc continuait de fixer Judith sans broncher.

— Si Nickie Provost est la fille de Luc Gariépy, ça explique peut-être des transactions bancaires louches que mon équipe vient de découvrir : des retraits de 3 000 $ par mois qui sortaient du compte du psychologue depuis mai dernier. Nickie devait le faire chanter. Une autre chose me chicote.

Léo Bolduc vida le contenu de la boîte de tabac Davidson sur le lit.

— J'ai examiné les reçus que Marie-Paule avait conservés de ses frais de thérapie. Ils prouvent qu'elle était une cliente de Luc Gariépy d'octobre 1986 à février 1987. Hors Nickie est née en mai 1990. Tu en penses quoi ?

— Elle a pu avoir une relation avec lui quelques années après, opina Judith. Sauf qu'elle était déjà avec Réjean Dubé, à cette époque.

— On a l'ADN du père et de la fille. L'expertise de la clinique privée ne sera pas difficile à contre-vérifier.

Judith continua de fouiller dans les reçus, puis elle émit un petit cri.

— Le fameux dimanche de sa disparition, quand Nickie rend visite à Julien, il ne se doute pas qu'elle est sa sœur. Quand on l'a interrogé au poste, il a reconnu avoir couché avec elle. Ça prouve que, même vendredi dernier, il n'était pas au courant qu'il était le frère de son amante. Si jamais il l'a appris, c'est après. Entre sa remise en liberté et sa mort. Dans la soirée de vendredi à samedi.

— Ça a dû être un méchant choc. Mais est-ce une raison suffisante pour faire sauter sa famille ? s'interrogea Bolduc.

— Il faut continuer de chercher le mobile. Qu'est-ce que Nickie voulait obtenir de Gariépy ? Et pourquoi aurait-elle couché avec son demi-frère ?

— Les morts ne nous diront rien. Il faut faire parler Denise Cormier. Pour t'éviter des problèmes avec Métivier, tu me remettras ta petite enquête parallèle. Mais, pour l'instant, j'ai besoin que tu sois franche avec moi.

Le ton de Bolduc s'était fait plus sérieux.

— Plus de cachettes, compris ?

— Promis.

— Ça commence maintenant. Que faisais-tu chez Denise Cormier, vendredi soir ?

Judith reçut la question comme un coup en plein ventre.

— Tu m'as fait suivre… Comment as-tu…

— Laisse faire ! la gronda-t-il. Pourquoi étais-tu là et à quelle heure exactement es-tu partie ?

— Une invitation à souper, bafouilla-t-elle. J'allais chercher le rapport du travail que je lui avais confié… Je suis partie vers 23 heures, je pense. En taxi. Tu peux vérifier. Je ne comprends pas où tu veux en venir avec tes insinuations.

Bolduc se mit à arpenter la pièce.

— Elle t'a utilisée ! C'est du Denise Cormier tout craché ! Je comprends maintenant pourquoi elle n'a pas arrêté de me soutirer des informations sur l'enquête depuis deux semaines. Même au poste de Trois-Rivières, on l'a surprise à communiquer avec de vieux collègues. J'ai eu raison de la soupçonner de manigancer quelque chose. Vendredi dernier, j'ai voulu lui payer une petite visite. Je suis arrivé comme elle partait et je l'ai suivie. Tu ne devineras jamais où elle est allée ?

— Chez Luc Gariépy !

— Exactement. Il n'était pas chez lui, sa voiture non plus. Mais quelqu'un lui a quand même ouvert. Au bout d'une demi-heure, elle est ressortie de la maison par la porte du sous-sol.

— Elle est allée voir Julien Gariépy ! Pourquoi ?

— À toi de me le dire, dit-il en sortant de sa poche un petit objet noirci consigné dans un sac de plastique.

Judith examina l'indice avec soin. Du métal fondu. Au début, elle crut reconnaître un quelconque bijou. En y regardant de plus près, elle vit qu'il s'agissait d'une clé USB.

— Ce ne serait pas ton roman ? demanda Bolduc. Trouvé sur le corps calciné de Julien.

— Comment Denise a-t-elle pu mettre la main sur le manuscrit ?

Judith venait de poser la question pour la forme, car le chemin de la réponse se traçait déjà dans sa tête : Alexandra Provost, Gabrièle Cormier, Denise Cormier, Julien Gariépy.

— Quelque chose m'échappe. Pourquoi Denise aurait-elle remis ce texte à Julien ? fit Judith encore sous le choc de ce qu'elle venait de découvrir.

— C'est le chaînon manquant de notre histoire, dit Bolduc. Mais il devient clair que ce roman était une bombe à retardement. Julien Gariépy a été le messager, le porteur. Notre chère Denise a fait faire le carnage par un autre.

Il se tut et se tourna vers Judith.

— Tu n'es pas sérieux ! s'exclama-t-elle. Tu veux qu'on l'arrête pour… incitation au meurtre ? Denise n'est pas une criminelle !

— Parce qu'on l'a empêchée d'en devenir une.

— Quoi ! ?

— Elle a déjà pété les plombs. Ça fait une couple d'années, il y a huit ans, juste avant ton arrivée au poste. Elle travaillait pour le directeur François Bourbonnais.

— Elle m'en a déjà parlé. Il lui faisait la vie dure. Elle lui doit sa dépression.

— Ce qu'elle t'a caché, c'est que son congé de maladie était en fait une mesure disciplinaire. Elle a essayé de le tuer.

Judith encaissa le coup. Bolduc lui résuma les évènements.

— C'était l'hiver. Quelqu'un l'a vue planter un clou dans un des pneus de Bourbonnais. En dérapant sur le pont Laviolette, son patron a failli faire un face-à-face avec une semi-remorque. C'est un miracle qu'il s'en soit sorti indemne.

— Je n'en ai jamais entendu parler.

— L'affaire a été étouffée. Bourbonnais ne voulait pas d'enquête.

— Il avait peut-être des choses à taire, lui aussi.

— Peut-être. Denise Cormier avait quand même trente ans de service. Un poste de professeur à l'École nationale de Nicolet a été une solution qui a calmé le jeu pour tout le monde.

Judith ne savait plus quoi penser. La Denise qu'elle connaissait lui échappait complètement.

— Je sais que tu es proche de Denise, poursuivit Bolduc. Je pourrais la faire arrêter tout de suite, mais on a besoin de ses aveux. Je me propose d'aller l'interroger chez elle. Tu n'es pas obligée de m'accompagner.

Judith l'interrompit aussitôt.

— Non ! C'est à moi qu'elle doit des explications. Je veux y aller seule. Je vais lui faire cracher la vérité.

— Tu es certaine ?

— Elle me doit bien ça.

— Alors je veux que tu enregistres votre conversation.

— Elle n'est pas folle. Elle va se méfier.

— Débrouille-toi. Cet après-midi, on préparera ta rencontre.

Ils ramassèrent leurs affaires et quittèrent le chalet lugubre. Sur la galerie, l'odeur de putréfaction des poubelles les assaillit de nouveau.

73

Lundi 7 septembre, 14 h 30

À son retour au poste, une visite surprise attendait Judith dans le couloir près de la réception. Christiane n'eut pas le temps de l'avertir que déjà Réjean se levait de sa chaise pour la talonner.

— J'ai pas grand temps, fit-il en guise de bonjour. Mon chum m'attend en bas, il travaille tantôt.

— Ça tombe bien. Moi aussi, je suis très occupée.

— Ce ne sera pas long, insista-t-il.

Judith le laissa s'installer dans son bureau. Réjean Dubé semblait nerveux. Il s'était habillé avec une chemise propre et cachait ses cheveux gras sous sa casquette des Canadiens. Ce qu'il avait à raconter devait avoir son importance.

— Donc, vous aviez quelque chose à nous dire.

— Je parle seulement si vous me promettez de ne plus achaler Alexandra. Après chacune de vos visites, elle est tout à l'envers. Le médecin nous a avertis, elle a besoin de calme et de repos.

— Plus vous nous aiderez, moins on aura besoin de lui poser de questions.

— Surtout qu'elle ne le sait pas.

— Qu'est-ce qu'elle ne sait pas ? s'intéressa Judith.

Réjean se mit à trépigner sur sa chaise.

— On peut fumer ici ?

— Non, on ne peut pas.

— Elle ne sait pas que je suis venu vous voir, la coupa-t-il en approchant sa chaise du bureau. Elle m'a confié quelque chose de grave, mais m'a fait jurer de ne pas en parler. Mais comme je savais que vous alliez le découvrir tôt ou tard…

— Découvrir quoi ?…

Le visage de Réjean Dubé se tordit comme si ce qu'il avait à dire lui répugnait au plus haut point.

— Alexandra, c'est la fille de l'autre. Le trou de cul qui a tué ma Nickie !

Judith resta figée.

— Alexandra serait la fille de Luc Gariépy ?

— La fille ! Faut le dire vite. C'est moi qui l'ai élevée. Il mérite pas le nom de père !

— Et Nickie ? C'est sa fille aussi ?

— Sacrament, tu comprends pas vite ! Nickie, c'est MA fille ! Qu'est-ce que tu penses ?

Judith se leva et alla se poster dans l'embrasure de la porte pour rappeler à Réjean Dubé où il se trouvait. Cela eut pour effet de le calmer. Il poursuivit son explication sur un ton moins agressif.

— Nickie a été fabriquée sur une plage dans le Sud, à Cuba. La seule fois qu'on a pris des vacances tout seuls, Marie-Paule et moi. Elle avait tout calculé pour que le jour même on soit au bord de la mer. Ça a marché du premier coup. Marie-Paule comptait tout. Deux cent quatre-vingt-huit jours plus tard, la petite est née, à l'heure prévue. Elle avait senti que je méritais d'être certain, peut-être à cause de la première tromperie.

— Je ne comprends pas ?

— Lorsque j'ai commencé à sortir avec Marie-Paule, elle était déjà enceinte d'Alexandra. Quand elle me l'a appris, elle m'a dit que l'enfant n'était pas de moi, mais qu'elle ne savait pas qui était le père et que, si je le voulais, ça pourrait être moi. Je l'aimais tellement. En la prenant, j'ai pris tout ce qui venait avec. Tout le monde a toujours pensé que la petite Alex était de moi. Même sur le baptistaire, c'est mon nom.

— Vous savez pourquoi Nickie rencontrait Luc Gariépy ?

— Aucune idée. Ma fille me parlait pas de ses affaires. Et puis j'aimais mieux en savoir le moins possible.

— Et Marie-Paule ?

— Quoi, Marie-Paule ?

— Elle n'a jamais mentionné qu'elle voyait un psychologue ?

— Elle m'a dit qu'elle avait déjà fait une thérapie, pas plus.

— Vous saviez que son psychologue était Luc Gariépy ?

— Non, elle ne m'a jamais dit son nom. Bon, vous savez ce qu'il y avait à savoir. Je ne veux pas être retard, je dois y aller.

Même si son témoignage semblait terminé, rien dans l'attitude de Réjean n'annonçait son intention de quitter son siège.

— Merci. C'est très important ce que vous venez de nous révéler. C'est pourquoi j'aimerais beaucoup que vous vous rendiez à l'accueil pour rencontrer l'agent Carl Gadbois. Je vais lui téléphoner tout de suite. Ce ne sera pas très long, il va prendre votre déposition par écrit.

— Je vais devoir tout lui raconter ça encore ? Ce ne sera pas possible, je vais manquer mon lift, bougonna Réjean.

— On va vous reconduire à Tingwick. L'agent Gadbois va en profiter pour prendre un échantillon de votre salive et de celle d'Alexandra.

Judith fit un pas dans le couloir pour l'inviter à quitter son bureau.

— Vous ne pouvez pas faire ça. Ça va l'inquiéter, s'opposa Réjean.

— On a de sérieuses raisons de croire qu'Alexandra a une très bonne idée de ce qui est arrivé à Nickie, lui assena Judith avec fermeté.

Réjean se leva et la suivit. Après quelques pas, il posa la main sur son épaule. Judith se retourna. Elle perçut sa détresse.

— Allez-vous continuer l'enquête jusqu'à ce que vous la retrouviez ? lui demanda-t-il.

— C'est pour ça qu'on est là.

— Même morte, il me la faut, vous comprenez ?

— Je vous comprends.

Réjean fixa Judith. Il semblait gêné.

— Il y a autre chose, s'enquit-elle.

— Avec le test de salive, vous allez pouvoir prouver qu'Alexandra est bien la fille du psychologue ?

— Si votre déclaration est juste, oui.

Nerveux, il hésita avant de poser sa dernière question.

— À ce moment-là, pour l'héritage, j'imagine que tout lui revient ?

Judith resta sans voix. Elle réalisa tout à coup que, depuis le début, toute la démarche de Réjean avait été dictée par le souci de toucher la succession des Gariépy. Il avait sans doute repris Alexandra chez lui pour être au plus près de la gestion des quelques centaines de milliers de dollars que totaliseraient l'assurance de la résidence, des biens ainsi que l'assurance-vie des trois membres de la famille Gariépy. Si cette bonne fortune relevait du hasard, elle était étrangement généreuse envers celle que la vie avait clouée à un fauteuil roulant. Nickie aurait-elle souhaité un dénouement aussi payant pour sa sœur qu'elle n'aurait pas pu faire mieux.

74

Lundi 7 septembre, 18 h

Judith se trouvait aux portes de l'immeuble à condos de Denise. Le simple geste de sonner allait être le premier d'une série d'actions qui chavireraient à jamais la vie de son amie. Après avoir vérifié une dernière fois l'enregistreur que Bolduc avait placé sous sa veste, elle appuya sur la sonnette. La voix de Denise se fit entendre dans l'interphone.

— Oui ?

— C'est Judith.

Le silence qui suivit énerva Judith. Elle attendit patiemment le signal nasillard l'autorisant à entrer.

Au cinquième étage, elle aperçut la porte entrouverte au fond du couloir. « Elle n'ose pas m'accueillir. Mais elle m'attend. Ça commence bien. »

Son ex-professeur était postée à la grande fenêtre de son salon. Elle lui tournait le dos.

— Ce n'est pas facile pour moi, dit Denise.

— Pour moi non plus.

— Je veux que tu saches que tout ce que j'ai pu faire, je l'ai fait pour toi.

Judith se retint avec peine. La colère la submergea.

Denise lui avait joué dans le dos en prétendant lui donner un coup de main. Pire, elle s'était servie d'elle. Pourquoi ? Elle n'avait rien demandé. Sûrement pas de mettre en danger la vie d'innocents. Il n'était pas question qu'elle porte la responsabilité de ses actes.

— Vendredi soir, avant de me rendre chez toi, je t'ai vue sortir de chez les Gariépy, mentit Judith. Je veux juste que tu me dises ce que tu faisais là.

Denise se tourna vers elle. Judith n'aurait pas pu dire si elle souriait ou grimaçait. Ses traits tirés révélaient un grave manque de sommeil.

— C'est donc toi qui m'as fait suivre.

Judith resta interdite. Denise savait qu'on l'avait prise en filature. Celle-ci s'approcha. Judith recula d'un pas.

— N'aie pas peur, je ne vais pas te sauter dessus. Même si tu n'avais pas l'air d'haïr ça, l'autre soir.

Judith se mordit la lèvre en pensant à l'appareil qui enregistrait leur conversation. Denise devait s'en douter. Tout était joué pour elle. Elle le faisait exprès.

— Mon seul regret, c'est que tu sois partie trop vite. Je n'ai pas eu le temps de te faire jouir. J'aurais tellement aimé te remettre tout le plaisir que tu m'as donné. J'ai une grosse dette envers toi. Je suis prête à payer mon compte n'importe quand.

— Tu n'as pas répondu à ma question, reprit Judith en cachant mal son malaise. Vendredi soir dernier, que faisais-tu chez les Gariépy ?

Denise se rapprocha encore davantage de Judith. Cette fois-ci, la jeune policière ne broncha pas. Elle vit Denise passer sa main dans son chemisier et en dégager une clé USB qu'elle portait à son cou. Elle se tenait assez près pour que Judith puisse sentir l'odeur de son parfum. Cela lui leva le cœur. Cette senteur la ramena à la soirée de son agression. En était-ce vraiment une ? Elle s'était mise elle-même les pieds dans les plats. Bolduc serait assez discret pour éviter de lui poser des questions embarrassantes. Du moins, elle l'espérait. Elle sentit les mains froides de Denise lui frôler la peau alors qu'elle lui glissait le cordon de la clé autour du cou.

— Ce que j'ai fait ? Rien du tout. J'ai laissé faire. Chacun a eu ce qu'il méritait.

Judith songea à l'enregistreur. Elle devait soutirer un aveu clair à Denise.

— Tu es allée voir Julien. Qu'est-ce que tu lui as dit ?

— Rien. Je lui ai simplement remis un petit cadeau, fit Denise en désignant la clé. Les enfants adorent les histoires d'horreur. Surtout lorsque l'Ogre est dans la maison et qu'il s'appelle papa. Je lui ai fait lire un conte où il n'avait qu'à remplacer le nom de Justine par celui de Nickie.

Judith n'avait plus besoin qu'on lui fasse un dessin.

— Pourquoi, Denise ? Pourquoi avoir remis le roman à Julien au lieu de me le donner ? Tu savais que je le cherchais. Tu as fait obstruction à l'enquête.

— Parce que tu as poché ton examen, ma petite. J'ai attendu jusqu'au dernier moment. Mais tu n'as pas réussi à coincer Gariépy à temps, pas plus que je n'y ai réussi il y a une vingtaine d'années. Je t'espérais meilleure que moi. J'ai été déçue. Vous l'avez laissé filer. Il y aurait eu d'autres victimes, encore et encore. L'histoire se répète. J'ai voulu que, pour une fois, elle se termine autrement.

— Et Jocelyne Saint-Gelais ?

— Une erreur. Jocelyne ne devait pas être là.

— C'est tout ce que ça te fait ? Que tu te réjouisses de la mort de Gariépy, je peux le comprendre. Mais sa femme ? Son fils Julien ?

— Il serait devenu comme son père. Ça se voyait déjà.

— Denise, ce n'est pas à toi de décider qui mérite de vivre ou de mourir.

— Il y a des hommes pour qui la question ne se pose pas.

— Tu sais ce que ça veut dire, pour toi et pour Alexandra Provost ?

— Elle n'a rien à voir là-dedans, fit-elle en durcissant le ton. Elle m'a remis son manuscrit, c'est tout. Le reste, c'est moi qui m'en suis chargée. Toute seule. Enfin presque. Disons que tu m'as donné un bon coup de main.

— Je ne comprends pas.

— Tes indices. Mon intuition me disait que Gariépy avait noyé Nickie. Mais il me manquait une preuve. Quand tu m'as apporté le tampon, j'ai su que c'était lui. Il avait menti à tout le monde. Il vous a eus. Il la voyait depuis un bon moment dans son bureau, comme patiente. C'est clair qu'il avait des relations avec elle, comme avec sa mère vingt ans plus tôt et d'autres femmes. Francine Duquette, Sophie Belleau et qui encore ? Des jeunes filles. Des adolescentes imprudentes qu'il réussissait à berner. Qui un jour disparaissaient du paysage sans qu'on sache comment. Les hommes ne changent pas. Si peu. L'Ogre avait repris son jeu, moi aussi.

— Comment peux-tu affirmer ça ? Le tampon de Nickie Provost ne prouve pas que Luc Gariépy l'ait tuée.

— Il a fait pire que ça. Bien pire.

Denise se mit à tirer sur le cordon de la clé, attirant doucement vers elle sa bien-aimée.

— Si tu avais été au courant, tu aurais fait la même chose que moi. Je le sais, Judith. Depuis le début, je le sais. On est pareilles, toi et moi. Si j'ai fait assassiner Luc Gariépy par son fils, c'est pour t'empêcher de le faire toi-même.

Judith se demanda si Denise était saine d'esprit. Était-elle de nouveau en dépression ? Cela se voyait souvent chez des personnes en fin de carrière ou en début de retraite.

— Si je ne t'embarque pas tout de suite, Denise, c'est parce que je sais que tu ne te sauveras pas très loin.

— Où veux-tu que j'aille ? Je n'ai personne. Sauf toi. Je vais t'attendre ici. Jusqu'à demain matin, tiens. Je vais même préparer le café. Tu le prends noir, si je me rappelle bien.

— Noir, c'est ça.

Judith en avait assez entendu. Elle bredouilla un salut à Denise et prit congé. Elle décida d'emprunter les escaliers. Au troisième palier, elle s'arrêta pour réfléchir. Elle repassa la conversation qui venait de se dérouler. Assez pour incriminer Denise Cormier, mais pas suffisante pour comprendre ce qui l'avait poussée à souhaiter la mort de Luc Gariépy. La réponse lui pendait autour du cou. Elle devait lire le roman. Ce soir et cette nuit.

75

Mardi 8 septembre, 3 h

Justine se sentit flotter. Son dos se détendit comme sous l'effet du pot. Une paix jamais ressentie l'envahit. Mais elle n'avait rien avalé d'autre que la tisane relaxante du psychologue. Cette fois-ci, elle en avait bu très peu, se débarrassant du reste de la potion dans un vase de fleurs coupées pendant qu'il avait le dos tourné. Elle se savait droguée par lui à chacune des séances, mais cela lui importait peu. Le bien-être qu'il lui procurait était si grand. Les jets du bain la massaient. Elle se cala davantage jusqu'à ce que l'eau chaude lui frôle les oreilles. L'Ogre se dévêtit et entra à son tour dans le bassin. Puis il se glissa sous elle et la souleva à la surface avec ses grandes mains. Des mains fortes et puissantes. Il lui répéta des directives à l'oreille sur un ton câlin et envoûtant.

— Laisse-toi aller… Tu es lourde… Tu t'enfonces dans l'eau. Plus rien ne te retient. Tu tombes. C'est moi qui te porte. Je veux sentir tout ton poids. Ton corps est dans mes mains.

Justine lâcha prise sur toutes les tensions de son corps. Elle était molle comme de la guenille.

— C'est bien, je te sens t'abandonner. Mais ton cou est encore tendu. Laisse tomber ta tête dans mes mains comme une roche. C'est moi qui la supporte.

De ses deux genoux repliés, il la maintint à flot, sur le dos, pendant que ses mains faisaient faire de légères rotations à sa tête. Il fit ensuite bouger tout son corps dans un mouvement de vagues. Quand il sentit qu'elle était bien détendue, le psychologue se mit à la caresser. D'abord dans le dos.

— L'eau t'enveloppe, te rassure, comme un linge avec lequel on emmaillote les nouveau-nés. Chaque point de contact avec le liquide est là pour te faire sentir que tu existes et que tu es bien. Mes mains se mêlent à l'eau et glissent sur ta peau pour te rappeler que tu as droit au bonheur, au plaisir. À tous les plaisirs. Tu y as droit. Concentre-toi sur la sensation de ma caresse. Qui a pris le temps de t'accorder la tendresse que tu mérites ? Personne. Tes amoureux pressés avec leurs gestes trop brusques ? Aujourd'hui, moi, je prends le temps de réparer la tristesse de ta peau. Ta peau qui a une soif sans fin de touchers doux. Ici, dans ton cou, sur ton plexus. Tes seins. Veux-tu que je descende sur tes seins ? Me le permets-tu ?

La main de Justine le guida vers sa poitrine qu'il se mit à caresser tout doucement. Il poursuivit son geste sur son ventre.

— Pour chaque coup dur au ventre, voici une de mes caresses réparatrices. Plaisir contre douleur. Je sens ton corps sous mes doigts. Il me dit qu'il est heureux. Je continue ? Es-tu prête à continuer ?

Justine pressa sa main dans la sienne.

— Je sais qu'on t'a souvent fait l'amour, mais sans vraiment se préoccuper de toi. Tu me l'as raconté. Tu as espéré la douceur des hommes qui n'est jamais venue. Mes doigts peuvent tenter de te guérir. Le veux-tu ?

Justine se tortilla en guise de réponse, puis elle écarta les jambes. Toujours assis sous elle, l'Ogre la souleva avec précaution et l'attira vers lui de façon à pouvoir l'enfiler plus facilement. Il commença par la fouiller avec son majeur, tout doucement.

— Abandonne-toi. Ouvre-toi à moi. Je te sens contractée. Tu n'as rien à craindre. Tu as droit au plein plaisir. Ne te refuse

rien. Je suis là pour te délivrer de toi-même. Ne pense plus. Est-ce que tu sens mon gros doigt dans ton vagin ? Veux-tu que j'en mette un deuxième ? Ça va peut-être faire un peu mal, mais ce sera si bon en même temps.

Dans un geste de totale soumission, Justine acquiesça de la tête. Placée comme elle l'était, elle pouvait mesurer l'érection de l'homme assis sous elle.

— Je dois te préparer à me recevoir. J'ai le membre si gros. Le sens-tu ?

Il guida la main de la jeune fille vers son pénis durci.

— Je ne veux pas te faire mal. Si tu es prête, je te pénètre et te caresse en même temps. Je jure de ne pas arrêter avant que tu aies joui comme jamais cela ne t'est arrivé auparavant.

Il l'enfourcha lentement et se mit à balancer son bassin dans des mouvements de va-et-vient. Quand il sentit qu'elle allait atteindre l'orgasme, il se retira brusquement. D'une main, il continua de la caresser avec ses doigts et de l'autre à se masturber. Il éjacula presque instantanément. Au moment où Justine était sur le point de jouir, il cessa brutalement de la toucher. Elle agita sa main dans le bain pour l'obliger à revenir en elle.

— Tu veux aller trop vite. Tu n'es pas prête encore. La prochaine fois. On ira plus loin. Ton corps est sans limites. Il faut savoir faire patienter le plaisir pour lui permettre d'exploser encore plus fort. Pour l'instant, tu as encore trop de douleur emprisonnée sous ta peau. On va se revoir. Plusieurs fois. On va jouer ensemble. Je ne te lâcherai pas avant de t'avoir rendue au plaisir de tous tes sens. Je vais t'initier au grand jeu, celui qui te libérera complètement. Si tu veux que ton âme guérisse…

Judith jeta le paquet de feuilles au pied de son lit. Elle en avait assez lu. Ce passage, le dernier d'une longue série de séances thérapeutiques, avait achevé de l'écœurer. Elle n'avait pas de peine à imaginer le désarroi qu'avait pu avoir Julien Gariépy en lisant ces textes.

76

Mardi 8 septembre, 7 h

Le lendemain matin, assise dans son lit, Judith s'obligea à lire en vitesse le dernier chapitre.

... Il était finalement accouru à son secours. Elle pouvait compter sur l'Ogre. Il allait l'aider à échapper aux menaces des Bad Ones et la sortir du nouveau pétrin dans lequel elle s'était encore enfoncée. Nickie sentit ses gestes sûrs la tirer hors de l'eau et l'envelopper dans une grande serviette. Elle était sauvée. Elle sombra dans un profond sommeil.

Quand Nickie se réveilla, elle le surprit, penché au-dessus d'elle, suant à grosses gouttes. Les yeux fermés, il haletait près de son visage, en la transperçant à grands coups. Elle tenta de le repousser, mais il lui pinça le nez jusqu'à ce qu'elle suffoque.

Quand elle ouvrit les yeux, tout était noir. Elle était sous l'eau. Elle esquiva un timide mouvement des bras pour remonter à la surface et retomba dans l'inconscience...

Judith quitta son lit et se précipita dans la douche du sous-sol. L'eau froide la fouetta. Elle se sécha en vitesse et enfila les premiers vêtements qui lui tombèrent sous la main. Elle feuilleta le reste des pages qu'elle avait fait imprimer la veille. Il s'agissait des autres fichiers enregistrés sur la clé USB, des documents numérisés. Elle reconnut entre autres les reçus de consultation de Marie-Paule Provost sur lesquels elle avait mis la main, la semaine dernière.

Au grand désespoir de son père qui lui avait préparé une omelette, Judith se sauva au bureau sans prendre le temps de déjeuner. Bolduc attendait dans la salle de réunion. Contrairement à son habitude, il paraissait agité. Dès qu'elle entra, il lui dit qu'il avait fait un montage de l'enregistrement de la veille. Il voulait se concentrer sur les extraits qui concernaient l'enquête. Judith rougit. Ensemble, ils l'écoutèrent.

Puis ils récapitulèrent toutes les données qu'ils possédaient. Le tableau blanc ne fut pas long à noircir. Les noms de Denise Cormier et d'Alexandra Provost étaient au centre du schéma de l'incendie criminel. Le roman remis à Julien avait incité celui-ci à tuer sa famille.

Quand Judith plaça la clé USB sur la table, Bolduc demeura surpris. Il se tourna vers elle, aux aguets.

— As-tu eu le temps de tout lire ?

— Oui. Un élément crucial nous a échappé. C'est Denise qui l'a découvert. Le psychologue Luc Gariépy était un malade qui abusait sexuellement de ses patientes. Nickie Provost et sa mère en ont été victimes et combien d'autres femmes, je ne le sais pas. Il y a trois plaintes en annexe qui datent des années 80. Marie-Paule Provost avait l'intention de poursuivre son agresseur vingt ans après les faits. Elle travaillait à son roman dans cette intention. À sa mort, ses filles ont pris la relève. De plus, Nickie y a vu une occasion de faire chanter le bonhomme en se faisant passer pour sa fille grâce à l'ADN d'Alexandra. Elle voulait de l'argent pour assurer l'avenir hypothéqué de sa sœur demeurée tétraplégique après l'accident de voiture qui a tué leur mère.

— Et elle s'est fait prendre à son propre jeu, compléta Bolduc. Le vieux est devenu menaçant et Denise Cormier a décidé de lui régler son compte en s'assurant que le fils jaloux tombe sur le roman et fasse la job à sa place.

— Ce qu'on ne sait pas, c'est si Alexandra Provost est dans le coup ou non, renchérit Judith. Hier, à part un bout de salive, on n'a rien pu en tirer.

— On n'a pas de preuves pour arrêter Alexandra Provost, mais assez de doutes pour émettre un mandat contre Denise Cormier. Je veux que ça se fasse ce matin. J'irai chez elle avec mon équipe, proposa Bolduc.

Judith se sentit soulagée de ne pas être affectée à cette tâche ingrate.

— Toi et tes collègues avez bien travaillé, la félicita Bolduc. Je pense qu'on est en train de boucler l'affaire. Les bouts qui nous manquent, on les apprendra facilement de la bouche de la suspecte, tu peux compter sur moi.

— L'affaire ne sera jamais terminée tant qu'on ne saura pas ce que l'Ogre a fait de Nickie, protesta Judith.

— Je te promets de continuer à chercher.

Judith lui rendit son sourire. Elle se leva.

— Reste un peu, fit Bolduc. Je pense qu'on n'a pas encore terminé.

Il referma la porte et reprit sa chaise. Il ne parla pas tout de suite. Il frappait sur la table à petits coups avec sa plume, ce qui énerva Judith. C'est elle qui brisa le silence.

— J'ai pensé jusqu'à la dernière minute que Denise Cormier avait ses raisons pour agir comme elle l'a fait. C'est pour ça que j'ai décidé de lire le roman avant de t'avertir qu'elle me l'avait remis.

— Et puis ?
— Puis quoi ?
— Tu lui donnes raison ou pas ?
— Ce qu'elle a fait est encore plus terrible que je ne pouvais imaginer. Elle voulait que je m'en rende compte. Que je l'arrête.
— Explique pour que je comprenne, la pressa Bolduc.
— En lisant les premiers chapitres, Julien a appris que son père a abusé de Marie-Paule Provost, la mère de Nickie. C'est plausible, parce que Marie-Paule a fait une déclaration à la police quand Denise travaillait à Arthabaska, puis elle l'a retirée. C'est dommage parce qu'il y avait des photos, des marques. Elle aurait pu l'incriminer aisément.
— À cette époque-là, la loi protégeait moins bien les femmes violentées, commenta Bolduc.
— Dans la deuxième partie du roman, continua Judith, Alexandra raconte, avec les témoignages de Nickie, comment le psychologue a abusé de sa sœur. Dans la clé USB remise à Julien, il y a aussi des enregistrements audio explicites que Nickie a faits avec son iPhone durant les séances. Mais certains détails me disent que Denise aurait pu ajouter des mensonges incriminants dans le texte.
— Qu'est-ce qui te laisse croire ça ?
— L'auteur utilise toujours les pseudonymes de Justine et de l'Ogre. Mais dans le dernier chapitre, celui qui concerne le témoignage des filles Provost, Denise a commis l'erreur d'écrire Nickie au lieu de Justine. Mais le plus confondant, c'est la séquence finale.
— Qu'est-ce que tu veux dire ? fit Bolduc intrigué.
— La scène du meurtre, celle où Gariépy noie Nickie dans le fleuve. C'est une scène impossible. Nickie n'a pas pu la relater à Alexandra, pour des raisons évidentes.

— Alexandra aurait pu l'inventer, celle-là aussi, pour se venger.

— Non. Je ne m'y connais pas tant que ça en littérature, mais assez quand même pour déceler que le style est différent. Ce n'est pas Alexandra Provost qui l'a écrite, trancha Judith.

Elle était certaine de son coup. Seule Denise avait pu avoir un tel dessein.

— Si c'est Denise, c'est grave, répliqua Bolduc. Elle l'a fait dans l'intention d'attiser la colère de Julien et on sait où ça l'a mené.

— Je pense que tu n'auras pas de difficulté à la faire avouer. Étrangement, elle a l'air plutôt fière de ce qu'elle a accompli.

— Elle le sera moins quand elle va se retrouver devant le juge.

Judith se sentit vidée. Elle avait du sommeil à rattraper.

— J'aimerais prendre l'après-midi, si ça ne te dérange pas.

— Prends ton mercredi aussi, tu as travaillé toute la nuit, ça compte. Je m'arrange avec Métivier pour ton temps.

— Merci.

Bolduc la retint au moment où elle passait la porte.

— Je sais que tu as un peu de misère avec certains de tes collègues. Il y a un poste d'enquêteur qui s'est ouvert à Québec. Avec une référence de ma part, tu n'aurais pas de misère à entrer.

Judith se figea. Elle ne s'attendait pas à cette offre. Elle ne savait pas quoi répondre.

— Tu penses que j'ai besoin de *pushing* pour avoir un poste ?

— Je n'ai pas dit ça. Ce que j'essaie de te faire comprendre, c'est que tu as tout ce qu'il faut pour t'attaquer à des enquêtes criminelles majeures et que j'aimerais ça t'avoir dans mon équipe. Bon, je l'ai dit. Ça te fait plaisir ?

Bolduc baissa la tête et ramassa ses affaires.

— Je suis très flattée. Mais j'aime mon coin. C'est toi qui devrais plutôt nous revenir.

— Ce n'est pas dans mes projets, pour le moment.

Judith lui sourit et sortit. La dernière nuit l'avait épuisée. Elle rêvait de passer les prochaines heures entre ses draps. Son père était parti à Valleyfield rencontrer un antiquaire qui fermait boutique. Il ne serait de retour que demain. Elle aurait la maison toute à elle et pourrait enfin se vider le cerveau. Mais une insatisfaction la tenaillait toujours. Pareille à ces parents de disparus que rien n'apaisait tant qu'ils n'avaient pas vu le cadavre de leur enfant, elle savait qu'elle ne serait vraiment libérée de cette enquête que le jour où l'on retrouverait la dépouille de Nickie.

77

Mercredi 9 septembre, 18 h

Au bulletin de nouvelles, Judith vit l'arrestation de Denise Cormier, qui se laissait escorter par deux policiers en ne manifestant aucune expression. Pour un enquêteur à la retraite, la justice serait sévère. John s'empara de la télécommande et ferma le téléviseur malgré les faibles protestations de Judith.

— Tu es en congé, je te rappelle. Tu dois te reposer et manger un peu. Allez, on soupe.

Son père avait dressé le couvert sur la table à pique-nique de la véranda extérieure. Les légumes et la viande embaumaient depuis une bonne demi-heure sur le gros barbecue. Judith obéit avec docilité. De temps à autre, comme maintenant, elle aimait bien qu'on prenne soin d'elle, tâche dont son père s'acquittait à merveille.

Elle prit place sur une chaise qui donnait vue sur le jardin. Le soleil miroitait sur les vaguelettes de la piscine.

Son assiette atterrit toute fumante devant elle. Des haricots frais, parsemés de persil, de beurre et de vinaigre balsamique, des patates au four dans leur papier d'aluminium et de succulentes côtelettes d'agneau piquées de branches de thym frais. John prit place à son tour et ne se fit pas prier pour attaquer son repas.

— Mmm... mille fois meilleures que celles du supermarché. Je vais demander à Clément de m'en apporter d'autres.

— C'est Clément Désilets qui t'a donné les côtelettes ?

— Donné, il faut le dire vite. Il m'a échangé sa viande contre une de mes vieilles bouteilles de lait avec l'inscription « Laiterie Princeville ». Ce sont des morceaux d'agneau que Fernand Morin lui avait refilés quand il lui a vendu sa commode arbalète. Il en avait trop, qu'il disait. L'agneau, Clément n'est pas fort là-dessus. Ça dormait depuis quelques semaines dans son congélateur. Je peux essayer d'en avoir d'autre, si tu veux. Il paraît que ça vient directement du producteur. Il m'a dit où, mais je ne m'en souviens pas.

Judith faillit s'étrangler avec sa bouchée. Elle repoussa son plat et se précipita dans la cuisine. Elle se mit à fouiller frénétiquement dans les poubelles. Elle trouva l'emballage du morceau de viande et l'approcha du néon de l'évier pour mieux le lire. Mouillée de sang, l'inscription indiquait que la pièce avait été empaquetée à la Boucherie d'Antan de Saint-Grégoire. Une intuition qui défiait tout sens de la logique poussa Judith à agir en urgence.

Après s'être excusée auprès de son père, elle sauta dans sa voiture et prit la direction de la 161 Nord. Il était à peine 18 h 30, le soleil ne se coucherait pas tout de suite. Elle avait le temps de vérifier son hypothèse. Cet agneau devait être le même que celui que Fernand Morin avait mis à dégeler dans son réfrigérateur avant de se suicider. Elle avait toujours supposé que Fernand donnait de la bouffe à Nickie, mais le contraire était peut-être vrai : Nickie fournissant l'agneau à son amant, la même viande — elle l'aurait juré et ce serait facile à vérifier — que celle retrouvée dans le réfrigérateur à Deschaillons. Chez qui Nickie s'approvisionnait-elle ? Saint-Grégoire était sur le chemin entre Tingwick et Deschaillons-sur-Saint-Laurent. Le producteur devait être connu de la famille Provost. La trajectoire de la viande était reliée à la disparition de Nickie sans que Judith puisse encore dire de quelle manière.

Elle arriva sur les lieux vers 19 h. Après s'être informée au dépanneur, elle repéra facilement la boucherie, dans le premier rang à la sortie du village. Aucune lumière n'était allumée. Il était encore tôt et difficile de dire si le propriétaire était présent. À la campagne, on ne devait pas garder les commerces ouverts aussi tard qu'à Victoriaville. Elle frappa sans succès à la porte avant de la maison, là où la vitrine annonçait la vente au détail de différents produits régionaux. Aucune voiture dans la cour, aucun signe de vie. Elle allait se résigner à revenir le lendemain, lorsqu'elle entendit un bruit sourd au loin. Même en prêtant l'oreille, elle ne réussit pas à savoir de quoi il s'agissait. Il était par contre évident que le tapage provenait de l'étable qu'elle pouvait apercevoir à environ un kilomètre d'où elle se trouvait. Elle décida de s'en approcher avec sa voiture. En descendant de l'auto, elle perçut le chahut de façon plus distincte. Des mugissements de bêtes et des coups contre les murs. On aurait dit un troupeau enragé. La porte était déverrouillée, mais elle n'osa pas l'ouvrir. Par une fente, elle distingua une trentaine de moutons en train de se bousculer près de l'entrée. « Ils sont affamés, réalisa-t-elle. On a oublié de les nourrir. » Une forte odeur de fumier vint lui confirmer que le train n'avait pas été fait depuis plusieurs jours. Fallait-il prévenir un voisin ? Son cellulaire sonna. Carl cherchait à la joindre. Elle prit l'appel. La nouvelle qu'il lui apprit la brisa. Elle s'écrasa par terre contre la porte.

— Vous l'avez trouvée où ? cria-t-elle en tentant de couvrir le bruit des bêlements.

— Sur la berge de la pointe Saint-François, coincée dans les roseaux. Ce n'est pas très beau à voir.

— C'est elle ? C'est vraiment elle ?

— Ça doit. Dur à dire. Le pêcheur lui a arraché un œil avec son hameçon. Ses cheveux sont rasés.

— Je n'entends pas, vociféra Judith.

— Rasée. Elle est rasée. On est sur le quai.

— J'arrive.

Judith raccrocha en tremblant. Nickie était morte. On l'avait retrouvée noyée. Elle resta sans bouger avec l'étrange impression que tout s'arrêtait. Le soleil qui disparaissait derrière la petite maison de ferme ne se relèverait jamais plus. Comment demain pouvait-il oser exister ? Trop de gens avaient péri dans cette enquête : Fernand Morin, les Gariépy et maintenant Nickie. Elle les avait suivis, interrogés, soupçonnés, connus, et pour Nickie et Jocelyne, aimées. Celle qu'elle devait protéger était morte. Elle se mit à pleurer bruyamment, rageant contre la beauté indécente du ciel couchant.

Malgré sa peine, son esprit n'arrêtait pas de s'agiter. Quelque chose clochait. Carl venait de l'informer que la dépouille de Nickie avait été découverte par un pêcheur, à Port-Saint-François, tout près du pont Laviolette. Elle était demeurée coincée dans les marais, ce qui expliquait qu'on ne l'avait pas retrouvée au large. Mais si Nickie avait péri à Deschaillons, il était impossible que son corps ait remonté le courant en sens inverse. Il aurait dû s'échouer près de Lotbinière. Nickie ne s'était donc pas noyée à Deschaillons mais ailleurs. Avant Port-Saint-François ou quelque part près du pont.

Judith se déplaça au ralenti. Ses pas étaient lourds. Elle devait aller vérifier par elle-même. Elle ne ferait son deuil de cette enquête que lorsqu'elle affronterait la dure vérité. Judith eut une pensée pour Noëlla Bélanger et les autres filles disparues. Un frisson la traversa en imaginant les parents se pencher sur les cadavres pour identifier leur enfant.

Elle se dirigea vers sa voiture, mais les plaintes lancinantes des bêtes l'agressèrent. Elle leur cria d'aller se faire foutre. Elle finit par se calmer et jeta un dernier regard à l'étable en se promettant de faire un rapport pour maltraitance envers ces animaux. C'est alors que, juste avant de disparaître, un dernier rayon de soleil miroita sur un éclat de verre de la façade ouest de l'étable. En observant avec plus d'attention, Judith vit qu'un carreau du bâtiment de ferme était brisé. Elle s'approcha, décidée à jeter un œil à l'intérieur de la grange. Elle remarqua des gouttes de sang près de la fenêtre brisée. Quelqu'un avait tenté de se glisser par la mince ouverture. Elle devait entrer et vérifier. Tant pis pour le troupeau !

Judith ouvrit toutes grandes les portes et se tassa pour éviter l'assaut des agneaux qui se précipitèrent dans tous les sens pour dévorer les herbes hautes. Elle se dirigea aussitôt vers l'endroit où on avait forcé la fenêtre. De minces taches de sang marquaient encore la dalle de ciment. Judith suivit ces traces jusqu'à la porte latérale de la grange. Elle l'ouvrit. À l'extérieur, un petit sentier l'invitait vers la vieille maison de pierre, à quelques mètres de distance. Elle s'y précipita et força l'entrée. À l'intérieur, elle fouilla toutes les pièces. Rien. Découragée, Judith s'enfonça dans le vieux divan.

À ses pieds, à un certain endroit du plancher de pin, le bois était découpé. Elle déplaça le tapis natté et découvrit une trappe. La lumière oblique lui permit de distinguer l'anneau de métal qui lui servait de poignée. Elle la souleva avec la peur de découvrir le pire. Une échelle de fortune menait à un caveau d'au plus un mètre et demi. Dans la pénombre, Judith distingua un frêle corps nu replié sur lui-même. « Elle est morte, pensa-t-elle. Il l'a laissée mourir de faim. » Elle s'empressa de descendre dans ce trou puant et, avec tout ce qui lui restait de force, Judith prit la jeune fille dans ses bras et la transporta à l'extérieur, à l'air libre.

Dehors, les moutons s'étaient calmés. Un coucher de soleil magnifique s'étiolait au loin. Sa beauté jurait avec l'horreur du drame qui se jouait. Judith enleva sa veste et son chandail pour en recouvrir le corps blessé de Nickie. Avec précaution, elle la coucha sur le siège arrière de sa voiture, mit le moteur en marche et régla le chauffage au maximum. C'est alors seulement qu'elle pensa à appeler les secours.

En attendant l'ambulance, elle prit sa gourde, s'installa à son tour sur la banquette et posa la tête de Nickie sur ses cuisses. Avec une délicatesse dont elle n'avait encore jamais fait usage, elle lui glissa de l'eau avec son petit doigt, une goutte à la fois, sur les lèvres.

Dix minutes plus tard, Carl Gadbois arriva sur les lieux, suivi de près par les autres membres de la patrouille. Il fut d'abord surpris de trouver sa collègue en soutien-gorge, mais plus touché encore de la voir pleurer.

— Elle est vivante, lui chuchota Judith comme si elle avait peur de réveiller Nickie. On l'a sauvée.

Tout doucement, Judith caressa le crâne de la jeune fille. L'âpreté de ses cheveux tondus lui fit un drôle d'effet au bout des doigts.

Remerciements

Je tiens à remercier les personnes qui m'ont aidée dans cette aventure extrême qu'est l'écriture du premier roman d'une série policière. Tout d'abord mon compagnon de vie, Jean-Guy Lachance, poète passionné d'antiquités, ainsi que Marie-France Ouellette, qui ont commenté le premier jet du *Jeu de l'Ogre*; mes enfants Francis et Justine pour leur affection et leur soutien; Jacques Drolet pour ses précieux conseils de scénariste; Yvan Masse, ex-enquêteur de la Sûreté du Québec; Fernand Bergeron, avocat; Marc Martineau, psychologue, ainsi que Serge Saint-Pierre et Diane Girard.

Mes remerciements vont aussi à toute l'équipe de la courte échelle: Hélène Derome, Lise Duquette, Mia Caron et tous les autres qui ont contribué à l'édition de ce livre. Je suis particulièrement redevable à Geneviève Thibault, directrice littéraire, pour sa rigueur et son enthousiasme indéfectibles.

Je partage mon plaisir de la lecture !

QUEBEC LOISIRS

Ce livre appartient à : ______________________

CE LIVRE A ÉTÉ PARTAGÉ AVEC :	DATE	APPRÉCIATION
		/5
		/5
		/5
		/5
		/5
		/5
		/5